SCHICKSAL, BEISS MICH!

JON SMITH

BAL KON media

BÜCHER VON JON SMITH

FICTION

The Fifth Horseman

Destiny Can Bite Me (Fang & Loathing #1)

The Stakeout Diaries (Fang & Loathing #2)

Rewrite the Dead (Fang & Loathing #3)

YOUNG ADULT

The Arb

CHILDREN'S FICTION

Toytopia

NON-FICTION

Once Upon A Brand

Founder Mode

The Bloke's Guide To Pregnancy

The Bloke's Guide To Babies

Get Into Bed With Google

Google Adwords That Work

Smarter Business Start-Ups

Start An Online Business

Digital Marketing For Businesses

EINS

Wenn Vincent Lupos Küche jemals ein goldenes Zeitalter erlebt hatte, musste es vor der Erfindung des Penicillins gewesen sein, denn im einundzwanzigsten Jahrhundert war sie in einen Ruhestand des langsamen, stinkenden Verfalls übergegangen. Das Linoleum des Fußbodens, gemustert mit etwas, das einst heitere Zitronen gewesen sein mochten, warf nun in alle Richtungen Blasen und Wellen, als hätte es ein leichtes Erdbeben überlebt und beschlossen, sich dem Ausdruckstanz zuzuwenden. Der Kühlschrank, ein alter Kelvinator, den er in den 1950er Jahren aus Boston hatte kommen lassen, keuchte wie ein Rentner im Angesicht existenzieller Furcht und sonderte zu gleichen Teilen FCKW und geheimnisvolles braunes Serum ab. Irgendwo flackerte eine einzelne Glühbirne hinter ihrem nikotingelben Glasschirm und beleuchtete tapfer das kulinarische Äquivalent eines prä-fungalen Tatorts.

Vincent navigierte barfuß durch das Durcheinander, seine Zehen wichen den feuchten Papiertuchklumpen aus, die er letzte Woche als Waffe gegen einen Ausbruch von etwas Grünlichem in der hintersten Ecke eingesetzt hatte. Er trug ein T-Shirt, das für eine Heavy-Metal-Band warb, die seit dem Kalten Krieg uncool war, und eine Jogginghose von unbestimmbarer Farbe, da all seine anderen Kleidungsstücke dem erlegen waren, was er insgeheim den Wäsche-Abgrund nannte. Er hatte so tiefe Augenringe, dass er, hätten sie Reißverschlüsse gehabt, sein emotionales Gepäck darin hätte verstauen können.

Er öffnete den Kühlschrank und wich sofort zurück. Nicht, wie man hätte erwarten können, wegen des Schreckens im Inneren – Vincents Beziehung zum Schrecken war die eines alten Ehepaars, gelangweilt, aber co-abhängig –, sondern weil er Milch erwartet hatte und keine da war.

»Na, das ist ja ein persönlicher Verrat«, murmelte er und starrte in die Tiefen des Kühlschranks, als könnten die Kartons aus reinem Schuldgefühl wieder auftauchen.

Dann bemerkte er den Kopf.

Es war nicht das erste Mal, dass Vincent auf einen abgetrennten menschlichen Kopf stieß. Es war nicht einmal das erste Mal in diesem Jahrhundert. Er hatte jedoch erwartet, dass man sich bei der Präsentation mehr Mühe geben würde. Der Kopf, der einem blassen Mann mit einer halbwegs herrschaftlichen Nase und einem Haaransatz auf fortgeschrittenem Rückzug gehörte, war direkt auf ein Stück Wachspapier geplumpst und neben eine Dose Billigmargarine gelegt worden. Ein dicker, gerinnender Bluttropfen war bereits auf den darunterliegenden Hummus gesickert und schuf einen rötlichen, marmorierten Effekt, den selbst er ein wenig zu plump fand.

Vincent ging in die Hocke, bis seine Augen auf Höhe des Kühlschrankregals waren. »Alles klar«, sagte er mit der Stimme eines Mannes, dessen Gehirn ein Schild mit der Aufschrift »Wirklich?« hochhielt und seinen Mund herausforderte, zu widersprechen. Der Kopf seinerseits tat nichts, außer blind auf die abgelaufenen Oliven zu starren, und sah dabei vage beschämt aus.

Dann blickten die Augen zu Vincent.

»Die Geschichte endet, wenn du sie aussaugst«, flüsterte der Kopf.

»Klar«, sagte Vincent und wartete auf weitere Kommentare oder zumindest eine formelle Vorstellung, aber nichts dergleichen folgte. Vincent musterte die wachsartigen Züge nach Hinweisen. Die Wangen, gerötet und pockennarbig, sprachen von einer Vorliebe für stärkere Spirituosen als die, die in dieser Küche spukten. Die Lippen, bläulich, aber noch schwach gekrümmt, deuteten darauf hin, dass das Opfer mit einer Art halbherziger Würde abgetreten war. Und dann war da noch das Zeichen auf der Stirn: eine tief eingeritzte Glyphe, das Blut in einem spinnennetzartigen Geflecht von Brüchen gefroren. Selbst im schummrigen Kühlschranklicht erkannte Vincent sie sofort.

Er schloss den Kühlschrank und lehnte seine Stirn gegen die ramponierte Emaille. »Das wird eine dieser Wochen.«

Er füllte den Wasserkocher, schüttete zwei Löffel löslichen Kaffee in eine Tasse mit einer verblassten Cartoon-Fledermaus und setzte sich an den wackeligen Tisch. Er lauschte dem Keuchen des Kühlschranks und dem langsamen Tropfen von Blut, das mit chirurgischer Regelmäßigkeit in ein Tupperware-Grab fiel. Er widerstand dem Drang, »Bedeutung abgetrennter Kopf im Kühlschrank« zu googeln, aber nur knapp.

Mrs Barley, die Haushälterin, materialisierte sich mit der stillen Bedrohlichkeit einer nahenden Sturmfront in der Küchentür. Ihr Haar war zu einem strengen Dutt hochgesteckt, der einen nuklearen Winter hätte überstehen können, und ihr Morgenmantel war so scharf gebügelt, dass man damit hätte operieren können. Vincent hatte keine Ahnung, wie sie es schaffte, in seiner Wohnung zu leben und dennoch die Aura von jemandem auszustrahlen, der sie aus sicherer Entfernung beurteilte.

Sie warf ihm *den* Blick zu. Nicht den, der für verbrannten Toast oder stehengelassene Tassen reserviert war, sondern den tieferen, den, der andeutete, dass das Universum ihren Ordnungssinn persönlich beleidigt hatte. »Vincent«, sagte sie, »ich schätze es ja, dass du einen unkonventionellen Gaumen hast, aber die Lebensmittelhygiene in diesem Etablissement ist mittlerweile aktiv kriminell.«

Vincent deutete auf den Kühlschrank. »Das oberste Regal solltest du meiden, bis ich mich darum gekümmert habe. Oder die Polizei rufe. Oder einen Priester.«

Mrs Barley ignorierte ihn und stolzierte zum Kühlschrank. Sie öffnete die Tür, spähte hinein und machte ein Geräusch, das in seiner Missbilligung so britisch war, dass die Raumtemperatur um drei Grad sank. »Du hättest ihn nicht wie ein normaler Verrückter auf der Türschwelle lassen können?«

»Er war schon drin, als ich aufgewacht bin«, sagte Vincent. »Ich glaube, er könnte für mich sein.«

Mrs Barley sah ihn auf eine Weise an, die andeutete, dass sie dies für durchaus plausibel, wenn nicht sogar unvermeidlich hielt. »Hast du gestern Abend die Haustür abgeschlossen?«

»Möglicherweise«, sagte Vincent. »In dem Sinne, dass ich darüber nachgedacht habe, dann aber abgelenkt wurde und Gin über meine Cornflakes geschüttet habe.«

»Vincent. Du kannst nicht einfach abgetrennte Körperteile hereinbitten, das schafft einen Präzedenzfall. Als Nächstes hast du Eingeweide im Schmortopf und das Ordnungsamt am Hals.«

Sie griff hinein, packte den Kopf an einem Büschel schütterem Haar und hob ihn mit der klinischen Verachtung einer preisgekrönten Blumenarrangeurin heraus, die einen unterdurchschnittlichen Strauß begutachtete. Die Glyphe auf der Stirn glänzte feucht im kalten Licht.

Mrs Barley hob eine Augenbraue. »Den kennst du?«

Vincent beugte sich über seinen Kaffee. »Nicht persönlich. Aber das Symbol stammt aus der Carmine-Prophezeiung. Die, bei der ich Co-Autor war. Vor Ewigkeiten.«

Sie drehte den Kopf so, dass er ihn anklagend ansah. »Ich habe immer gesagt, dass deine Hobbys dich einholen werden.«

»Technisch gesehen ist Ghostwriting eine Berufung, kein Hobby.«

»Technisch gesehen ist es ein Schrei nach Aufmerksamkeit, seinen Namen unter eine apokalyptische Schrift für Vampire zu setzen.«

»Es ist ein völlig respektabler Nebenverdienst.« Er betrachtete die Glyphe erneut. Sie war unverkennbar: drei sich schneidende Mondsicheln mit einem Knochensplitter im Schnittpunkt. Carmine hatte es ›das Siegel der Zwangsläufigkeit‹ genannt – nicht, dass ihn jemand gebeten hätte, deswegen poetisch zu werden, aber Carmine war ein Angeber und konnte es nie lassen. »Sie haben das Originaldesign verwendet. Niemand hat es seit Jahrhunderten aktualisiert.«

Mrs Barley machte ein tadelndes Geräusch. »Nachahmer sind immer so faul.« Sie ließ den Kopf in eine Keramik-Rührschüssel fallen und begann dann, das Kühlschrankregal mit einem Schuss Bleichmittel und einem Bausch Küchenpapier abzuwischen.

»Meinst du, es ist eine Warnung?«, fragte Vincent, versuchte, nonchalant zu klingen, und landete irgendwo in der Nähe von existenzieller Malaise.

»Wenn es eine ist, dann keine sehr kreative.« Sie sah ihn nicht an. »Es ist wahrscheinlich nur eine Erinnerung. Du hast unerledigte Angelegenheiten und wirst auch nicht jünger.«

»Sie auch nicht«, wies Vincent hin. »Sie sind ein Kopf.«

»Sei nicht so begriffsstutzig. Es steht dir, aber es macht meinen Abend komplizierter.«

Er sah ihr bei der Arbeit zu und wunderte sich wie immer über die Effizienz, mit der sie das Chaos, das er anhäufte, exorzieren konnte, ohne aus dem Tritt zu kommen. Das neue Reinigungsmittel, das sie aus irgendeinem okkulten Lieferkatalog bezogen hatte, verströmte einen Lavendel-Zimt-Gestank, der es schaffte, sogar den Formaldehyd-Nachgeschmack in der Luft zu überdecken. Sie würde den Kühlschrank wahrscheinlich bis Mitternacht von spirituellen Rückständen befreit haben.

Vincent nippte an seinem Kaffee, dachte über den summenden Kopf in der Rührschüssel nach und die Art und Weise, wie Mrs Barleys Bewegungen für eine Krise choreografiert schienen. Er konnte sich nicht erinnern, sie eingestellt zu haben. Sie war am Tag nach dem Zweiten Mantikor-Massaker in seinem Leben aufgetaucht, war mit nichts als einem ramponierten Koffer und dem Versprechen, sie würde »die Dinge am Laufen halten«, ins Gästezimmer gezogen. Er war zu verkatert gewesen, um zu widersprechen, und nach einer Woche erkannte er, dass sie sowohl unmöglich zu entlassen als auch auf ihre eigene furchteinflößende Weise unentbehrlich war.

Er vermutete auch, dass sie beim Militär gewesen sein könnte, aber in diesem Punkt war sie verschwiegen.

Mrs Barley beendete ihre Reinigung und drehte sich zu ihm um. »Wir müssen das entsorgen, bevor die Müllmänner misstrauisch werden.«

»Ich hatte vor, es für die Vampire dazulassen. Weißt du, es weiterschenken.«

Sie verschränkte die Arme. »Sei nicht so geschmacklos. Es soll eindeutig eine Reaktion hervorrufen. Die Frage ist, wer es geschickt hat.«

Vincent tippte auf den Tisch und trommelte einen kleinen Rhythmus. »Könnte jeder sein. Die Carmine-Leute hatten viele Bewunderer.«

»Du meinst Feinde.«

»Ich meine Kenner kreativer Differenzen.«

Mrs Barley verdrehte die Augen so heftig, dass es hörbar war. »Wenn du das nicht ernst nimmst, dann versuch wenigstens, überrascht zu tun, wenn der Nächste ankommt.«

»Glaubst du, es wird einen Nächsten geben?«

Sie sah ihn an, und die unausgesprochene Antwort hing wie der Geruch von Reinigungsmittel in der Luft: offensichtlich.

Vincent öffnete den Kühlschrank erneut, suchte nochmals nach Milch und seufzte. Er würde ihn schwarz trinken müssen. »Weißt du, als ich anfing, apokalyptische Manifeste als Ghostwriter zu schreiben, dachte ich, es gäbe nur Groupies und kontinentales Frühstück. Niemand hat jemals den Verwaltungskram erwähnt.«

Mrs Barley stellte die Schüssel auf die Arbeitsplatte, legte ein Tuch über das Gesicht des Kopfes und begann mit der Effizienz eines Gerichtsmediziners, eine Grapefruit zu schneiden. »Das liegt daran, dass du nur die Umschläge liest. Soll ich dir für später einen Blutbeutel holen, oder fastest du wieder?«

»Ich komme klar«, sagte Vincent und tat so, als sei der Knoten in seinem Magen vom Koffein.

Er blickte noch einmal auf den verhüllten Kopf, die Glyphe, die immer noch durch den Stoff schimmerte, und fragte sich nicht zum ersten Mal, wie es wäre, ein Leben zu haben, das nicht darin bestand, nach alten Fehlern aufzuräumen.

Er vermutete, es wäre unerträglich langweilig.

Mrs Barley goss kochendes Wasser in die Spüle, Dampf stieg auf und beschlug das Fenster. »Was wirst du tun?«

»Nichts«, sagte Vincent. »Es ist mit an Sicherheit grenzender Wahrscheinlichkeit ein Streich.«

»Mit an Sicherheit grenzender Wahrscheinlichkeit ist nicht sicher.«

Er zuckte mit den Schultern und stand auf. »Wenn sie mich wollen, wissen sie, wo ich wohne. Bei dem Tempo tauchen sie bald in einem Paket von Amazon Prime auf.«

Mrs Barley stieß ein dünnes, skeptisches Geräusch aus. »Sehr gut. Ich erwarte eine Lieferung bis Freitag.«

Er lachte und war sich nicht sicher, ob es über den Witz war oder darüber, wie sehr es keiner war.

Als er die Küche verließ, war der Kühlschrank leer, bis auf das Nötigste: Tonic Water, Batterien, ein halber Becher Hummus (jetzt perfekt marmoriert) und eine Sammlung von Tupperdosen, die er nie wieder ohne ein Gefühl der Beklommenheit öffnen würde.

Es würde eine dieser Wochen werden, dachte er, als er den abgetrennten Kopf und die Prophezeiung in der Küche zurückließ, zusammen mit der beißenden Gewissheit, dass die Vergangenheit noch lange nicht mit ihm fertig war.

Vincents Arbeitszimmer – im Mietvertrag offiziell als »Schreibzimmer« und von Mrs Barley inoffiziell als »Papier-Ghetto« bezeichnet – hatte einen schwer zu definierenden Geruch, der irgendwo zwischen verbrannter Kupplung und dem Inneren eines Antiquariats lag. Es war eine seltsame, lehmige Art von Behaglichkeit, obwohl die Behaglichkeit hauptsächlich psychologisch war und in großen Dosen wahrscheinlich ungesund. Jede Oberfläche hatte den Kampf gegen seine Notizen und Entwürfe vor Jahren verloren: Der Schreibtisch verschwand unter einer Schneewehe aus Ausdrucken, halb gelesenen Hardcovern und den neuesten Fahnen seines Verlegers (der ihm in der irrigen Annahme, es würde ihn interessieren, Updates schickte). Haftnotizen ballten sich wie gelbe Flechten am Rand seines Monitors, jede mit einer kryptischen Phrase versehen, die entweder ein Handlungspunkt, eine Einkaufsliste oder eine Drohung war.

Er saß krumm an seinem ramponierten Schreibtisch, rollte einen Kugelschreiber zwischen seinen Fingern und versuchte zu entscheiden, ob es würdevoller wäre, das nächste Kapitel zu beenden oder sich aus dem Fenster zu stürzen. Der Laptop starrte ihn mit einem leeren Dokument an, betitelt »KLINGEN_DER_BEGIERDE_BUCH_9«.

Vincents Agent hatte die Serie »Klingen der Begierde« einmal als »Twilight für emotional Gebildete, aber mit richtigem Sex« beschrieben. Vincent betrachtete dies sowohl als Beleidigung als auch als Herausforderung, weshalb die Hauptfigur – ein Vampir namens Lord Sanguinius – eine kaum verhohlene Selbstparodie und allem Anschein nach der erfolgreichste literarische Vampir seit Bram Stokers Bande von Degenerierten war.

Er tippte, löschte, dann tippte er erneut:

—*Lord Sanguinius blickte vom schattengetränkten Balkon, sein Herz so leer wie die Venen seiner letzten Eroberung. Die Stadt funkelte gleichgültig. Unter ihm pulsierten die Sterblichen mit drängendem Leben, während er schwebte, alterslos, allein.—*

Er las es noch einmal, verzog das Gesicht und hämmerte auf die Löschtaste, bis der Satz in Trümmern lag.

Durch die Wand schienen die Nachbarn eine Art rhythmisches Ritual mit Stiefeln und etwas, das wie eine Trompete klang, durchzuführen. Vincent fragte sich halb, ob sie mit den Toten kommunizierten. Er öffnete einen neuen Tab und überprüfte seine Autoren-E-Mails, ein masochistisches Ritual, das er stündlich durchführte.

Sie haben 3 neue Rezensionen für ›Klingen der Begierde: Tokyo Drac‹.

Er las die erste. »Absurd und zu schlüpfrig, aber ich habe es in einem Rutsch gelesen. Sanguinius ist so traurig, lol. 3 Sterne.«

Die zweite: »Nicht genug emotionale Tiefe für ein Vampirbuch. Celeste Evermoon ist überbewertet.«

Vincent legte den Kopf in die Hände und stöhnte. Er schrieb seit Jahrzehnten – ach was, seit Jahrhunderten, wenn man die pseudonymen Traktate und die Carmine-Prophezeiung mitzählte –, aber nichts hatte ihn auf den seelischen Angriff einer Goodreads-Leserrezension vorbereitet. »Nicht genug emotionale

Tiefe«, murmelte er. »Versuch mal, die Ewigkeit damit zu verbringen, nichts als die Gefühle anderer Leute zu essen, und dann sieh zu, wie es dir verdammt noch mal gefällt.«

Er ließ die Knöchel knacken und starrte wütend auf den Bildschirm, als wäre der Cursor für all seine Lebensentscheidungen verantwortlich.

Er hatte Carmine natürlich gekannt. Das Original, der Prototyp, der Vampir, dessen Name einen Kult, eine Prophezeiung und schließlich eine Reihe bedauerlicher Graphic Novels hervorgebracht hatte. Sie waren Freunde, Rivalen und Co-Autoren des Untergangs gewesen. Die Glyphe aus dem Kühlschrank war Carmines Entwurf, und Vincents eigene Hand hatte die erste Version in einer Londoner Wohnung nachgezeichnet, die dieser hier nicht unähnlich war, nur ohne die Blutflecken. Manchmal fragte er sich, ob er dazu verdammt war, die ganze Ewigkeit damit zu verbringen, die Folgen dieses einen, katastrophalen Geistesblitzes aufzuräumen.

Ein Geräusch im Flur. Zuerst ignorierte es Vincent und nahm an, Mrs Barley habe ihren nächtlichen Kreuzzug gegen die Staubkolonien eskaliert. Aber dann knarrten die Dielen in einem Muster, das auf absichtliche Schritte hindeutete, und ein vertrauter Hauch von Desinfektionsmittel und stählerner Entschlossenheit drang seiner Besitzerin voraus in den Raum.

Mrs Barley fegte mit der Bestimmtheit einer Frau herein, die Türklinken für überflüssig hielt. Sie trug eine Tasse in der einen Hand (Tee, schwarz wie die Leere) und eine gefaltete Seite in der anderen. »Das hast du in der Küche gelassen«, sagte sie und legte das Papier wie eine Vorladung des Kriegsrates auf seine Tastatur. »Denk nächstes Mal dran, den Müll rauszubringen. Oder lass zumindest die Beweise nicht auf der Arbeitsplatte liegen.«

Vincent schnappte sich das Papier und überflog es. Es war der Ausdruck eines Forum-Posts – eines der Untergrundforen, in denen übernatürlicher Abschaum Notizen über Spuk, Prophezeiungen und die besten Angebote für menschliches Blut austauschte. Der Post lautete: »Carmine-Siegel in SE10. Augen auf. Im wahrsten Sinne des Wortes.«

Er schnaubte. »Ich sehe, der komödiantische Stil der Untoten hat sich in den letzten zweihundert Jahren nicht weiterentwickelt.«

Mrs Barley hockte sich auf den Rand einer Kiste mit der Aufschrift »Steuerbelege 1984-2011« und betrachtete ihn mit der kühlen Einschätzung einer erfahrenen Bombenentschärferin. »Das ist kein Witz, Vincent. Köpfe tauchen nicht mit diesen Glyphen auf, es sei denn, jemand will ein Zeichen setzen.«

Er verdrehte die Augen. »Das Zeichen ist wahrscheinlich ›Vincent Lupo ist ein tragischer Witz und sollte seine Karriere überdenken‹.«

Mrs Barley ignorierte den Köder. »Du warst einmal eine Legende, weißt du. In den richtigen Kreisen. Du hattest ein Gewissen und einen Thesaurus, was dich mehrere Ligen über die Konkurrenz hob.«

»Tatsächlich? Sieh doch, wohin es mich gebracht hat.«

Sie nippte an ihrem Tee und beobachtete ihn über den Rand. »Es gibt schlimmere Schicksale als die Bedeutungslosigkeit. Du hättest wie Carmine sein können. Oder schlimmer, wie die neue Brut.«

Vincent schauderte. Die »neue Brut« war Mrs Barleys Euphemismus für die neueste Generation von Vampiren, alles Memes und Haargel und kein Sinn für Geschichte. »Wenigstens wissen die, wie man veröffentlicht wird«, sagte er.

Mrs Barleys Mund zuckte. »Erinnert zu werden, wird überbewertet. Vertrau mir.«

Er trommelte mit den Fingern auf den Schreibtisch. »Ich wäre lieber vergessen als ein abschreckendes Beispiel.«

Sie beugte sich vor. »Die Glyphe bedeutet, dass etwas kommt.

Vielleicht für dich, vielleicht für uns alle. Was auch immer Carmine begonnen hat, es ist unvollendet.«

Vincent deutete auf den Haufen unfertiger Entwürfe. »Willkommen im Klub.«

Sie streckte die Hand aus und klappte seinen Laptop zu, sanft, aber mit Endgültigkeit. »Du musst dich konzentrieren. Wenn sie versuchen, dich aus der Reserve zu locken, dann weil du wichtig bist. Tu nicht so, als wäre es dir egal.«

Er versuchte zu protestieren, fand sich aber dabei wieder, wie er die Wand anstarrte und über die Prophezeiung und die endlosen Kreise des Verderbens nachdachte, die sie angerichtet hatte. Er wollte nicht wichtig sein, nicht auf die Art, wie Carmine es gewesen war. Nicht auf die Art, die zu Leichen in Kühlschränken und kryptischen Drohungen führte.

Er zuckte mit den Schultern, nahm seinen Stift und warf ihn von einer Hand in die andere. »Wenn jemand versucht, mich umzubringen, könnte er wenigstens den Anstand haben, Blumen zu schicken.«

»Die würden in dieser Wohnung nicht überleben«, sagte Mrs Barley und stand auf. »Ich sorge dafür, dass die Haustür gesichert ist. Falls dein heimlicher Verehrer zu Besuch kommt.«

Sie war verschwunden, bevor er antworten konnte, und hinterließ den Geist ihres zitronenfrischen Desinfektionsmittels und ihre Worte in der Luft.

Vincent öffnete den Laptop wieder und starrte auf den blinkenden Cursor. Die Worte wollten nicht kommen. Er las den letzten Absatz durch, den er vor der existenziellen Implosion geschafft hatte:

—Sie klammerte sich im Mondlicht an ihn und zitterte, als er seine Reißzähne entblößte. »Tu es«, flehte sie. »Ich will mich lebendig fühlen, auch wenn es bedeutet, ein wenig zu sterben.« Sanguinius zögerte. Das Gewicht der Jahrhunderte lastete auf seinen Schultern. Hunger und Kummer, nicht zu unterscheiden.—

Er löschte alles, öffnete dann den Browser und suchte aus reiner, masochistischer Langeweile nach »Carmine-Prophezeiung«. Die Ergebnisse waren so düster wie immer: obskure Blogs, Verschwörungsseiten, Links zu körnigen Video-»Beweisen« von Carmines letzten Momenten und ein einziger, unleserlicher Scan des Originalmanuskripts. Sein eigener Name tauchte an mehreren Stellen auf, immer vergraben unter Clickbait oder Tiraden über die »Vampir-Illuminati«.

Er wollte gerade den Tab schließen, als es an der Tür klingelte.

Vincent war unsicher, ob er es ignorieren oder so tun sollte, als wäre er nicht da. Er entschied sich dafür, aufzustehen und sich zu strecken – jeder Wirbel knackte – und trottete in den Flur. Das Treppenhaus war schummrig, das einzige Licht kam von einem Fenster, das mit Schmutz und Verzweiflung überzogen war.

Er öffnete die Tür einen Spaltbreit, fest entschlossen, einen Zeugen Jehovas zum Teufel zu jagen, nur um niemanden vorzufinden.

Er lehnte sich hinaus und musterte den Treppenabsatz. Nichts. Dann blickte er nach unten.

Zu seinen Füßen lag eine Frau. Sie sah menschlich aus, was in dieser Gegend schon Anlass zum Misstrauen war. Ihr Haar war schwarz, verfilzt mit etwas, das er für getrocknetes Blut hielt. Sie trug eine Jacke, die zwei Nummern zu groß war, die Ärmel zerrissen und steif von altem Blut. Sie betrachtete ihn mit einem braunen Auge – das andere war zugeschwollen – und fletschte die Zähne in einer Geste, die ein Lächeln oder möglicherweise eine Warnung hätte sein können.

Vincent wollte gerade etwas sagen, als sie vornüberkippte und mit der knochenlosen Anmut von jemandem, der kürzlich eine erhebliche Menge Blut verloren hatte, genau auf seinen Füßen landete.

Er ging in die Hocke und prüfte ihren Puls. Schwach, aber vorhanden.

»Großartig«, sagte er. »Genau das habe ich gebraucht. Noch ein Streuner.«

Hinter ihm erschien Mrs Barley mit verschränkten Armen. »Du hast die Tür doch abgeschlossen, oder?«

»Offensichtlich«, log Vincent.

Mrs Barley seufzte, der Klang war beinahe zärtlich. »Bring sie rein. Ich hole den Erste-Hilfe-Kasten.«

Vincent zerrte die Frau in den Flur und hinterließ eine rote Spur. Er blickte zum Fenster des Treppenabsatzes hinauf und dachte mit einer Art resignierter Verärgerung, dass es immer so anfing: mit einem Fremden, einer Nachricht und einem Chaos, das Mrs Barley mit Bleichmittel beseitigen musste.

Er schaffte ein halbes Lächeln und entblößte seine Reißzähne. »Nicht genug emotionale Tiefe«, wiederholte er leise und machte sich daran, die neue Katastrophe in Ordnung zu bringen.

ZWEI

Vincents Wohnzimmer besaß eine Art Würde, aber nur in dem Sinne, wie sich ein zum Tode Verurteilter für seine eigene Hinrichtung herausputzen mag. Die Möbel – schwer, viktorianisch, für einen Pappenstiel fast neu aus dem Nachlass irgendeines toten Verwandten erworben – schmorten am Rand entlang wie missbilligende Geister. Ahnenporträts funkelten von den Wänden herab, nur aus Wangenknochen und passiver Aggression bestehend, und die Bücherregale hatten ihren Zweck längst an wackelige Stapel zerlesener Taschenbücher und leerer Ginflaschen preisgegeben. Der Teppich hatte einst nach Burgunderrot gestrebt, doch nun hatte er die mürrische Farbe alter Wunden.

Sie zogen ihr den Mantel aus und legten das Mädchen auf das Sofa, das unter ihrem Gewicht seufzte, als ärgerte es sich über die zusätzliche Gesellschaft. Vincent kauerte neben ihr und beäugte stirnrunzelnd die Ansammlung von Verletzungen, die sich bereits an ihren Armen und ihrem Kiefer violett färbten. Sie sah nach siebzehn aus, höchstens achtzehn, obwohl ihr Mund auf jemanden hindeutete, der gezwungen worden war, auf der Überholspur erwachsen zu werden, und dann wiederholt von ihr überfahren worden war.

Mrs Barley wuselte an ihm vorbei und zog eine Dunstwolke aus antiseptischer Lotion und etwas Scharfem hinter sich her – Salbei vielleicht oder der Duft eines leicht missglückten Rituals. Sie warf einen Armvoll Handtücher auf den Couchtisch und musterte den bewusstlosen Gast mit der kühlen Unparteilichkeit einer Krankenschwester in der Notaufnahme am Ende einer Doppelschicht.

»Hast du einen Namen, meine Liebe?«, fragte Mrs Barley, ohne wirklich eine Antwort zu erwarten.

Das Mädchen machte ein Geräusch irgendwo jenseits des Bewusstseins und versank dann tiefer in den Kissen. Ihre Fingerknöchel waren aufgeschürft und ihr Kapuzenpulli trug die Blut-und-Dreck-Abzeichen einer kürzlichen Straßenauseinandersetzung. Vincent durchsuchte mit geübter Diskretion ihre Taschen und fand nichts, außer einem Bibliotheksausweis (Name: Ren B), einem Kaugummi ohne Verpackung und einem Telefon, das so unheilbar zersprungen war, dass es einem Spinnennetz glich.

Mrs Barley kniete sich neben den Kopf des Mädchens, nahm ihr Kinn zwischen zwei Finger und untersuchte ihre Augen. »Pupillenreaktion normal. Keine Gehirnerschütterung, oder zumindest nichts, was du nicht verdient hättest.« Sie sagte es mit einer Art rauer Anteilnahme, die es schaffte, sowohl beleidigend als auch seltsam beruhigend zu sein. »Gib mir mal den Becher.«

Vincent reichte ihr das am wenigsten fleckige Gefäß in Reichweite. Mrs Barley zog einen kleinen Flachmann aus den Falten ihrer Schürze, goss einen Schuss glitzernder, smaragdgrüner Flüssigkeit heraus und verrührte ihn mit dem Stiel eines Löffels zu einer Paste.

»Das sieht aus, als würde es den Lack von einem Ford Fiesta lösen«, sagte Vincent und beobachtete sie mit entsetzter Faszination.

Mrs Barley nickte kurz angebunden. »Das ist der Sinn der Sache. Saubere Wunden, offene Wege. Ein altes Armee-Rezept. Trink das und du kannst drei Tage mit einem gebrochenen Knöchel marschieren.« Sie kniff dem Mädchen die Nase zu, hebelte ihren Kiefer auf und goss die Medizin in die Lücke. Die Kehle des Mädchens bewegte sich, als es reflexartig schluckte, dann hustete es, rollte sich auf die Seite und starrte Mrs Barley mit den unheilvollen Augen von jemandem an, der trotz allem immer noch damit rechnete, ausgeraubt zu werden.

»Wo bin ich?«, krächzte das Mädchen, ihre Stimme von Schmerz und Überraschung aufgeraut.

Vincent schenkte ihr seinen besten Versuch, onkelhaft zu wirken. »Du bist in Sicherheit. Fass die Fernbedienung nicht an, sie setzt das Universum zurück.« Er deutete auf den Raum, als ob das alles erklärte.

Das Mädchen wischte sich mit dem Handrücken über den Mund und setzte sich so abrupt auf, dass Vincent beinahe seine Nase verlor. »Wer zum Teufel seid ihr?«

Mrs Barley, unbeeindruckt, tupfte mit einem Geschirrtuch, das in der grünen Mixtur getränkt war, die Wunde auf der Wange des Mädchens ab. »Der Ton«, sagte sie. »Ein Kind ist anwesend.«

»Ich bin das Kind«, schnappte das Mädchen.

Mrs Barley lächelte nur, dünn und zufrieden. »Eben.«

Vincent hockte sich auf die Kante des Couchtisches. »Ich bin Vincent, das ist Mrs Barley. Du bist an unserer Haustür aufgetaucht und liefst aus wie ein Sieb. Passiert das öfter oder ist das ein besonderer Anlass?«

Ren dachte darüber nach, zuckte dann mit den Schultern, eine Bewegung so defensiv, dass sie auch gleich mit einer Warnweste hätte kommen können. »Passiert schon mal. Normalerweise nicht mit einem Begrüßungskomitee.« Sie blickte sich um, nahm den Raum, das verschlossene Fenster und das Kruzifix an der Wand in Augenschein, das zu einem Flaschenöffner umfunktioniert worden war. Ihr Blick verweilte auf dem Regal mit den Blutbeuteln in der hintersten Ecke, dann schnellte er zurück zu Vincent und verengte sich.

»Bist du ein Vampir?«

Vincent grinste und zeigte einen Anflug von Fangzahn. »Nur montags und an Feiertagen.«

Ren machte ein skeptisches Geräusch. »Großartig. Ich werde von der Addams Family gerettet.«

Mrs Barley reichte ihr ein Glas Wasser und einen Keks, wobei Letzterer sowohl tödlich als auch hausgemacht aussah. »Du wirst überleben. Es sei denn, du willst lieber nicht?«

Das Mädchen ignorierte die Frage und stocherte stattdessen mit klinischer Distanz an der verkrusteten Wunde an ihrem Arm. »Habt ihr einen Krankenwagen gerufen?«

Mrs Barley schüttelte den Kopf. »Hätte dir nichts genützt. Du hast eine Verletzung anderer Art.« Sie tupfte das Blut ab und Vincent sah es: Unter der verschmierten Kruste ein kleines Tattoo, halb verheilt und zornigrot. Drei ineinandergreifende Mondsicheln und an ihrem Schnittpunkt eine Linie winziger, knochenfarbener Punkte. Es war die Glyphe von dem abgetrennten Kopf, neu interpretiert von jemandem mit einer ruhigeren Hand und weniger Geduld.

Vincent griff nach ihrem Handgelenk. Ren zuckte weg, aber nicht schnell genug, um ihn daran zu hindern, das Zeichen zu sehen. »Woher hast du das?«

Sie riss ihre Hand zurück und versteckte sie unter ihrem Kapuzenpulli. »Geht dich nichts an.«

»Im Gegenteil«, sagte Vincent, plötzlich sehr müde, »es geht mich sehr wohl etwas an. Dieses Symbol taucht nicht zum Spaß auf irgendwelchen Teenagern auf. Das ist die Art von Ding, das man an sehr alten, sehr toten Menschen findet. Oder schlimmer, an Menschen, die im Begriff sind, sehr tot zu werden.«

Rens Gesichtsausdruck – der bereits in Richtung »könnte

Stahlbeton durchbeißen« tendierte – machte komplett dicht. »Es ist nur ein Tattoo. Eine Freundin von mir hat es gemacht. Sie meinte, es wäre so ein Schutzding.«

Mrs Barley schnaubte. »Deine Freundin ist eine Lügnerin. Oder sie hat einen sehr schwarzen Humor.«

Ren funkelte Mrs Barley an, dann Vincent, und für einen Moment war das einzige Geräusch im Raum die Uhr über dem Kamin, die die Zeit maß wie ein Gefängniswärter.

Vincent sah sich das Zeichen erneut an und bemerkte diesmal ein schwaches Schimmern an seinem Rand. Das hatte er schon einmal gesehen, in einem Hinterzimmer in Krakau und noch einmal nach dem Carmine-Massaker. Es war nicht nur Tinte; etwas anderes bewegte sich unter der Haut, als ob die Glyphe selbst einen Stoffwechsel hätte.

Er wich misstrauisch zurück. »Hast du dich ... seltsam gefühlt? Seit du es hast?«

Ren zuckte mit den Schultern, aber es lag etwas Brüchiges darin. »Definiere ›seltsam‹.«

»Irgendetwas. Albträume. Hunger. Wut. Der Drang, Gedichte rückwärts aufzusagen.«

Sie verdrehte die Augen. »Ich bin siebzehn. Das ist bei mir nur ein ganz normaler Dienstag.«

Mrs Barley tätschelte ihre Schulter, beinahe sanft. »Dir wird nichts passieren. Stochere nur nicht daran herum.«

Vincent wollte nachhaken, aber der Blick, den Mrs Barley ihm zuwarf, sagte »lass es«, also tat er es.

Ren nippte an dem Wasser und verschluckte sich sofort. »Was ist da drin?«

»Essenz der Ehrlichkeit«, antwortete Mrs Barley. »Ist nicht ansteckend, aber man kann ja nie wissen.«

Ren wischte sich den Mund ab und sackte gegen das Sofa, sah auf einmal jünger und müder aus als zuvor. Vincent musterte sie und versuchte, die Logik ihres Erscheinens zusammenzusetzen.

Die Glyphe, der Zeitpunkt, die alte Prophezeiung, die in seiner Erinnerung mit den Ketten rasselte. Es konnte kein Zufall sein. Der Zufall hatte schon vor Jahrhunderten aufgehört, seine Anrufe entgegenzunehmen.

Mrs Barley begann, die Handtücher und Flaschen wegzuräumen, ihre Bewegungen zügig und endgültig. Vincent fing ihren Blick auf, sah die unausgesprochene Frage und beantwortete sie mit einem Nicken: »Später.«

Ren versuchte aufzustehen, scheiterte und ließ sich in die abgenutzten Polster zurücksinken. »Kann ich gehen?«

Mrs Barley überlegte. »Morgen früh. Du brauchst Ruhe. Und heute Nacht liegt etwas in der Luft.«

Ren funkelte sie an. »Das ist eine Zeile aus einem Phil-Collins-Song.«

Mrs Barleys Mund zuckte, nur ganz leicht. »Das ist eine Zeile aus dem Leben, meine Liebe.«

Eine angespannte, unbehagliche Stille senkte sich herab. Vincent füllte sie auf die einzige Art, die er kannte: mit einer Geschichte. »Habe ich euch jemals von dem Mal erzählt, als ich mir ein Tattoo vom persönlichen Attentäter des Papstes habe stechen lassen?«

Ren sah ihn an, als ob sie ihn herausfordern wollte, weiterzuerzählen.

»Es hat nicht gehalten«, sagte Vincent. »Aber ich habe drei neue Schimpfwörter gelernt und der Attentäter bekam dafür ein kostenloses Ohrläppchenpiercing. Manchmal fügt sich einfach alles.«

Ren schloss die Augen und war im nächsten Moment wieder eingeschlafen, der Kiefer in derselben kämpferischen Haltung.

Mrs Barley deckte sie mit professioneller Sorgfalt mit einer Decke zu. »Sie ist nicht besessen, weißt du.«

Vincent beobachtete, wie die Glyphe pulsierte, ein schwaches, aber unverkennbares Licht, das sich unter der Haut bewegte.

»Nein«, sagte er mit leiser Stimme. »Aber etwas schreibt sich seinen Weg hinein.«

Mrs Barleys Antwort ging im Knarren des sich setzenden Gebäudes unter, während die Ahnenporträts in stillem Urteil herabblickten.

Vincent setzte sich auf, plötzlich bewusst, wie dunkel der Raum geworden war und wie die Glyphe auf Rens Handgelenk von Minute zu Minute heller zu scheinen schien. Er fragte sich, ob die Prophezeiung ihn aus dem Jenseits auslachte, oder ob dies nur die Art des Universums war, ihn daran zu erinnern, dass unerledigte Angelegenheiten immer, immer wieder zu einem zurückkehrten.

Er goss sich einen Drink ein, dann noch einen, und beobachtete das schlafende Mädchen, während er darauf wartete, dass die nächste Katastrophe an die Tür klopfte.

Es würde nicht lange dauern.

Das Mädchen schlief wie ein Toter, erwachte aber am nächsten Abend mit demselben misstrauischen Blick, den sie Vincent in der Nacht zuvor zugeworfen hatte. Zum Frühstück – einem zu lange gebratenen Eiersandwich und einem Instantkaffee, der so bitter war, dass er aus Vincents eigener Kindheit hätte stammen können – hatte sich Ren so weit erholt, dass sie mit dem nervösen Trotz einer wilden Katze, die zum ersten Mal ins Haus gelockt wurde, am Küchentisch herumlungerte.

Mrs Barley waltete über der Mahlzeit mit der ganzen Wärme eines öffentlichen Henkers und kommentierte ununterbrochen das Wetter, den Müllabfuhrplan und die minderwertige Qualität moderner Antibiotika. Sie stellte Ren eine Schüssel Haferbrei hin, die diese mit unverhohlenem Ekel betrachtete.

»Er ist bio«, sagte Mrs Barley, was stimmte, wenn man »bio« als »vor dem Rauchverbot gekauft und zum Reifen stehen gelassen« definierte.

Ren stocherte in dem Brei und blickte dann zu Vincent auf, der noch nicht den Willen gefunden hatte, sich zu setzen. »Kann ich jetzt gehen?«

Mrs Barley sagte, ohne mit der Wimper zu zucken: »Iss erst mal. Dann werden wir sehen.«

Vincent verweilte im Türrahmen und fühlte sich in seiner eigenen Küche seltsam fehl am Platz. Er wollte das Mädchen über die Glyphe ausfragen – woher sie sie hatte, was sie ihr bedeutete, ob sie bei Regen juckte –, aber etwas an der Art, wie sie ihren Kiefer anspannte, sagte ihm, dass er dafür nichts als ein blaues Auge bekommen würde. Außerdem wusste er, dass die einzigen wirklichen Antworten oben waren.

Also überließ er Mrs Barley ihrer häuslichen Belagerung und stieg die schmale Treppe zu seinem Arbeitszimmer hinauf.

Der Dachboden war genau so, wie er ihn verlassen hatte: eine Gruft mit niedriger Decke, voller staubiger Regale und instabiler Stapel, beleuchtet von einer einzigen Glühbirne und dem Mondlicht, das durch ein verkrustetes Fenster blinzelte. Vincent atmete den Geruch ein – altes Papier, getrocknete Tinte und ein Hauch von Moder – und fühlte sich fast getröstet. Das Durcheinander war ganz sein eigenes und daher zumindest eine vertraute Art von Chaos.

Er machte sich an die Arbeit, durchwühlte Kisten mit der Aufschrift »Krempel«, »Definitiv keine Beweismittel« und »NEIN«. Er ließ einen Haufen alter Quittungen und Verlagsverträge links liegen und ging direkt zu der Pappkiste ganz hinten – der, auf deren Deckel »Carmine« in seiner eigenen sorgfältigen, vom Kater korrigierten Handschrift gekritzelt war.

Im Inneren: kommentierte Korrekturabzüge, eine Handvoll Hardcover der »Sonderausgabe« (tadelloser Zustand, nie gelesen) und ein Samtbeutel mit dem Knochendolch, mit dem Carmine einst auf einer Silvesterparty die Kehle eines Botschafters durchgeschnitten hatte. Die Klinge schimmerte immer noch mit einem schwachen, öligen Schillern, als hätte sie eine Meinung dazu, gestört zu werden.

Vincent legte den Dolch beiseite und öffnete das erste Manuskript. Die Glyphe war da, auf der Titelseite: drei Mondsicheln, dieselben wie auf Rens Handgelenk, obwohl diese hier in schwärzester Tinte wiedergegeben und von einer ordentlichen Spirale aus lateinischem Text eingerahmt war. Die Linien krümmten und überlappten sich auf eine Weise, die die Augen jucken ließ.

Er blätterte nach hinten, wo Carmine einst Korrekturen mit einem blutroten Kugelschreiber hingekritzelt hatte. Am Rand neben einer besonders reißerischen Passage hatte der alte Bastard geschrieben: *Unterschätze nicht den Reiz der Verwandlung. Sie ist das Einzige, was ihnen wichtig ist.*

Vincent schnaubte. Typisch Carmine, siebenhundert Jahre existenziellen Schreckens auf einen Spruch zu reduzieren, der auf einen Buchumschlag passte.

Er grub tiefer, durch einen Haufen Korrespondenz, der den Bogen seines eigenen moralischen Verfalls nachzeichnete: Fanpost von Kultisten, Hassbriefe von anderen Kultisten, zunehmend verzweifelte Bitten seines Agenten, Abgabetermine einzuhalten. Und dann fand er ihn – einen Ordner, zerfleddert und mit etwas gesprenkelt, das Kaffee oder möglicherweise Blut hätte sein können, beschriftet mit »Bukarest – Originalentwurf«.

Er öffnete ihn, die Hände zitterten gerade so stark, dass es nervte.

Dort, auf der ersten Seite, war die Strophe. Er erinnerte sich daran, sie geschrieben zu haben, oder besser gesagt, er erinnerte sich an die Zeit danach: das Gefühl kalter Klarheit, das aus einer Nacht voller Absinth und dem vagen, dringenden Bedürfnis entstanden war, Carmine um jeden Preis zu beeindrucken.

—In Blut beginnt's, doch Tinte wird verbinden / Die Lebenden mit der Vergangenheit, die sie umschlingen. / Wenn das Zeichen in der Jugend wird getragen / Das Gefäß erwacht, um in Wahrheit zu tagen.—

Es hatte damals wie Wortsalat gewirkt, die Art von kryptischem, vage bedrohlichem Vers, der Prophezeiungen authentisch erscheinen ließ, während er absolut nichts bedeutete. Aber Carmine hatte ihn geliebt, und so blieb er drin.

Vincent verglich die Glyphe auf dem Manuskript mit der Erinnerung an Rens Tattoo. Sie stimmten perfekt überein, bis hin zum Strich einer Linie oben rechts. Kein Zweifel.

Er lehnte sich zurück und ließ die Konsequenzen auf sich wirken, wie Schlick in einem schlammigen Fluss. Das Mädchen war ein Gefäß. Ob sie es wusste oder nicht, etwas schrieb sich seinen Weg hinein und benutzte sie als Seite. Und angesichts der Tatsache, wie Carmine in der Vergangenheit »Gefäße« betrachtet hatte, würde das wahrscheinliche Ergebnis kein feierliches Gruppenfoto sein.

Draußen im Garten gab es eine Bewegung. Er spähte durch das Fenster und entdeckte Ren im Garten, erhellt vom Bewegungsmelder des Sicherheitslichts. Sie kauerte auf den Stufen der Hintertreppe, eingehüllt in eine für das Wetter zu dünne Decke, und nippte beidhändig an ihrem Tee. Mrs Barley stand über ihr, die Arme verschränkt, ihre Silhouette irgendwie sowohl abweisend als auch mütterlich.

Er sah zu, wie Mrs Barley etwas sagte und Ren lachte. Ein kleines Lachen, scharf und plötzlich, und für einen Moment verließ die Wachsamkeit ihr Gesicht.

Vincent erschauderte. Er hatte diese Szene schon einmal gesehen, oder etwas Ähnliches – jedes Mal, wenn eine Prophezeiung begann, sich zu entfalten, jedes Mal, wenn irgendein kluger Bastard beschloss, dass die Regeln nicht galten. Es begann immer mit Lachen, und es endete immer, immer, in Schreien.

Er blätterte durch den Rest des Ordners, fand aber nichts außer alten Rechnungen und einer getrockneten Blume, die zwischen die Seiten gepresst war. Er schloss ihn, legte den Knochendolch auf den Stapel und staubte sich die Hände ab.

Von unten drang Mrs Barleys Stimme herauf: »Kommst du, oder müssen wir ohne dich anfangen?«

Vincent blickte zurück auf das Manuskript, dann auf das Fenster und das Mädchen darunter.

»Das wird in einem Feuer enden«, murmelte er und ging hinunter, um sich ihnen anzuschließen.

DREI

Ren saß auf der Kante eines durchgesessenen Ohrensessels und umklammerte einen angeschlagenen Becher mit Mrs Barleys schwarzem Gebräu. Der Geschmack war eine Mischung aus Kamille und etwas anderem, das ihr das Gefühl gab, ihre Zunge würde sanft abgeschliffen. Ihre in der Nacht zuvor aufgeplatzte Lippe war schön verkrustet, aber der Rest von ihr war immer noch in höchster Alarmbereitschaft – die Schultern verspannt, ein Bein zitternd, die Augen huschten zwischen Vincent und dem Kruzifix-Flaschenöffner über dem Kaminsims hin und her.

Vincent betrachtete sie vom Sofa aus, die Körperhaltung lässig, doch die Finger trommelten ein nervöses Allegro auf seinem Knie. Er hatte ein Hemd angezogen, das aus der Ferne frisch gebügelt aussah, aus der Nähe aber eine Konstellation aus Kaffeeflecken offenbarte. Hin und wieder warf er Ren einen Blick zu und schaute dann mit der einstudierten Lässigkeit eines Mannes weg, der ein Gasleck in einem vollen Theater ignoriert.

»Also«, sagte Ren und durchbrach eine Stille, die sich schwer und misstrauisch niedergelassen hatte, »ist das jetzt der Teil, in dem du mir sagst, dass ich die Auserwählte bin, oder nur, dass ich auf eine wirklich einfallsreiche Weise sterben werde?«

Vincent tat so, als würde er nachdenken. »Weder noch. Das ist der Teil, in dem ich blocke und hoffe, dass du die Lust verlierst, bevor du etwas Sinnvolles fragst.«

Ren fletschte die Zähne zu einem Lächeln, das die Freundlichkeit einer verrosteten Falle ausstrahlte. »Zu spät. Du steckst bis zum Hals mit drin. Also rede schon. Was hat es mit diesem Symbol auf sich? Warum krabbelt es unter meiner Haut herum? Und warum träume ich andauernd in verdammten Reimen?«

»In Reimen zu träumen ist nicht so selten, wie die Leute denken«, sagte Vincent. »Es ist ein klassisches Symptom dafür, dass man schlecht konstruierten Prophezeiungen ausgesetzt war. Oder einer Privatschule.«

Sie kniff die Augen zusammen. »Und die Stimmen?«

Er seufzte und zupfte eine Flocke von irgendetwas – Farbe, vielleicht Haut – von der Sofalehne. »Stimmen sind Standard. Daran gewöhnt man sich. Du solltest nur nicht laut im Supermarkt mit ihnen streiten, das macht das Bezahlen an der Kasse komisch.«

Ren starrte ihn ungläubig an. »Machst du ernsthaft Witze? Weißt du, dass ich gestern wegen deiner ›Prophezeiung‹ beinahe eine Hand verloren hätte?«

»Technisch gesehen ist es nicht meine Prophezeiung«, sagte Vincent. »Nur ein abgeleitetes Werk. Ich lehne jede Verantwortung ab.«

Ren machte ein Geräusch, das andeutete, dass sie ihm den Becher an den Kopf geworfen hätte, wenn sie nicht noch daraus getrunken hätte. »Wessen Schlamassel ist es dann?«

Vincent warf ihr einen Seitenblick zu. »Spielt keine Rolle. Er ist tot. Oder versteckt sich. Oder tut auf eine sehr öffentliche, aufmerksamkeitsheischende Weise so, als wäre er tot. Carmine war nie subtil.«

Ren kniff die Augen zusammen, ein Funken des Wiedererkennens blitzte auf. »Carmine, wie in der Carmine-Prophezeiung? Das ist ein echtes Ding? Ich dachte, das wär nur Gothic-Schwachsinn, den man in irgendwelchen Reddit-Foren findet.«

Vincent lächelte halb, eine Geste, die eher wie eine Grimasse wirkte. »Alles ist irgendwann echt. Prophezeiungen haben nur ein besseres PR-Team.«

Aus dem Flur hallte das Geräusch von praktischen Schuhen und kaum verhohlener Verärgerung. Mrs Barley fegte ins Zimmer, beladen mit einem Tablett voller Toast und einer Flasche Reinigungsmittel, die sie wie einen Schlagstock schwang.

»Trink aus«, sagte sie und stellte den Teller vor Ren ab. »Du wirst deine Kräfte brauchen. Und wenn du vorhast, wieder auf den Teppich zu bluten, sag mir vorher Bescheid.«

Ren nahm den Toast, aber ihre Aufmerksamkeit war auf Mrs Barley gerichtet. »Sie wissen also von dieser Prophezeiungs-Sache?«

Mrs Barley wischte mit chirurgischer Effizienz einen Schmierfleck vom Tisch. »Natürlich. Deswegen bist du ja hier. Aus dir sickert Prophezeiung.«

Ren verschluckte sich. »Wie bitte?«

Mrs Barley zuckte unbeeindruckt mit den Schultern. »So was passiert. Normalerweise bemerken wir es, bevor sich jemand ein Tattoo stechen lässt, aber was geschehen ist, ist geschehen.«

Vincent studierte die gegenüberliegende Wand mit plötzlichem Interesse an der abblätternden Tapete. »Sie sickert nicht wirklich. Eher so … sie sendet. Sie funkt.«

Ren fuhr wütend zu ihm herum. »Was zum Teufel soll das heißen?«

Vincent fuhr sich mit einer Hand durch die Haare und ließ sie dann resigniert zurückfallen. »Es bedeutet, dass etwas in dir ist, das raus will. Eine Prophezeiung ist ein bisschen wie ein Parasit oder eine Ketten-E-Mail. Man wird infiziert und plötzlich dreht sich alles um Omen, seltsame Gelüste und den überwältigenden Drang, Dinge aufzuschreiben.«

Ren knallte ihren Becher auf den Tisch. »Ich bin kein Parasit. Und ich will nichts davon. Ich wollte doch nur –« Sie brach ab, der Zorn schwand und wurde von einer straffen, unterdrückten Panik abgelöst. »Ich wollte nur weg. Sie haben mich nicht gelassen.«

Mrs Barley sah sie mit plötzlichem, unangenehmem Mitgefühl an. »Wer?«

Ren zögerte, dann: »Keine Ahnung, eine Art Kult. Glaube ich. Ich weiß nicht, ob sie sich selbst so nannten, aber alle anderen haben es getan. Sie sagten, ich sei ... das Gefäß der Feder.« Sie funkelte sie an und forderte sie heraus zu lachen, aber weder Vincent noch Mrs Barley taten es.

Vincents Miene veränderte sich nicht. »Klassisch. Immer diese Gefäße.«

Ren kauerte sich in ihren Kapuzenpulli. »Sie haben uns gezwungen, diese Bücher von Hand abzuschreiben. Seiten über Seiten. Sie sagten, es sei für die ›Übertragung‹. Aber jedes Mal, wenn ich schrieb, wurden die Träume schlimmer. Und dann tauchte die Glyphe auf.«

Mrs Barley kniete sich vor sie, all die scharfen Kanten ein wenig weicher geworden. »Du bist weggelaufen. Das war klug.«

Ren nickte, die Fäuste auf ihrem Schoß geballt. »Ja. Und ich habe eins der Bücher mitgehen lassen. Dachte mir, wenn ich es habe, können sie ihr Ritual, was auch immer sie vorhatten, nicht beenden.«

Vincent legte den Kopf schief. »Was hast du mit dem Buch gemacht?«

»Verbrannt«, sagte Ren. »Oder es versucht. Es hat geblutet. Dann geschrien.«

Eine Stille, so dick, dass man sie aufs Brot streichen konnte, senkte sich über den Raum. Vincent schloss die Augen, kniff sich in den Nasenrücken und griff nach einem Weinglas, das von der

Nacht zuvor übrig geblieben war. Er nahm einen Schluck, verzog das Gesicht und trank dann noch einmal, als würde es mit Ausdauer besser werden.

»Natürlich hat es das«, sagte er so leise, dass es fast an sich selbst gerichtet war.

Ren beobachtete ihn und wartete auf die Pointe.

Vincent öffnete die Augen, müde. »Solche Bücher sind schwer zu töten. Sie haben normalerweise Notfallpläne. Sicherheitsvorkehrungen. Manchmal im Einband, manchmal in der Person, die sie verbrennt.«

Rens Gesicht verlor den letzten Rest Farbe. »Also was, verwandle ich mich jetzt in ein Buch?«

Mrs Barley antwortete zuerst, ihre Stimme sanft und ungewöhnlich mütterlich. »Nein, Liebes. Du bist die Geschichte. Das Buch ist nur der Träger.«

Ren sah zur Bestätigung zu Vincent, aber sein Gesicht war zu einer Maske der Resignation erstarrt. »Es ist nicht so schlimm, wie es klingt«, sagte er, aber nicht einmal er selbst schien davon überzeugt zu sein.

Sie beugte sich vor, ihre Stimme tief und hart. »Wie kann ich es aufhalten?«

Vincent schwenkte den Bodensatz seines Weins und beobachtete die Spirale des Sediments. »Gar nicht«, sagte er. »Du überlebst es. Wenn du Glück hast, darfst du dein eigenes Ende schreiben.«

Eine Stille mit der Wucht eines Gefängnisurteils legte sich über sie, nur unterbrochen vom unerbittlichen Ticken der Uhr und dem fernen Geräusch von Krähen, die im Garten stritten.

Ren biss in ihren Toast und kaute mit absichtlicher Aggression. »Was passiert, wenn ich es nicht tue?«

Vincent sah ihr direkt in die Augen, zum ersten Mal, seit sie angekommen war. »Dann schreibt sie dich zu Ende. Und in dieser Version bist du nicht die Hauptfigur.«

Sie starrte ihn an und wartete darauf, dass er zusammenzuckte oder wegsah, aber er hielt ihrem Blick mit der müden Tapferkeit eines Mannes stand, der diesen Streit schon einmal verloren hatte.

Mrs Barley stand auf, sammelte das Tablett ein und warf beiden einen Blick zu, der es schaffte, Verärgerung, Stolz und den deutlichen Eindruck zu vereinen, dass sie bereits Rens Fluchtweg und Vincents Beerdigung plante. »Esst auf«, sagte sie. »Wir werden unsere Kräfte brauchen.«

Sie verließ den Raum und das Echo ihrer praktischen Entschlossenheit hing in der Luft.

Ren blickte auf ihre Hände, das Mal an ihrem Handgelenk pulsierte schwach mit seiner eigenen Logik.

Vincent trank seinen Wein aus, die Augen immer noch auf nichts Bestimmtes gerichtet. »Es sind immer die Klugen«, sagte er zu niemandem im Besonderen, und dann – aus Gewohnheit oder Hoffnung – füllte er sein Glas wieder auf und wappnete sich für das, was als Nächstes kam.

Das Mittagessen als Konzept hatte sich in Vincents Wohnung nie wirklich durchgesetzt, zum Teil, weil seine Mittagszeit Mitternacht war und er um diese Zeit immer mitten in etwas steckte. Zum Teil auch, weil er es immer für eine Affektiertheit hielt, wie Meditation oder Zahnhygiene. Aber Mrs Barley war eine Fanatikerin der Routine, und so hatte sie Punkt fünf nach Mitternacht Vincent und Ren in die Küche getrieben, einen Laib Brot und ein Glas mit etwas Eingelegtem auf den Tisch gestellt und strenge Warnungen über die Konsequenzen ausgesprochen, wenn man »nicht aufisst, was auf dem Teller ist, junge Dame.«

Die Küche war weniger ein Zimmer als vielmehr eine Sammelzelle für eigenwilliges Gemüse und tote Haushaltsgeräte.

Das Fenster, das von den Schlieren tausender gescheiterter Experimente durchzogen war, blickte auf den Garten – ein kleines Rechteck aus Unkraut und wildem Rosmarin, umgeben von einem Zaun, der in einem Fünfundvierzig-Grad-Winkel geneigt war, als wolle er sehen, was auf der anderen Seite wuchs.

Vincent saß mit dem Rücken zur Tür und schnitt Brot mit dem Messer mit Knochengriff, das einst für rituelle Opfer (und öfter für Salami) verwendet worden war. Das Messer wirkte durch die Banalität seiner Aufgabe leicht beleidigt. Mrs Barley goss Tee aus einer angeschlagenen Teekanne ein, das Gebräu war so dickflüssig, dass es kaum in der Tasse schwappte.

Ren hockte auf der Kante eines Stuhls, die Arme verschränkt, den Reißverschluss ihres Kapuzenpullis bis zum Kinn hochgezogen. Das Tattoo an ihrem Handgelenk – drei Mondsicheln und die Kette aus Knochenpunkten – sah fast aus wie ein Bluterguss, die Haut hob sich fahl von ihren Fingerknöcheln ab. Sie beobachtete Vincent, ohne zu blinzeln.

»Also«, sagte sie, »diese Prophezeiungs-Sache. Was von beidem ist es? Werde ich sterben oder einfach nur den Verstand verlieren?«

Vincent bestrich sein Brot mit der ernsten Konzentration eines Mannes, der dem Thema gänzlich auswich. »Beides ist möglich«, sagte er. »Aber überstürzen wir nichts. Manchmal verblassen diese Dinge einfach ...«

Mrs Barley machte ein scharfes, abfälliges Geräusch. »Hör auf, Mist zu erzählen. Wenn du deine eigenen Werke lesen würdest, wüsstest du, dass es niemals verblasst.«

Ren deutete mit ihrer Brot-Spitze auf Vincent. »Siehst du? Sogar deine Haushälterin hat dich durchschaut.«

Vincent zuckte zusammen, legte dann sein Messer nieder und lehnte sich zurück, wobei er die Decke musterte, als könnte dort oben, zwischen den Rissen, eine Antwort geschrieben stehen. »Die Carmine-Prophezeiung sollte nie etwas Echtes sein«, sagte er. »Sie war als Satire gedacht. Ich war jung, ich war betrunken, und Carmine dachte, die Welt bräuchte eine neue Offenbarung für die postmoderne Ära.«

»Lass mich raten«, sagte Ren. »Du warst derjenige, der sie geschrieben hat?«

Er zuckte mit den Schultern. »Technisch gesehen habe ich sie als Ghostwriter verfasst. Carmine hat nur seinen Namen hinzugefügt. Und eine Menge unnötiges Blut.«

Mrs Barley füllte die Tassen mit einer Geste nach, die andeutete, dass sie die Flüssigkeit jederzeit als Waffe einsetzen könnte. »Er ist bescheiden. Die Prophezeiung ist sein Baby. Wie alle Männer bereut er es sofort nach der Geburt.«

Vincent warf ihr einen Blick zu, aber Mrs Barleys Gesicht war aus purem Granit.

Ren nippte am Tee und verzog das Gesicht. »Du hast meine Frage nicht beantwortet.«

Vincent begegnete ihrem Blick, und für einmal war seine Ausflucht verschwunden. »Es geht nicht ums Sterben. Es geht darum, überschrieben zu werden. Die Prophezeiung ist ... viral. Sie will erzählt werden, und es ist ihr egal, wer das Erzählen übernimmt.«

Mrs Barley nickte. »Wie eine sehr enthusiastische Pilzinfektion.«

Ren verarbeitete das. »Also wird sie mich in ihre Geschichte umschreiben.«

Vincent nickte, sein Mund war eine schmale Linie. »Wenn du Glück hast, darfst du die Teile behalten, die du magst. Wenn nicht – nun, hast du schon mal Fanfiction gelesen, die so out-of-character war, dass es wehtat?«

Ren warf ihm einen ausdruckslosen Blick zu. »Jede Fanfiction ist out-of-character. Das ist ja der Sinn der Sache.«

Mrs Barley gluckste einmal. »Da hat sie nicht unrecht.«

Vincent stieß einen Seufzer aus, der zu gleichen Teilen aus

Frustration und Bewunderung bestand. »Na gut. Ja. Du bist die Seite. Etwas wird versuchen, sich hineinzuschreiben. Du widerstehst ihm oder du lenkst es. Das ist das Beste, was bisher jemand geschafft hat.«

Ren blickte auf ihr Handgelenk, dann wieder auf. »Wie lenkt man es?«

Vincent zuckte mit den Schultern. »In Bewegung bleiben. Unberechenbar bleiben. Lass dich nicht von ihr festnageln. Wenn du stehen bleibst, wenn du zulässt, dass die Geschichte dich einholt, schreibt sie dich ins Drehbuch. Ist dem letzten Gefäß passiert. Sie endete als Straßenlegende in Budapest, halb Frau, halb Allegorie, gänzlich unerträglich.«

Ren blinzelte und lachte dann – kurz, scharf, trotzig. »Soll mich das einschüchtern?«

»Nein«, sagte Vincent. »Es soll dich ermutigen. Die Prophezeiung kann Ironie nicht ausstehen.«

Ren trank ihren Tee aus und stellte den Becher mit einem Klirren ab. »Was, wenn ich mir das Tattoo einfach entfernen lasse?«

Mrs Barley schüttelte den Kopf. »Es ist unter der Haut. Du müsstest dir den ganzen Arm abziehen lassen.«

Ren sah zu Vincent, dessen Gesicht sagte: *Denk nicht mal dran.*

Das Essen verlief in unbehaglichem Schweigen, nur unterbrochen vom rhythmischen Kauen und dem gelegentlichen Krächzen aus dem Garten. Draußen frischte der Wind auf und der Zaun knarrte, als ob sich etwas Größeres als ein Fuchs bewegte.

Vincent aß sein Brot auf, stapelte seinen Teller und begann dann, die auf dem Tisch verstreuten Papierschnipsel einzusammeln – alte Notizen, Entwürfe der Carmine-Prophezeiung, einige mit Korrekturen in roter Tinte, andere mit einzelnen Wörtern, die in einer Handschrift gekritzelt waren, die der von Ren beunruhigend ähnlich sah.

Mrs Barley beugte sich vor, die Augen auf Vincent gerichtet. »Du wirst ihr den nächsten Teil erzählen müssen.«

Vincent zögerte. »Das ist nicht nötig. Nicht, es sei denn –«

»Erzähl. Es. Ihr«, sagte Mrs Barley mit der Stimme, die einst einen Dämon davon überzeugt hatte, sich für sein mangelndes Benehmen zu entschuldigen.

Vincent sah zu Ren, die sehr still geworden war. »Die Prophezeiung repliziert sich selbst«, sagte er mit leiser Stimme. »Wenn du infiziert bist, kannst du sie weitergeben. Manchmal durch Worte, manchmal durch Blut, manchmal einfach nur, weil du zur falschen Zeit am falschen Ort bist. Sie will ein Publikum.«

Ren zog die Knie an die Brust. »Also gibt es mehr wie mich?«

»Wahrscheinlich«, gab Vincent zu. »Aber sie halten nicht lange durch. Die meisten brennen aus oder werden von der Geschichte verschluckt.«

Sie war einen Moment lang still, dann: »Warum ich?«

Vincents Antwort war ein kleines, bitteres Lachen. »Warum irgendjemand? Du warst am falschen Ort, hast das falsche Buch gelesen, bist zur falschen Zeit weggelaufen. Das Universum hat keinen Geschmack.«

Mrs Barley stand auf, sammelte die Teller ein und legte sie mit mehr Kraft als nötig in die Spüle. »Das ist genug Selbstmitleid für eine Mahlzeit. Sie muss wissen, was auf sie zukommt.«

Vincent blickte aus dem Fenster. Der Himmel war schwarz geworden, Wolken türmten sich wie nasse Wäsche über den Dächern. Im Garten bewegte sich etwas – nur ein Schatten, aber er verweilte länger, als er sollte.

Er stand auf. »Na gut. Das hier passiert als Nächstes. Die Prophezeiung wird eskalieren. Es wird Zeichen geben. Leute, die du triffst, werden versuchen, dich in die eine oder andere Richtung zu drängen – die Geschichte zu erzählen oder sie endgültig aufzuhalten. Keine der beiden Seiten ist besonders nett.«

Mrs Barley trocknete ihre Hände ab und trat dann neben Ren.

»Aber du bist nicht allein. Wir können dazwischenfunken. Dir Zeit verschaffen.«

Ren sah beide an, und zum ersten Mal schwand etwas von ihrem Kampfgeist. »Und wenn sie mich einholt?«

Vincent lächelte, düster, aber echt. »Dann wird es zumindest eine höllisch gute Geschichte.«

Sie räumten auf, Mrs Barley stellte die Küche wieder in ihre Version von Ordnung her – Bleichmittel, kochendes Wasser, der hartnäckige Geruch von Rosmarin und Verlust.

Als Vincent die Krümel vor die Tür werfen wollte, fing Mrs Barley ihn an der Schwelle ab. Sie hielt ihre Stimme leise. »Aus ihr sickert nicht nur Prophezeiung. Sie ist eine leere Seite. Etwas hat schon begonnen.«

Vincent traf ihren Blick. »Was meinst du?«

Mrs Barley blickte zurück zum Tisch, wo Ren saß, das Kinn in die Hände gestützt. »Sieh dir ihre Notizen an. Die Handschrift ist nicht ihre.«

Vincent schluckte, als Erkenntnis und alte Furcht in seiner Brust kollidierten. »Du glaubst, es ist Carmine?«

Mrs Barley nickte einmal. »Oder etwas Ekligeres. So oder so, du musst es wiedergutmachen. Diesmal richtig.«

Vincent beobachtete Ren, das Tattoo brannte wie eine Deadline auf ihrem Handgelenk. Er spürte die alte, tiefsitzende Gewissheit, dass sich die Geschichte wiederholte, und fragte sich, was schlimmer war: die Prophezeiung oder seine Rolle darin.

VIER

Das Klopfen kam mit der Präzision eines Scharfschützen: dreimal, dann zweimal, dann wieder dreimal, so laut und kodiert, dass es genauso gut Morsecode für »Macht auf oder ich klopfe weiter« hätte sein können. Alle drei erstarrten. Vincents erster Gedanke war »Gerichtsvollzieher«, dicht gefolgt von »Prophezeiungskult« und dann, als ferner Dritter, »Postbote«.

Mrs. Barley stand auf, ihre Haltung die einer Frau, die im Begriff war, dem Tod persönlich die Kündigung zuzustellen. Sie zog ein kleines Schälmesser aus ihrer Schürzentasche, biss die Zähne zusammen und schritt zur Tür. »Unterhaltet euch solange«, murmelte sie, »bin gleich zurück.«

Vincent wechselte einen Blick mit Ren. Sie zuckte mit den Schultern, goss mehr Tee nach und beobachtete den Flur wie ein Fuchs, der einen Hühnerstall voller Feuerwerkskörper ins Visier nimmt.

Der Flur war eng und besucherfeindlich. Seine einzige Glühbirne flackerte, als Mrs. Barley die Tür öffnete. »Ja?«

Auf der Schwelle stand eine Frau Ende dreißig, das Haar kurz geschnitten wie bei jemandem, der Föhnen für eine Verschwendung von Zeit und Geduld hielt. Sie trug eine schwere, schwarze Cabanjacke über einem Pullover, der handgestrickt, aber auf Wärme ausgelegt schien, und eine Kuriertasche, die mit der geübten Lässigkeit von jemandem geschultert war, der bereit war, sie als improvisierte Waffe zu benutzen. Ihre Augen, einen Tick zu hell, um behaglich zu sein, musterten Mrs. Barley in einer Sekunde, bevor sie sie als unzureichend bedrohlich abtaten.

»Zara Delacourt«, sagte die Frau. »Ich werde erwartet. Oder sollte es zumindest.« Ihr Akzent war gepflegtes Hochdeutsch, aber auf der Frequenz einer Notrufzentrale in der Innenstadt eingestellt: effizient, unbestechlich, darauf ausgelegt, Chaos zu übertönen.

Mrs. Barley trat zurück, das Messer immer noch sichtbar, aber jetzt eher eine Andeutung als ein Versprechen. »Na, dann kommen Sie rein.«

Zara betrat die Wohnung wie eine Expertin, die feindliches Gebiet durchquert. Sie ignorierte das Chaos und die Tatsache, dass die Decke drohte, jeden über eins fünfundsiebzig zu köpfen. Mit einem Blick erfasste sie die Küche und ihre Bewohner, dann blieb sie an der Schwelle stehen und drängte ihre Anwesenheit auf wie eine Bibliothekarin mit einem Groll.

»Lupo«, sagte sie zu Vincent mit einem Lächeln, das für genau solch peinliche Situationen im Spiegel einstudiert schien.

Vincent versuchte eine einladende Geste und landete irgendwo in der Nähe einer resignierten Entschuldigung. »Zara. Ich dachte, du wärst in Schweden.«

»Stockholm war eine Sackgasse. Ich bin zurückgekommen.« Sie blickte Ren an, dann die Teekanne, dann Mrs. Barley, die wieder ihren Posten am Tresen eingenommen hatte und nun Zaras Tasche beäugte, als könnte sie voller lebender Kobras sein. »Jetzt verstehe ich, warum wir uns immer bei mir treffen.«

Vincent grunzte. »Es ist gemütlich. Leicht sauber zu halten.«

»Für wen«, Mrs. Barley schaute Vincent an.

»Mrs. Barley, meine Haushälterin, hast du ja schon kennengelernt.« Er deutete auf Ren. »Das ist Ren. Sie ist das, äh …«

»Gefäß«, half Mrs. Barley aus. »Oder der Wirt. Wir arbeiten noch an einer Berufsbezeichnung.«

Zara konzentrierte sich auf Ren, die darauf reagierte, indem sie ihre Tasse wegschob und aufblickte. Die Spannung im Raum bekam eine zusätzliche Schärfe, als hätte gerade jemand den Beginn eines Messerwerfer-Wettbewerbs angekündigt.

Zara sprach Ren direkt an, ihre Stimme wurde einen Millimeter weicher. »Wie geht's der Prophezeiung?«

Ren schnaubte. »Geht immer noch viral. Aber die Nebenwirkungen sind ziemlich krass, schätze ich. Bist du die Ärztin?«

Zara lächelte, diesmal aufrichtig. »Ich bin die Forschungsabteilung.« Sie knöpfte ihren Mantel auf und enthüllte ein abgetragenes T-Shirt mit dem Logo eines obskuren Science-Fiction-Magazins. »Früher habe ich für Vincents Bücher recherchiert, um sicherzustellen, dass sie historisch und geografisch korrekt waren. Bevor er beschlossen hat, sich einfach alles auszudenken.«

Vincents Mund verzog sich. »Manche von uns müssen Miete zahlen. Meinen Lesern ist das sowieso egal, solange es eine Trennung im dritten Akt und ein Happy End gibt.«

Zara ignorierte ihn und wandte sich wieder Mrs. Barley zu. »Haben Sie etwas Stärkeres als Tee? Ich bin vom Bahnhof gelaufen.«

»Den Gin würde ich nicht empfehlen«, sagte Mrs. Barley. »Den benutzen wir als Farbverdünner.«

»Ich riskier's«, erwiderte Zara, und Mrs. Barley holte nach kurzem Abwägen eine Flasche und drei Gläser, die sie mit einem dumpfen Geräusch auf den Tisch stellte.

Zara setzte sich uneingeladen und musterte die Küche wie eine Forensikerin am Schauplatz eines Massenunfalls. Sie goss sich einen Kurzen ein, kippte ihn hinunter und atmete dann aus, als wollte sie die Luft von den Geistern der Vormieter reinigen.

»Kommen wir zur Sache«, sagte sie und rollte ihr Glas zwischen den Handflächen. »Es gibt einen neuen Kult. Eine Abspaltung von der Carmine-Truppe, aber fieser. Sie nennen sich das Carmine-Apostolat.«

Vincent erbleichte oder wechselte zumindest in einen neuen Grauton. »Apostolat? Das ist nicht mal ein richtiges Wort.«

»Jetzt schon«, erwiderte Zara. »Sie haben angefangen, in Soho Flugblätter zu verteilen, und jemand hat die National Portrait Gallery mit deinem Siegel beschmiert.« Sie zog ein zerknittertes Flugblatt aus ihrer Tasche und warf es auf den Tisch. Das Papier war glänzend, das Logo eine dreifache Mondsichel mit einem roten Spritzer durch die Mitte. Darunter stand in schwerer Serifenschrift: *DAS GEFÄSS DER FEDER IST ERWACHT. DIE GESAMTE GESCHICHTE BEUGT SICH IHRER SCHRIFT.*

Ren las es ausdruckslos. »Eingängig. Aber ein bisschen dramatisch.«

Zara zog eine Augenbraue hoch. »Das ist nicht der dramatische Teil.« Sie beugte sich vor und senkte die Stimme. »Ein Buchladen in Bloomsbury – spezialisiert auf Apokryphen und seltene Prophezeiungen. Letzte Nacht bis auf die Grundmauern niedergebrannt. Keine Überlebenden, aber jede Menge verkohlter Knochen mit deinem Zeichen darauf, Lupo.«

Vincent versuchte sich an Tapferkeit und brachte nur Trägheit zustande. »Wahrscheinlich ein Versicherungsbetrug.«

Zara nahm noch einen Kurzen, diesmal schenkte sie auch Ren einen ein, die ihn trank, ohne mit der Wimper zu zucken. »Ich befasse mich nicht mit Versicherungen. Ich befasse mich mit Daten. Diese Leute meinen es ernst, und sie haben bereits begonnen, nach deinem ›Gefäß‹ zu jagen.« Sie nickte mit dem Kinn in Rens Richtung, deren Haltung in weniger als einer Minute von misstrauisch zu kämpferisch gewechselt hatte.

Ren nahm das Flugblatt und drehte es um, als könnte eine

geheime Botschaft auf der Rückseite stehen. »Ich verstehe immer noch nicht, warum es mich ausgewählt hat.«

Zara zuckte mit den Schultern. »Weil du hier bist. Weil es jemanden treffen musste. Die Prophezeiung hat eine perverse Vorliebe für Zufälle.«

Mrs. Barley trank ihr eigenes Getränk aus, ohne sich die Mühe zu machen, ihr finsteres Gesicht zu verbergen. »Mit ein paar Schlägern mit einem Brandeisen werden wir schon fertig. Was ist das wirkliche Risiko?«

Zara schob einen kleinen Plastikbeutel mit Beweismaterial über den Tisch. Darin befand sich ein Fragment eines verkohlten Knochens oder vielleicht Holzes, in das eine Glyphe geätzt war, die Vincents Magen gefrieren ließ. »Sie haben den Text als Waffe eingesetzt. Haben angefangen, ihn in physischen Ankern zu verankern. Das Letzte, was ich gehört habe, war, dass sie versuchen, die alten Rituale aus den Bukarester Archiven wiederzubeleben.«

Vincent fragte, mehr aus Gewohnheit als aus Hoffnung: »Ist Carmine selbst involviert?«

Zara schüttelte den Kopf. »Wird immer noch für tot gehalten. Aber du weißt ja, wie das ist – Prophezeiungskulte recyceln ihre Anführer wie Päpste.« Sie sah Ren an, dann Vincent. »Ich bin nicht aus Nostalgie hier. Ich bin hier, um sicherzustellen, dass das nicht wieder viral geht.«

Ren trommelte mit den Fingern auf den Tisch. »Was brauchst du von mir?«

Zara betrachtete sie mit der analytischen Distanz einer Wissenschaftlerin, die einen seltenen Frosch seziert. »Mach einfach genau das, was du sowieso tun würdest. Bleib am Leben. Bleib unberechenbar. Wenn du noch mehr Träume hast, dokumentiere sie. Wir gleichen dann unsere Notizen ab. Und wenn du jemanden in einer roten Soutane siehst, renn in die andere Richtung.«

Ren sah Vincent an. »Rote Soutanen? Im Ernst?«

Vincent schenkte ihr ein düsteres Lächeln. »Urteile nicht. Jeder hat seinen Spleen.«

Das Gespräch splitterte auf, wie es die besten eben tun. Mrs. Barley wuselte in der Küche herum und murmelte etwas über »akademische Typen« und die Überlegenheit eines guten Wischmopps gegenüber jeder okkulten Theorie. Zara und Ren lieferten sich ein Wortgefecht in knappen, elliptischen Spiralen, und beide genossen sichtlich das intellektuelle Fechten. Vincent schaute zu, distanziert, wie sich die Welt, der er jahrelang ausgewichen war, Stück für Stück wieder um ihn herum zusammensetzte.

Er versuchte, sich vorzustellen, wegzulaufen, einfach seine Sachen zu packen und vor der Prophezeiung und ihrer seltsamen, rekursiven Anziehungskraft zu fliehen. Aber er rührte sich nicht. Er goss sich nur noch einen Drink ein, lauschte dem statischen Brummen des Kühlschranks und wartete darauf, dass sich die nächste Katastrophe ankündigte.

Es war nur eine Frage der Zeit.

Die Nacht schritt voran, und die Küche füllte sich allmählich wieder mit der abgestandenen Hoffnung auf ein normales Leben. Aber die Luft war jetzt anders. Geladen, als würde die Prophezeiung lauschen und auf ihre Chance warten, den Wirt zu wechseln.

In einem seltenen Moment der Stille fixierte Zara Vincent mit einem Blick. »Du weißt, dass du der Anker bist, oder?«

Er tat unwissend. »Wofür?«

»Für alles. Die Prophezeiung, den Kult, das Mädchen, die Geschichte. Du warst immer der Anker. Der Rest von uns kreist nur darum.«

Vincent schenkte ihr ein sprödes Lächeln. »Niemand mag einen Fixpunkt, Zara.«

Sie zuckte mit den Schultern, trank aus und stand auf. »Spielt keine Rolle. Wenn die Seite umgeschlagen wird, bist du immer noch da. Kannst es genauso gut interessant machen.«

Sie verließ die Küche, Mrs. Barley folgte ihr, und Vincent hörte, wie sich die beiden in leisen, schnellen Worten besprachen. Ren, immer noch am Tisch, fuhr die Umrisse der dreifachen Mondsichel auf dem Flugblatt nach. Ihre Lippen bewegten sich lautlos, als übte sie die Form ihrer eigenen Unterschrift.

Nach einer langen Minute blickte sie auf. »Woher weiß ich, ob ich meine eigenen Gedanken denke oder das, was die Prophezeiung von mir will?«

Vincent dachte über die Beweise nach, die Träume, das Mal an ihrem Handgelenk. »Ich glaube, du bist die Autorin. Der Rest ist nur Lektorat.«

Ren dachte darüber nach und nickte dann. »Könnte schlimmer sein.«

Und in einem Ton, so trocken, dass er hätte pulverisiert sein können, fügte sie hinzu: »Wenigstens bekomme ich gutes Material.«

Vincent hätte fast gelacht. Fast.

Zara betrat die Küche wieder und nahm Platz. Sie tat es mit ihrer typischen Mischung aus intellektueller Ungeduld und sozialer Taktlosigkeit – eine Augenbraue hochgezogen, beide Hände auf dem Tisch verschränkt, als würde sie sich darauf vorbereiten, einen TED-Talk über die Unvermeidlichkeit ihres kollektiven Untergangs zu halten.

»Du hast das Archiv behalten, oder?«, sagte sie mit auf Vincent gerichtetem Blick.

Vincent verzog das Gesicht, als erwarte er eine Zahnbehandlung. »Du meinst das, von dem ich vor zwölf Jahren versprochen habe, es abzufackeln?«

Zara zuckte mit den Schultern. »Du und ich wissen beide, dass Sentimentalität den Selbsterhaltungstrieb übertrumpft.«

Ren horchte auf. »Was ist das Archiv?«

»Dort bewahrt Vincent all die Dinge auf, die er lieber vergessen würde, aber es nicht übers Herz bringt, sie tatsächlich wegzuwerfen«, sagte Zara. »Frühe Entwürfe, kommentierte Karten, misslungene Blutzauber, der eine oder andere verfluchte Füller. Alles aus den Carmine-Tagen.«

Ren nickte, ihre Augen funkelten bei der Aussicht auf eine richtige Horrorgeschichte. »Das will ich sehen.«

Vincent blickte hilfesuchend zu Mrs. Barley, aber sie grinste nur und deutete zur Decke. »Lass eine Dame nicht warten.«

Er seufzte und rollte mit den Schultern wie ein Verurteilter, der sich für das Schafott aufwärmt. »Na gut. Aber danach saugst du Staub.«

Der Aufstieg zum Arbeitszimmer war ein Albtraum für jeden Sicherheitsbeauftragten. Die Treppe hatte zwei funktionierende Lichter, keines davon im selben Stromkreis, und der Läuferteppich versuchte bei jedem Schritt, sie zu ermorden. Die Luft auf dem Treppenabsatz war noch dicker als in der Küche, mariniert in Jahrzehnten von kaltem Rauch und existenziellem Unbehagen.

Vincent ging voran, stieß die Tür auf und enthüllte die Höhle der literarischen Missetaten.

Zara nahm alles mit professioneller Kühle auf. »Du hast nicht mehr renoviert, seit Victoria auf dem Thron saß.«

»Wollte nicht riskieren, das Chi zu stören«, murmelte Vincent und ging auf das Bücherregal hinter dem Schreibtisch zu. Er griff nach dem dritten Regal von unten, seine Finger glitten über die staubbedeckten Bände, und zog an einer abgenutzten Ausgabe von E. L. James‹ *Fifty Shades of Grey*, bis es klickte. Mit einem Knarren und einem Seufzen schwang das

Regal nach vorne und gab einen aus dem alten Putz ausgehöhlten Hohlraum frei.

Drinnen: ein Schuhkarton, ein Stapel Manila-Umschläge und ein Glas mit der Aufschrift »Für Notfälle – nicht öffnen«. Der Karton war mit Klebeband verschlossen und mit Warnungen in mindestens fünf Alphabeten bedeckt.

Ren spähte ihm über die Schulter. »Das ist alles? Sieht aus wie eine Zeitkapsel für eine unterfinanzierte Grundschule.«

Vincent stellte den Karton auf den Schreibtisch und begann, die Klebebandschichten abzulösen. »Wenn du schon spotten musst, dann tu es nach dem Spuk.«

Er klappte den Deckel hoch und zuckte sofort zurück. Die Luft im Inneren schimmerte, als hätte der Karton jahrzehntelang den Atem angehalten und gerade eine Masse schlechter Ideen ausgeatmet.

Er fischte das erste Artefakt heraus: einen Stoß vergilbter Papiere, jede Seite bedeckt mit blutroter Schrift, die sich wand und auf seine Fingerspitzen abfärbte.

Zara machte ein anerkennendes Geräusch. »Der ursprüngliche Carmine-Entwurf.«

»Unredigiert«, sagte Vincent. »Habe ich im Fieber geschrieben. Carmine wollte es roh.« Er blätterte ein paar Seiten durch; die Glyphen an den Rändern pulsierten, schwach leuchtend. Ren beugte sich vor, nah genug, dass die Tinte ihr Haar beduftete.

Als Nächstes zog er eine Schreibfeder hervor, deren Spitze noch feucht war. Die Feder zuckte in seinem Griff und wurde dann still. »Lass das nicht deine Haut berühren«, sagte Vincent, »es sei denn, du willst die nächste Woche auf Latein halluzinieren.«

Ren grinste. »Notiert.«

Er legte die Feder – vorsichtig – ab und griff nach den Umschlägen. Der oberste war in Vincents eigener Handschrift an »Den unwilligen Empfänger« adressiert, obwohl er ihn nie geschrieben hatte. Er öffnete ihn und eine einzelne Seite glitt heraus, die Handschrift sofort vertraut.

Darauf stand: *Es beginnt wieder. Versuch, es diesmal nicht zu vermasseln.*

Keine Unterschrift, kein Datum, nur diese eine Zeile, geschrieben in einer Handschrift, die Vincents war, aber, das hätte er auf sein eigenes Grab geschworen, nicht von ihm geschrieben worden war.

Er reichte die Notiz Zara, die sie las und dann umdrehte, als erwarte sie eine Pointe.

»Das ist keine Prophezeiung«, sagte sie mit dunkler werdendem Ton. »Das ist narrative Rekursion.«

Ren runzelte die Stirn. »Auf Deutsch, bitte.«

Zara legte den Brief auf den Schreibtisch. »Es ist keine Botschaft, die die Zukunft vorhersagt. Es ist eine Botschaft aus der Zukunft. Oder aus der nächsten Schleife. Der nächsten Iteration. Jemand – vielleicht du, vielleicht Carmine, vielleicht die Prophezeiung selbst – setzt das Drehbuch zurück. Verbessert den Entwurf.«

Ren nahm dies auf und kaute auf ihrer Lippe. »Ich bin also nicht nur in der Geschichte. Ich bin die Geschichte, die neu geschrieben wird.«

Vincent schenkte sich ein Glas Rotwein aus der Flasche ein, die hinter einem Stapel Gestaltwandler-Dark-Romance-Romane versteckt war. Er trank und füllte nach. »Brillant«, sagte er, seine Stimme ein Ein-Mann-Chor der Enttäuschung. »All die Jahre, und ich werde immer noch von einem Lektor korrigiert.«

Mrs. Barley, die wie die verurteilendste Walküre der Welt im Türrahmen erschienen war, beobachtete das Geschehen mit verschränkten Armen. »Haben Sie gefunden, was Sie gesucht haben?«, fragte sie Zara.

Zara steckte die Notiz ein, ihr Gesichtsausdruck ernst. »Ja. Und mir gefällt nicht, was es bedeutet.«

Vincent, der spürte, wie sich ein Kopfschmerz hinter seinen Augen festsetzte, sank in seinen Schreibtischstuhl. »Bedeutet es, dass wir alle dem Untergang geweiht sind?«

Zara überlegte. »Es bedeutet, dass wir alle Figuren sind. Und dem Autor wird die Geduld knapp.«

Das Arbeitszimmer wurde still, bis auf den Kühlschrank unten, der ansprang und anblieb, sein Brummen plötzlich so laut, als würde er seine eigenen Beschwörungsformeln rezitieren.

Ren stand am Fenster und fuhr das Tattoo des Gefäßes der Feder auf ihrem Handgelenk nach. Die Haut dort sah wund aus, als wäre das Etikett eingebrannt statt tätowiert worden. Sie drückte ihren Daumen auf das Mal und testete den Druck.

»Was, wenn ich einfach gehe?«, fragte Ren, ohne sich vom Glas abzuwenden. »In einen Zug steigen, meinen Namen ändern, nicht zurückblicken?«

Vincent stieß ein so hohles Lachen aus, dass es das Gebäude zum Einsturz zu bringen drohte. »Geschichten lassen dich nicht einfach gehen. Nicht, wenn du die Haupthandlung bist.«

Ren war still, die Schultern gestrafft. Dann, mit einer schnellen und heftigen Bewegung, wandte sie sich vom Fenster ab. »Und was jetzt?«

Vincent trank seinen Wein aus. »Jetzt warten wir auf das nächste Kapitel. Oder den nächsten Besucher. Oder die nächste Katastrophe.«

Zara nickte und war schon auf dem Weg zur Tür. »Ich rufe meine Kontakte an. Sehe mal, ob sich die Rekursion nachzeichnen lässt. Wenn sie sich selbst neu schreibt, gibt es ein Muster. Das gibt es immer.«

Mrs. Barley sah ihnen nach, wie sie hinausgingen, und verweilte dann, bis die anderen weg waren. Sie schloss die Tür des Arbeitszimmers und beugte sich vor, ihre Stimme leise.

»Du musst aufhören, das so zu behandeln, als wäre es deine Schuld«, sagte sie zu Vincent.

Vincent starrte auf seine Hände, tintenbefleckt und leicht zitternd. »Was, wenn es das ist?«

Mrs. Barley schüttelte den Kopf. »Spielt keine Rolle. Die Geschichte ist größer als du. War sie schon immer.«

Vincent blickte auf, und für einmal war sein Lächeln beinahe aufrichtig. »Tut aber trotzdem weh.«

Mrs. Barley klopfte ihm auf den Arm. »Du darfst Schmerz empfinden. Du darfst nicht aufgeben.«

Sie ging und schloss die Tür hinter sich. Vincent blieb, wo er war, umgeben von Geistern und gescheiterten Entwürfen, das Gewicht des nächsten Zuges drückte von allen Seiten auf ihn.

Er blickte auf die Notiz auf dem Schreibtisch – »*Versuch, es diesmal nicht zu vermasseln*« – und fragte sich, welche Version von sich selbst sie geschrieben hatte. Und ob er diesmal vielleicht seinen eigenen Rat befolgen würde.

Unten dröhnte der Kühlschrank weiter, und die Geschichte wartete auf ihren Einsatz.

FÜNF

Ren kam mit einem Keuchen zu sich, von der Sorte, die den Rest des Raumes in ihre Lungen sog, bevor sie überhaupt die Augen öffnen konnte. Es war eine vertraute Art des Erwachens: krallend, dringlich, das Ende eines Albtraums, das sich wie eine Klette an ihre Rippen klammerte. Der ungewohnte Teil war der Geruch.

Sie war in Vincents Gästezimmer, oder was auch immer dafür durchging – eine umgebaute Abstellkammer, deren Maße optimistisch in halben Metern angegeben waren, vollgestopft mit Gothic-Kram und Vincents Versuchen in der Ölmalerei. Die Wände hatten die Art von Schwarz, das Licht und möglicherweise Steuerhinterziehung absorbierte. Das Bettzeug war ein Massaker aus nicht zusammenpassenden Decken, eine synthetischer und anfälliger für statische Aufladung als die andere. Die Luft schmeckte nach Moder und jenem einzigartig gespenstischen Staub, der sich nur auf Buchrücken und ungewaschenen Träumen ansammelt.

Ren war in mindestens drei Decken und ein Laken eingekokont, das sich mit getrocknetem Schweiß an ihr Gesicht geschweißt hatte. Sie versuchte, sich zu bewegen, doch ihr Kopf pochte protestierend, ein dumpfer Schmerz, der von ihrer Nase ausstrahlte. Sie berührte ihre Oberlippe und ihre Finger kamen nass, glitschig und – sie spähte durch das Zwielicht – schwarz zurück.

»Oh, was zum Teufel«, krächzte sie.

Es war kein Blut. Oder wenn doch, dann war es durch eine Ölraffinerie gefiltert worden und auf der anderen Seite als reiner, ungeschnittener Albtraum wieder herausgekommen. Es perlte auf ihrer Fingerspitze, dick wie Druckertinte, und als sie es auf dem Bettlaken verschmierte, hinterließ es einen schmierigen Fleck, der in der Kälte zu glänzen und zu dampfen schien. Der Effekt passte, wenn nichts anderes, ins Bild.

Ein Stück Papier klebte an ihrer Wange. Sie zog es ab und erwartete halb, dass es ein Post-it mit einer von Vincents motivierenden Botschaften war (»Du bist noch nicht tot! Streng dich mehr an!«), aber stattdessen war es ein zerrissener Fetzen, die Ränder verkohlt und die Handschrift unbekannt. Die Nachricht war knapp:

Das Mädchen wird sich fügen, oder es wird zerfallen.

Ren kniff die Augen zusammen und zwang sie, zu funktionieren. Die Worte saßen nicht nur auf der Seite; sie krabbelten und zitterten an den Rändern, als ob sie sich weigerten, gelesen zu werden. Sie faltete es einmal, dann zweimal, und steckte es in die Tasche ihres Kapuzenpullis, wo es sich zu einer fossilen Aufzeichnung früherer Katastrophen gesellte.

Vincent materialisierte sich in der Tür, seine Silhouette umrahmt vom verschmierten orangen Schein einer Flurbirne, die sich nie von den Thatcher-Jahren erholt hatte. Er trug einen Morgenmantel, der vielleicht einmal burgunderrot gewesen war, und sein Haar war in einem Zustand der Unordnung, der darauf hindeutete, dass er einen Kampf sowohl mit dem Kissen als auch mit dem Konzept der persönlichen Würde verloren hatte.

Er musterte sie, dann die schwarzen Spuren, die aus ihrer Nase sickerten, und dann das Bettlaken, das nun aussah, als sei es in einen Selbstmord eines hochrangigen Druckers verwickelt gewesen.

»Morgen«, sagte er mit einer Stimme, die von alten Zigaretten und noch älterem Bedauern aufgeraut war. »Hast du geschlafen oder die ganze Nacht nur auf der Matratze gespukt?«

Ren versuchte sich aufzusetzen. »Definiere schlafen.«

»Wenn du davon geträumt hast, in deinen eigenen Gedanken zu ertrinken, dann ja. Willkommen beim Familienfluch.« Er trat ins Zimmer und hockte sich auf die Kante eines wackeligen Schreibtisches, das einzige Zugeständnis an ›Möbel‹ außer dem Bett. »Du hast das ganze Kissen vollgeblutet«, fügte er nicht ohne Mitgefühl hinzu.

Sie tupfte sich erneut das Gesicht ab. »Es ist kein Blut.«

Er kniff die Augen zusammen, dann nickte er, als wäre dies eine klinische Unterscheidung, die es wert war, beachtet zu werden. »Tinte? Prophetische Rückstände? Oder nur eine wirklich ehrgeizige Nasennebenhöhlenentzündung?«

Ren überlegte. Der Geschmack in ihrem Mund war metallisch und fremd, aber nicht völlig unangenehm. »Könnte alles sein. Oder alles zusammen. Oder was auch immer passiert, wenn man eine Überdosis an übernatürlichen Metaphern nimmt.«

Vincent nippte an seiner Tasse, verzog das Gesicht wegen der Bitterkeit und nippte erneut. »Mrs Barley braut irgendein Heilmittel«, sagte er. »Sie hat mich nicht in die Nähe des Herdes gelassen. Anscheinend ›verpeste ich die Luft mit Sarkasmus‹.«

Ren schaffte ein halbes Lachen, das sich in einen Husten verwandelte, der sich in ein zweites, kleineres Nasenbluten verwandelte. Sie wischte es mit dem Handrücken weg und verschmierte die Tinte wie Kriegsbemalung über ihre Wange. »Ich hatte einen Traum«, sagte sie. »Nur dass es kein Traum war. Er war –« Sie zögerte und versuchte, ein Wort zu finden, das nicht wie ein Symptom klang. »Gescriptet. Ich habe mich bewegt, aber ich hatte nicht die Kontrolle. Kennst du das, wenn man sich selbst von oben zusieht?«

Vincent nickte, seine Augen für einen Moment hohl. »Auktorialer Erzähler aus der dritten Person. Das ist eine klassische Nebenwirkung. Viele Autoren bekommen das. Normalerweise, bevor sie ausbrennen.«

Rens Stimme wurde leiser. »Bekommst du das auch manchmal?«

Er starrte auf die Tasse, als ob er eine Antwort am Boden erhoffte. »Nicht mehr. Schlaf ist heutzutage ein Luxusgut. Und die Träume –« Er verstummte, zuckte mit den Schultern und versuchte es erneut. »Wenn ich sie bekomme, dann die Schnittfassung des Lektors, nicht die des Autors.«

Rens Hände zitterten, nur ein wenig, und sie versteckte sie unter den Decken, damit er es nicht sehen würde. »Ich glaube, es verändert sich etwas. In mir. Oder um mich herum.« Sie holte tief Luft, was in ihrer Brust ratterte. »Es ist, als könnte ich fühlen, wie sich die Prophezeiung verschiebt. Als würde sie auf mich warten, um –« Sie schüttelte den Kopf, ihr fehlte das richtige Verb.

Vincents Haltung wurde weicher, der Sarkasmus wich und enthüllte die zerknitterte Empathie darunter. »Sie will, dass du die Geschichte beendest«, sagte er. »Das ist das Problem mit Prophezeiungen. Sie sind nie zufrieden damit, wo sie sind. Haben immer ein Auge auf das nächste Kapitel geworfen.«

Ren dachte an den Zettel, die kriechende Handschrift, die Warnung, die sie nicht brauchte, weil ihr eigener Körper sie deutlich genug gemacht hatte. »Ist es sicher? Dass ich hierbleibe?«

Vincent überlegte, dann zeigte er auf die Wände. »Dieses Zimmer ist auf jede erdenkliche Weise geschützt. Wenn eine Prophezeiung versucht, dich hier umzubringen, muss sie erst einen Mietvertrag unterschreiben und eine saftige Kaution zahlen.« Er grinste, aber es erreichte seine Augen nicht.

Sie fragte nicht, was die anderen fünf Möglichkeiten waren

oder was mit früheren Mietern passiert war. Stattdessen konzentrierte sie sich auf das Kleinste, was sie bewältigen konnte. »Hast du noch ein Kissen?«

Er stand auf, und für einen Moment verlieh ihm der Morgenmantel die Aura eines heimgesuchten Pfarrers. »Ich klaue eins von Mrs Barley. Sie wird es nicht bemerken, es sei denn, es ist das mit dem Lavendelsäckchen.«

Er wollte gerade gehen, hielt dann aber in der Tür inne. »Hey, Ren?«

Sie blickte auf und erwartete einen weiteren schlechten Witz.

Vincents Gesicht war für eine Sekunde unverstellt. »Du fällst nicht auseinander. Du wirst nur neu abgemischt.«

Sie wusste nicht, ob das tröstlich sein sollte. Aber es half, so wie es manchmal hilft, seine Diagnose zu kennen, auch wenn die Heilung noch in weiter Ferne liegt.

Er ging und der Flur verschluckte ihn.

Ren sank zurück ins Bett. Die Decken waren zu viel, aber sie ließ sich von ihnen festhalten, nur für den Moment. Die schwarze Tinte aus ihrer Nase hatte eine kleine Konstellation auf dem Kissenbezug hinterlassen, jeder Fleck wie ein kleines Planetensystem aus gescheiterten Enden.

Sie wischte sich erneut das Gesicht, diesmal schmierte sie sich absichtlich einen Streifen vom Wangenknochen bis zum Kiefer. Im Zwielicht sah es so aus, als wäre sie auf halbem Wege, jemand anderes zu werden.

Sie dachte an den Satz: *Das Mädchen wird sich fügen, oder es wird zerfallen.*

Sie fragte sich, nicht zum ersten Mal, ob das wirklich unterschiedliche Optionen waren.

Sie lag wach und lauschte, wie sich das Haus setzte und der Kühlschrank summte, bis Mrs Barley eine Stunde später mit einer Tasse Tee und einem frischen Kissen hereinkam. Zu diesem Zeitpunkt hatte sie bereits beschlossen, niemandem von der anderen

Sache zu erzählen, die sie beim Aufwachen festgestellt hatte: die Art, wie ihr Puls jetzt in Silben tickte, nicht in Schlägen. Die Art, wie sie, wenn sie genau hinhörte, die Geschichte denken hören konnte.

Sie drückte ihren Daumen in die schwarze Tinte, spürte, wie sie unter der Haut warm wurde, und schloss die Augen.

Ren zählte zwölf Risse in der Küchendecke, bevor sie ihren ersten Toast gegessen hatte, und als sie den zweiten hinuntergewürgt hatte, hatte sie auch die sechs neuen blauen Flecken an ihren Armen und die fünf Arten, wie Mrs Barleys Kräutertee nach Bestrafung schmeckte, katalogisiert. Die Küche war kalt, ungastlich, und wenn sie jemals Sonnenlicht gekannt hatte, hatte sie die Erinnerung daran längst aus ihren Wänden gebrannt. Die Hintertür stand für »Belüftung« einen Spalt offen, aber das Einzige, was seinen Weg hineinfand, war der Lärm der Nachbarskinder, die sich gegen die Badezeit wehrten, und eine Wetterfront, die man am besten als »begeisterter Moder« beschreiben könnte.

Vincent stand mit glasigen Augen an der Theke und nippte an einem medizinischen Beutel mit synthetischem Blut, als wäre es ein Gin Tonic. Der Strohhalm ragte in einem Winkel heraus, der darauf hindeutete, dass er das Äußere aufgegeben hatte, das Leben aber noch nicht ganz. Er hatte den Morgenmantel des heimgesuchten Pfarrers abgelegt, aber das T-Shirt, das er trug (ironischerweise mit der Aufschrift »World's Okayest Dad« erworben), und die Trainingshose machten niemandem etwas vor.

Mrs Barley war nirgends zu sehen. Ren vermutete, dass sie entweder draußen den Kompostbehälter verhörte oder der örtlichen Nachbarschaftswache eine Opfergabe darbrachte, deren passiv-aggressive Notizen (»Bitte unterlassen Sie es, Knochen in

Ihrem Garten zu verbrennen, einige von uns haben Allergien.«) mit der Häufigkeit und Wut biblischer Plagen eintrafen.

Vincent brach als Erster das Schweigen. »Du siehst aus, als wärst du im Schlaf gestorben und hättest das Memo nicht bekommen.«

Ren zuckte mit den Schultern und wischte sich dann mit dem Handrücken die Nase. Diesmal keine Tinte, nur ein schwacher Schmierer getrockneten Schwarz unter ihrem linken Nasenloch. »Du siehst selbst nicht gerade frisch einbalsamiert aus.«

Er grinste, ein Ausdruck mit der ganzen Wärme einer gekühlten Leichenschublade. »Es ist zu früh am Abend für Komplimente. Besonders von einer Frau, die beinahe eine Druckerei über mein Gästebett verblutet hätte.«

Ren drehte ihr Handgelenk um und überprüfte das Mal. Die dreifache Mondsichel war zu einem schwachen blauen Fleck verblasst, aber auf der Innenseite ihres Unterarms, direkt unter der Ellenbogenbeuge, war etwas Neues aufgetaucht: eine schlanke, stilisierte Feder, deren Tintenspitze tief in der Vene vergraben war. Die Haut schimmerte dort, wo das Symbol auf das Fleisch traf, und ab und zu pulsierte es, als ob es sich daran erinnerte zu existieren. Sie berührte es und erwartete, dass es sich erhaben oder heiß anfühlte, aber es war nur Haut – ihre Haut oder etwas, das so tat.

Vincent, der die Bewegung bemerkte, runzelte die Stirn. »Das war gestern noch nicht da.«

Ren krempelte ihren Ärmel hoch und legte das Mal vollständig frei. »Die blauen Flecken auch nicht, aber ich sehe nicht, dass du dir Sorgen machst.«

Er ließ seinen Blutbeutel stehen, schlurfte hinüber und inspizierte ihren Arm. Er berührte ihn nicht – er berührte nie, es sei denn, er war betrunken, oder es gab eine Wunde, in die man stochern konnte – aber die Untersuchung war intensiv genug, um ihren eigenen Druck zu hinterlassen. »Das ist nicht das Sigillum des Gefäßes«, sagte er mit fast ehrfürchtiger Stimme. »Es ist eine Variante.«

Ren versuchte, das Zittern aus ihrer Stimme fernzuhalten. »Also was macht es? Überschreibt es, sagen wir, mein Genom oder bringt es mich nur dazu, Poesie mit tausend Wörtern pro Tag rauszuscheißen?«

Vincents Lippen zuckten dabei, aber das Lächeln starb bei seiner Ankunft. »Es ist ein Lektorenmal.« Er sagte es leise, als ob selbst die Worte etwas heraufbeschwören könnten. »Man benutzt es, wenn eine Prophezeiung aus dem Ruder gelaufen ist und gewaltsam ... umgeleitet werden muss.«

Ren starrte ihn an und versuchte nicht, ihre Skepsis zu verbergen. »Also versucht jemand, die Neufassung neu zu schreiben?«

Vincent zögerte. »Oder dich neu zu formatieren. Oder dich mit einer Fußnote aus der Existenz zu tilgen.«

Ren wollte lachen, aber der Ausdruck auf Vincents Gesicht entzog dem Witz jegliche Komik. Sie stocherte in dem Mal und wünschte sich, es würde Sinn ergeben oder zumindest schmerzen. Es tat es nicht.

Die Hintertür klapperte und Mrs Barley trat ein, die Hände voller wildem Rosmarin und einer Aura kontrollierter Gewalt. »Du leuchtest«, sagte sie zu Ren, die Stimme so flach wie der Tisch. »Leider nicht metaphorisch. Es gibt eine sichtbare Lichtsignatur.«

Ren blinzelte. »Willst du damit sagen, ich bin radioaktiv?«

»Schlimmer«, sagte Mrs Barley. »Du bist im Trend.«

Vincent rieb sich die Schläfen. »Das eskaliert.«

Mrs Barley ließ den Rosmarin ins Waschbecken fallen, wusch sich mit chirurgischer Gründlichkeit die Hände und holte ihr Handy aus einer Schürzentasche. Sie tippte mit zwei Fingern, jeder Tastenanschlag ein Todesstoß. »Ich schreibe Zara eine Nachricht. Sie wird wissen, was das ist.«

Ren beobachtete das Mal. Es leuchtete wirklich, schwach, im

kränklichen Halogen der Küche. Sie drehte ihren Arm, in der Hoffnung, es in einem schmeichelhaften Licht einzufangen, aber es ließ nur die Knochen unter ihrer Haut hervorstechen. Sie aß ihren Toast auf, der Kauvorgang war das Einzige, was sie im Moment verankerte.

Vincents Telefon summte. Er warf einen Blick darauf, dann auf Mrs Barley. »Wie hast du es geschafft, dass sie so schnell antwortet?«

Mrs Barley zuckte mit den Schultern. »Hab ihr gesagt, es sei dringend und du wärst keine Hilfe.«

Vincent warf Ren einen Blick zu, als wollte er sagen: »Siehst du, was ich ertragen muss?«, aber sie war damit beschäftigt, ihre Lebensentscheidungen neu zu bewerten.

Die Türklingel läutete. Diesmal machte sich niemand die Mühe mit dem Vorspiel. Zara ließ sich selbst herein und schritt durch den Flur wie eine Geldeintreiberin auf Provision. Sie trug denselben Cabanmantel wie gestern, aber jetzt war er über etwas geknöpft, das ein Pyjama hätte sein können, und ihr Haar war feucht von einer schnellen, aggressiven Dusche.

Sie überflog die Küche, bemerkte das leuchtende Sigillum und begann sofort, aus ihrer Tasche auszupacken: eine Juwelierlupe, einen Objektträger, eine Pipette. »Beweg dich nicht«, sagte sie nicht unfreundlich zu Ren und nahm ihren Arm in einem überraschend sanften Griff.

Ren zuckte zusammen. »Du wirst mir doch kein Blut abnehmen, oder?«

Zara schüttelte den Kopf. »Nicht, es sei denn, das Mal ist parasitär. Dann werde ich es ausbrennen und mich später entschuldigen.« Sie beugte sich nahe heran und untersuchte das Sigillum aus allen Winkeln, ihr eigener Atem beschlug in der Kälte. »Es ist wunderschön«, sagte sie sachlich. »Nicht Carmine. Das hier ist neuer, iterativer. Du bist eine Early-Access-Betaversion.«

Vincent schwebte hinter ihr, zu gleichen Teilen neugierig und entsetzt. »Ein Lektorenmal, richtig?«

Zara grunzte. »Sozusagen. Aber es ist nicht Standard. Jemand passt die Nutzlast an.« Sie blickte zu Ren auf, die Augen scharf. »Wer auch immer das getan hat, der ist nicht daran interessiert, dich nur als Seite zu benutzen. Er versucht, die Prophezeiung an der Quelle zu hacken.«

Mrs Barley machte ein Geräusch, das halb zwischen Ekel und Bewunderung lag. »Und was macht es?«

Zara überlegte, dann stieß sie mit einem Stift mit Kappe gegen das Mal. »Wenn ich raten müsste? Es ist ein Fernzugriffstool. Du bist jetzt offiziell mit demjenigen vernetzt, der die Änderungen schreibt.«

Ren verarbeitete das. »Also kann mich jemand aus der Ferne neu schreiben.«

»Ja«, sagte Zara, und selbst sie klang beeindruckt. »Aber du bist noch nicht überschrieben. Du bist immer noch größtenteils du.«

»Größtenteils«, wiederholte Ren, und diesmal lachte sie, düster und scharf. »Vielleicht werde ich endlich interessant.«

Zara setzte die Kappe auf ihren Stift, ihre Augen verließen Ren nicht. »Nein. Nur erzählerisch praktisch.«

Vincent sank zurück in den Stuhl, als ob die Wahrheit Gewicht hätte und er die Hauptlast davon trüge. »Das ist nicht nur eine Wiederholung«, sagte er. »Es ist eine Mutation. Die Prophezeiung passt sich an.«

Mrs Barley holte Getränke für alle, Kaffee für Zara und sich selbst, einen Blutbeutel für Vincent, Wasser für Ren. Die Geste war so häuslich, dass sie an eine Parodie grenzte.

Zara pustete auf ihren Kaffee und wartete auf die nächste

Katastrophe. »Wir müssen es eindämmen. Oder sie zumindest in eine Sandbox stecken, bis wir wissen, was das Mal tut.«

Ren sah wieder auf ihren Arm. Die Feder war heller, die Impulse enger beieinander. Sie spürte es jetzt, in ihrem Kopf und ihren Händen und irgendwo direkt hinter ihren Augen: ein leises, eindringliches Summen, wie eine Stimme knapp außer Reichweite, die darauf wartete, ihr zu sagen, was sie tun sollte.

Sie versteckte ihre Hände in ihrem Schoß. »Sollte ich mir Sorgen machen?«

Zara zuckte mit den Schultern und nippte an ihrem Kaffee. »Wenn ich du wäre, würde ich anfangen, in Panik zu geraten. Aber du kommst damit klar. Das ist ein positives Zeichen.«

Vincent sah sie lange an. »Du musst nicht stoisch sein. Das ist ... beispiellos.«

Ren zuckte mit den Schultern, aber sie umklammerte die Tasse fester. »Es ist in Ordnung«, log sie und versuchte, sich nicht zu fragen, wie die nächste Version von ihr aussehen würde.

Ihnen allen waren vor mindestens einer Stunde die klugen Sprüche ausgegangen.

Ren saß gekrümmt auf der Sofakante, einen Ärmel hochgeschoben, den Daumen in die Haut direkt unter ihrem Ellbogen bohrend. Das Mal bebte, als hätte es einen eigenen Puls. Es strahlte Hitze ab, und bei jedem zweiten Intervall schickte ein subtiles Pochen einen Nachbeben durch ihren Schädel und direkt in ihre Zähne.

Auf der anderen Seite des Tisches blätterte Zara mit der Miene von jemandem, der versucht, einen Mord nur mit Wachsmalstiften und biegsamen Strohhalmen aufzuklären, durch ihre Notizen. Die Seiten, die meisten fleckig und einige angesengt, raschelten spröde und nervös. Gelegentlich hielt sie inne, murmelte eine Reihe mehrsilbiger Verwünschungen und kritzelte dann eine neue Berechnung an den Rand. Ihr Haar, immer aggressiv glatt, kräuselte sich nun an den Schläfen durch Schweiß und statische Aufladung.

Mrs Barley hatte den Sessel in Beschlag genommen, der Regenschirm balancierte wie ein mürrischer Schoßhund auf ihrem Schoß. Sie hatte die letzten Minuten murmelnd vor sich hin gesprochen, manchmal auf Englisch, manchmal in einem Latein, das so altertümlich war, dass die Wohnung dadurch mittelalterlich wirkte. Ihre Hände führten langsame, heimliche Gesten aus, und ab und zu warf sie einen Blick auf Rens Arm und bekreuzigte sich dann, nur für den Fall.

Vincent, der sich den Küchenhocker und den größten Teil des restlichen Weins geschnappt hatte, betrachtete die Versammlung mit der liebevollen Erschöpfung eines Zoowärters auf der falschen Seite des Gitters. Er versuchte, sich ein Glas einzuschenken, verfehlte es und goss es sich stattdessen direkt in den Mund. Er zuckte zusammen, als der Alkohol auf eine Aphthe traf, und sagte dann durch das Zischen: »Fühlt sich noch jemand so, als hätte er gerade eine Steckdose geküsst?«

Niemand antwortete. Die Wohnung vibrierte vor Stille, das einzige Geräusch war das leise, missmutige Summen des Kühlschranks und das sanfte Ticken der Wanduhr im Flur.

Ren rieb erneut an dem Mal. Es war nicht mehr nur Schmerz; es war ein Vektor, ein winziger Motor, der unter der Haut brannte. Jeder Impuls brachte ihr Herz aus dem Takt und synchronisierte ihren Blutdruck mit einer externen Quelle, der sie nicht zugestimmt hatte. Es wäre poetisch gewesen, wenn es nicht so verdammt nervig wäre.

Schließlich platzte es aus ihr heraus: »Wird das noch schlimmer, oder habe ich einfach nur Glück?«

Zara blickte nicht auf. »Wahrscheinlich beides«, sagte sie,

während ihr Stift am Rand der Seite tanzte. »Wenn du dich zu einem auslösenden Ereignis hingezogen fühlst, dann macht das Sigillum seine Arbeit.«

Vincents Augenbraue schoss in die Höhe. »Schmerz mit einer Portion Handlung? Fabelhaft. Wie lange, bis sie anfängt zu schweben oder auf Latein zu bellen?«

Mrs Barleys Augen verengten sich. »Du solltest dich glücklich schätzen. Die letzte Person, die ich mit einem solchen Mal gesehen habe, hat am Ende die Corn Laws auf Aramäisch prophezeit und sich dann in einem Vogelbad ertränkt.«

Ren grunzte, teils aus Respekt, teils um die Tatsache zu verbergen, dass ihre Zähne jetzt vibrierten. Sie drückte zwei Finger auf den Puls an ihrem Handgelenk. Der Schlag war gleichmäßig, aber jeder dritte oder vierte Schlag kam aus dem Takt, als ob ihr Körper versuchte, ein Notsignal im Morsealphabet zu senden.

»Ich glaube, es synchronisiert sich«, sagte sie und bedauerte das Wort augenblicklich.

Zara blickte auf, wachsam zum ersten Mal seit der letzten Krise. »Beschreib es.«

Ren kaute auf ihrer Lippe, überrascht festzustellen, dass sie noch eine hatte. »Es ist wie ... ich bin ein Metronom. Oder ein verdammter Herzschrittmacher. Ich kann fühlen, wie es sich einrastet. Manchmal ist es voraus, manchmal ist es hinterher. Aber es kommt näher.«

Barleys Regenschirm zuckte. »Jemand will dich im Zeitplan halten. Wofür?«

Zara blätterte in ihren Notizen zurück, der Zeigefinger folgte einer Tintenlinie. »Das Sigillum wurde entwickelt, um eine beständige narrative Verbindung herzustellen. Wenn du dich synchronisierst, bedeutet das, dass das andere Ende sendet. Was bedeutet ...«

Ren beendete es für sie. »Jemand benutzt mich als Leuchtfeuer.«

»Weißt du, als sie sagten, die Untoten würden unter uns wandeln«, sagte Vincent, »dachte ich, wir würden mehr Vorteile bekommen. Vielleicht eine Zahnzusatzversicherung.«

Er fing Rens Blick auf, und für einen Moment wurde die Luft elastisch. Er versuchte ein Lächeln, scheiterte, dann fuhr er sich mit der Hand durchs Haar, das zwei Tage überfällig für eine Haarwäsche und mehrere Jahrhunderte überfällig für eine Erleuchtung war.

»Nun«, sagte er, »warten wir darauf, dass die Apokalypse anklopft, oder gehen wir selbst klopfen?«

Mrs Barley stand bereits. Sie klappte ihren Regenschirm zu und warf sich ihre Tasche über die Schulter. »Niemand mit einem halben Hirn wartet darauf, dass der Ärger seinen Tee austrinkt. Gehen wir.«

Zara sammelte ihre Papiere und stand auf, aber nicht bevor sie ein sorgfältiges Foto von Rens Arm gemacht hatte. Sie lehnte sich nahe heran, die Lippen gespitzt. »Das Muster verändert sich. Es ist nicht nur ein Mal, es ist Schrift. Schau –«, sie zeigte darauf, »– es bilden sich Buchstaben. Eine Sprache.«

Ren kniff die Augen zusammen und betrachtete die Haut, die nun ein blauer Fleck aus sich verschiebendem Blau war. Die Zeichen pulsierten und verzerrten sich mit jedem Schlag. Sie konnte es nicht lesen, aber sie musste es auch nicht. Die Bedeutung kam durch wie die Pointe nach einem grausamen Witz.

»Gasse«, sagte sie. »Szenenwechsel.«

Vincent machte ein Geräusch, das halb ein Lachen, halb ein Stöhnen war. »Das Skript will, dass wir in Mülltonnen wühlen. Genial.«

Ren stand auf und dehnte den Krampf in ihrer Wade. In dem Moment, als sie ihr Bein belastete, verstärkte sich der Zug. Er war nicht mehr nur in ihrem Arm – er lief ihren Rücken hinunter und in ihre Fußsohlen. Bei jedem Schritt, den sie tat, hallten die Dielen der Wohnung lauter zurück, als sie sollten.

Sie griff nach ihrer Jacke und zog den Reißverschluss hoch. »Ich schwöre, wenn mich das in ein Starbucks schleppt, laufe ich über.«

Sie verließen die Wohnung in der Art von Ordnung, die nur nach einer Katastrophe entsteht, Ren voran, der Rest bildete eine lockere und nervöse Phalanx dahinter. Sie nahmen die Treppe zwei Stufen auf einmal, das Geräusch ihrer Schritte trommelte eine Warnung das Treppenhaus hinunter.

Draußen war London ein feuchter Schmierfleck aus Straßenlaternen, Nieselregen und Feuchtigkeit. Der Regen hatte ernsthaft eingesetzt, die Tropfen waren fein genug, um für Staub gehalten zu werden, aber hartnäckig genug, um einen Pullover in Minuten zu durchnässen. Das Neon des Kiosks nebenan rann in Rinnsalen an den Ziegeln herab und sammelte sich in den Ritzen des Gehwegs.

Ren hielt unter dem Vordach inne, und für einen Moment wurde der Lärm der Stadt zu einem Flüstern gedämpft. Sie konnte immer noch das Mal unter ihrer Haut ticken spüren, aber jetzt hatte es eine Richtung – ein Ziehen nach Osten, die Seitenstraße hinunter, die mit Mülltonnen und gebrochenen Versprechen gesäumt war.

Sie drehte sich um, fing Vincents Blick auf. »Machen wir das?«

Vincent nickte, die Hände bereits in den Taschen, die Schultern hochgezogen, als versuchte er, den Regen allein mit seiner Haltung abzuwehren.

Mrs Barley war schon halb die Straße hinunter, der Schirm aufgespannt, und teilte den Nebel wie ein Bug. Zara joggte, um mitzuhalten, eine Hand umklammerte ihre Notizen, die andere schützte ihr Handy vor dem Wetter.

Der Weg war kurz, aber jeder Schritt spannte die Spannung

fester. Der übliche Soundtrack der Stadt – Sirenen, Rufe, das ferne Bellen eines Hundes – verblasste, bis alles, was blieb, das Schlurfen ihrer Stiefel und das unerbittliche Ticken von Rens Arm war.

Vincent hielt sich zurück und scannte die Sichtlinien. »Fühlt sich noch jemand so, als würden wir in eine Falle tappen?«

Mrs Barley wurde nicht langsamer. »Es ist keine Falle, wenn du weißt, dass sie kommt. Es ist eine Party.«

Ren schnaubte und trat dann vor. Als sie sich einem Café näherte, wurde der Puls des Sigillums fast unerträglich, jeder Schlag begleitet von einem Hitzestich und einem leisen, flüsternden Echo in ihrem linken Ohr. Sie versuchte, es zu ignorieren, aber es begann zu artikulieren, Worte zu bilden – nicht ihre eigenen, sondern irgendwo tiefer geschrieben.

Sie blieb an der Tür stehen und blickte zurück. »Es ... spricht. Das Mal. Es sagt –«

Zara trat näher, ihre Augen leuchteten. »Was?«

Ren schloss ihre Augen und konzentrierte sich. Die Worte waren nicht auf Englisch oder einer Sprache, die sie erkannte, aber die Bedeutung war präzise, chirurgisch.

»›Hintenrum. Beende die Geschichte.‹«

Vincent stöhnte. »Immer diese Metaphern.«

Mrs Barley trat an ihr vorbei, die Schirmspitze klopfte auf die Schwelle. »Keine Metapher, wenn sie dich umbringt«, sagte sie und führte sie weiter.

SECHS

Die Gasse hinter dem Café war genau die Sorte Ort, an dem man eine Leiche erwarten würde: teils feuchter Stellplatz für Mülltonnen, teils provisorisches Pissoir, und alles überzogen von einem öligen Glanz der Verwahrlosung. Über der Szene flackerte das Neonschild des Occult Café sein Versprechen – KAFFEE | CHAI | KRISTALLE – und warf blaues und kränklich-rosafarbenes Stroboskoplicht auf das Mauerwerk. Der Regen, der jeden Anschein einer reinigenden Wirkung aufgegeben hatte, floss in langen, schmierigen Strömen durch die Rinnsteine und sammelte sich um die Leiche mit einer Sorgfalt, um die ihn die meisten städtischen Betriebe nur beneiden konnten.

Ren erreichte als Erste den Eingang der Gasse. Sie bemerkte den zusammengekauerten Haufen, der auch ein Wäscheberg hätte sein können, erkannte dann, was es war, und wünschte sich sofort, sie hätte es nicht getan. Sie wandte ihr Gesicht zur Wand, spuckte einmal aus und zog sich die Kapuze ihrer Jacke tief über die Augen, als könnte die Dunkelheit sie vor dem abschirmen, was sich in diesem Hinterhoftheater abgespielt hatte.

Zara folgte ihr und stapfte durch die knöcheltiefe Gosse mit dem pragmatischen Schritt einer Frau, die schon mal mit Stöckelschuhen über ein sumpfiges Feld gelaufen war. Die Taschenlampe ihres Handys schnitt einen weißen Balken durch die Szene und beleuchtete das Tableau scheibchenweise: die gespreizten Hände, den Kopf in einem Winkel, der auf maximale Wirkung beim Publikum berechnet war, die Lache schwärzlichen Blutes, das bereits zu gerinnen begonnen hatte und eher an Teer als an etwas Menschliches erinnerte.

Vincent hielt sich vorsichtig drei Schritte hinter ihnen, die Arme vor der Brust verschränkt, als wappne er sich für einen Spontantest über seine eigenen schlimmsten Erinnerungen. Er sah zu, wie Zara sich neben die Leiche hockte und sich mit einem Knacken, das in diesem Kontext fast schon fröhlich klang, ein Paar Nitrilhandschuhe anzog.

»Alles in Ordnung?«, fragte Vincent Ren, obwohl seine Aufmerksamkeit ganz bei der Leiche blieb.

»Herrliche Nacht für einen Spaziergang«, sagte Ren, ihre Worte von Ärmel und Straßenlärm gedämpft. Sie wagte einen Blick zurück auf die Leiche und würgte dann trocken, mit der Zierlichkeit von jemandem, der schon früh gelernt hatte, die Geheimnisse seines Magens für sich zu behalten. »Gott, der Gestank.«

Zara, die über dem Opfer kauerte, atmete durch die Nase aus und sagte: »Daran gewöhnt man sich. Irgendwann.« Sie drückte zwei Finger an den Hals des toten Mannes – nicht aus Hoffnung, sondern der Form halber – und begann dann mit einer Reihe von forschen, seltsam sanften Bewegungen, die Szene zu katalogisieren. »Weißer Mann, Ende zwanzig. Keine Brieftasche, kein Handy, keine Schlüssel. Auch keine Würde, aber man kann ja nicht alles haben.«

Vincent trat näher. Die Leiche war drapiert, erkannte er jetzt, mit der grotesken Genauigkeit eines wahnsinnigen Theaterregisseurs: das rechte Bein gestreckt, der linke Arm herabhängend, die

Finger gerade so positioniert. Der Kiefer war aufgezwängt und ein zusammengerollter Zettel zwischen die Zähne geklemmt worden. Das ganze Tableau war so künstlich, so bewusst performativ, dass Vincents erster, verräterischer Gedanke lautete: »Das ist ein Scherz.«

Sein zweiter Gedanke war: »Es ist mein Scherz.«

Zara warf ihm einen Blick zu. »Na und? Klingelt da bei dir was?«

Vincent schluckte, griff dann hin, zupfte die Schriftrolle aus dem Mund des Toten und rollte sie auf. Er erkannte die Schriftart sofort, ebenso wie die Worte:

Du kannst nicht aus dem Kelch der Unsterblichkeit trinken und erwarten, dass er dich nicht vergiftet, Liebling. Deshalb bleiben die Schlauen bei Whiskey.

Er las es zweimal und stieß dann ein langes, leises Stöhnen aus. »Diese Zeile habe ich gestrichen. Aus *Blutdurst & Bizeps*. Das sollte eine Metapher sein, keine … Pointe.«

Zara lachte trocken auf. »Klingt nach Pflichtlektüre. Tja, anscheinend ist jemand kein Fan des Lektorats.«

Ren richtete sich auf, wischte sich den Mund mit dem Ärmelrücken ab und beäugte den Zettel. »Ist das das Buch mit der Blutorige in Kapitel drei?«

Vincent zuckte mit den Schultern. »In allen gibt es eine Blutorige in Kapitel drei. Es geht darum, eine Marke aufzubauen. Den Lesern zu geben, was sie wollen …« Aber niemand hörte ihm zu.

Zara fuhr mit einer behandschuhten Hand durch das Haar des Toten und drehte den Kopf, um die Kopfhaut zu untersuchen. »Kein Schädeltrauma«, murmelte sie. »Aber sieh mal hier.« Sie zog den Kragen zur Seite und entblößte eine Reihe flacher Einschnitte, jeder im exakten Abstand von zwei Zentimetern, die direkt unter dem Kiefer begannen und unter dem Hemd verschwanden.

»Ein Muster«, sagte Zara. »Nicht willkürlich. Eine Art Signatur?«

Vincent bückte sich und kniff die Augen im Dunst des Neonlichts zusammen. »Könnte ein Ritual sein. Oder nur jemand, der versucht, eine Botschaft zu senden.«

»Oder beides«, sagte Zara und machte ein schnelles Foto. Sie bewegte die Hand des Opfers – vorsichtig, als wolle sie ein Ausstellungsstück nicht stören – und enthüllte einen zweiten, eng gefalteten Zettel in der Handfläche.

Ren, die ihren Würgereflex endlich unter Kontrolle hatte, sagte: »Kann man heutzutage nicht einfach ... eine Drohung per E-Mail schicken? Oder sie auf eine öffentliche Toilettenwand schmieren wie ein normaler Psycho?«

»Handschrift hat mehr Intimität«, sagte Vincent mit einem bitteren Unterton. »Wie eine Valentinskarte von einem Stalker. Oder eine handschriftliche Absage von einem Verlag.«

Er nahm den zweiten Zettel, faltete ihn auseinander und zuckte zusammen. Dieser war noch schlimmer:

Mein Darling, du warst schon immer besser in Fiktion als in der Realität. Sieh nun, wie die Feder schmeckt, wenn du sie nicht in der Hand hältst.

Vincent las es laut vor und Zara schnaubte. »Das ist definitiv an dich gerichtet.«

Ren schauderte. »Das ist gestört. Selbst für eure Kreise.«

Zara beendete ihre forensische Untersuchung und dokumentierte jeden Winkel mit ihrer Handykamera und einem kleinen Notizbuch, das bereits mit den ungesühnten Sünden der letzten zwei Monate überquoll. »Kein Ausweis«, sagte sie, »aber die Fingerabdrücke sind wahrscheinlich sowieso weg. Siehst du?«

Sie hielt die rechte Hand des Opfers hoch. Die Fingerkuppen waren abgeschliffen worden, die Haut war roh, rosa und blutig. Sogar im Straßenlaternenlicht war der Effekt offensichtlich – wer auch immer das getan hatte, wollte, dass der Mann unauffindbar, anonym war, eine Chiffre, die für Vincents Aufmerksamkeit geschaffen wurde.

»Sie haben ihn zu einer Figur gemacht«, sagte Vincent leise. »Einem leeren Protagonisten.«

»Einem toten Protagonisten«, korrigierte Zara. »Das ist ein Unterschied.«

Durch die halboffene Hintertür des Nachtcafés drang das gleichmäßige Zischen und Gurgeln einer Espressomaschine, das Geräusch schnitt wie ein Zahnarztbohrer durch die Gasse. Es trug zum Surrealismus bei: Mord der Extraklasse, handwerklich hergestelltes Koffein und das vage Gefühl, dass gleich jemand aus dem Café für eine Kippe heraustreten und feststellen würde, dass sein Abend unwiderruflich ruiniert war.

Ren wich der Pfütze aus, kauerte sich neben Vincent und musterte die Wunden am Hals. »Sie sehen aus wie ... Auslassungspunkte?«, sagte sie mit unsicherer Stimme. »Wie ... du weißt schon. Punkt, Punkt, Punkt.«

Vincent beugte sich näher. »Oder eine Ellipse mit einem Punkt. Wie ein unvollendeter Satz.« Er wollte über die Absurdität lachen, aber sein Magen war zu sehr damit beschäftigt, sich zu verknoten.

Zara, deren Geduld für literarische Symbolik nur von ihrer Verachtung für ungelöste Morde übertroffen wurde, schoss ein letztes Foto und stand auf. »Wir müssen die Leiche wegschaffen. Das Letzte, was wir wollen, ist, dass sich die Polizei in diesem Stadium einmischt.«

Rens Augen weiteten sich. »Du meinst, wir nehmen ihn einfach mit?«

»Nicht ihn«, sagte Zara. »Die Geschichte. Wir nehmen die Geschichte und schreiben das Ende selbst.«

Vincent starrte sie an, dann die Leiche, dann die Zettel, die er immer noch in der Faust hielt. Er versuchte sich die Art von Person vorzustellen, die einen Mord auf der Grundlage von gestrichenen Zeilen aus seinen alten Manuskripten inszenieren würde, und scheiterte. Oder genauer gesagt, es gelang ihm, aber die Person, die er sich vorstellte, war er selbst, zwanzig Jahre jünger und doppelt so wütend.

Er faltete die Zettel zusammen, steckte sie ein und stand auf. Der Regen hatte begonnen, in Schneeregen überzugehen, und jeder Tropfen spiegelte das Neonlicht als Miniatur wider.

»Noch was?«, fragte Vincent, seine Stimme kaum lauter als das Zischen der Espressomaschine.

Zara zog ihre Handschuhe aus und warf sie in eine Plastiktüte, die sie mit militärischer Effizienz zuknotete. »Eine Sache noch«, sagte sie und zog einen dritten Zettel aus der Jacke des Opfers. Sie hielt ihn hoch, damit er lesen konnte:

»Kapitel Sieben. Streich das hier nicht, Darling.«

Vincent lächelte nicht. Er starrte nur auf das Papier und spürte, wie das Gewicht der aufwendigsten redaktionellen Anmerkung der Welt direkt auf seiner Brust landete.

Ren klopfte ihm auf den Rücken, hart genug, um ihn aus dem Moment zu reißen. »Sieh es mal von der guten Seite«, sagte sie. »Wenigstens hast du einen Fanclub.«

Vincent dachte an die Leiche, die Auslassungspunkte, die rohen Fingerkuppen. »Ja«, sagte er. »Sie morden für das Material.«

Zara zuckte mit den Schultern, ein kleines, praktisches Zucken. »Wir verstecken ihn in der Mülltonne. Es ist nicht narrensicher – jemand könnte ihn trotzdem finden –, aber es verschafft uns Zeit. Komm schon.«

Vincent grunzte, bückte sich und hievte die Leiche hoch wie einen Sack nasser Bücher. Der Körper sackte in seinen Armen zusammen, seltsam leicht und schrecklich. Er trug ihn zu einer der Metalltonnen in der Gasse; Mrs Barley, die in der Nähe der Tür Wache gehalten hatte, trat vor und klappte den Deckel auf, als hätte sie das schon tausendmal getan – wenn auch normalerweise mit Aktenschränken.

»Dann gute Reise«, sagte sie mit leiser und absurd ernster Stimme, als sie in die Tonne blickte. »Lass dich auf der anderen Seite nicht zum Lektor machen.« Sie nickte der Leiche kurz zu, was ein Segen oder ein Tadel hätte sein können, dann ließ sie Vincent den Mann mit einem effizienten Stoß in den Abfall hinabsenken.

Sie schlossen den Deckel und gingen auf die Straße hinaus. Mrs Barley legte Ren einen mitfühlenden Arm auf die Schulter. »Ich würde dir gerne sagen, dass das die erste und letzte Leiche war, die du sehen wirst.«

»Aber das ist nicht wahrscheinlich, oder?«, fragte Ren und kaute auf ihrer Unterlippe.

»Nein«, sagte Mrs Barley und deutete mit ihrem Regenschirm in Richtung Heimat.

Vincent fand Mrs Barley an ihrem üblichen Posten sitzend, die Resopaloberfläche des Tisches von allem befreit, außer einem Drahtkorb mit Rechnungen und einem einzelnen, zeremoniell anmutenden Bleistiftspitzer. Mrs Barley bearbeitete den Bleistift mit der geduldigen Bedrohlichkeit eines Henkers der alten Schule, hielt ab und zu inne, um die Spitze zu begutachten, bevor sie sie wieder an die Klinge führte. Sie trug ihre Schürze über einer dicken Strickjacke, und ihr Haar war so streng hochgesteckt, dass Vincent sich fragte, ob sie zu Klebstoff gegriffen hatte.

»Erwartest du Ärger?«, fragte Vincent und warf einen Blick auf die Ansammlung von zu Waffen umfunktionierten Bleistiften, die nun wie eine winzige Phalanx neben ihrer Teetasse aufgereiht waren.

Mrs Barley blickte nicht auf. »Es war eine Woche danach. Außerdem ist ein spitzer Bleistift besser als ein stumpfer Pfahl, es sei denn, du bist auf Splitter aus.« Sie beendete ihre Arbeit mit einem Schwung und stellte den neuesten Zuwachs ihres Arsenals in eine Keramiktasse mit der Aufschrift »Beste Haushälterin der Welt (Laut den Toten)«.

Vincent grunzte und steuerte auf den Kühlschrank zu, um nach allem zu suchen, was einen Alkoholgehalt jenseits von »Frühstückssaft« aufwies. Er goss einen Fingerbreit Gin in eine Tasse – versehentlich die von Mrs Barley, aber es schien passend – und stürzte ihn hinunter. Er war auf halbem Weg zu einem zweiten, als er den Umschlag bemerkte: dick, cremefarben, bespritzt mit etwas, das verdächtig nach arteriellem Blut aussah, und genau in der Mitte auf dem Poststapel ruhend.

Er stupste den Umschlag mit der Spitze der Tasse an. »Fanpost oder eine Vorladung?«

Mrs Barley zuckte mit den Schultern. »Kein Absender. Kam per Sonderlieferung an, während du geschlafen hast. Der Kurier wollte nicht mal eine Unterschrift.« Sie schob ihn mit zwei Fingern zu ihm, als könnte er beißen.

Vincent untersuchte die Vorderseite. In sauberen, maschinengeschriebenen Großbuchstaben: VINCENT LUPO, ESQ. Keine Straße, keine Stadt, nur sein Name, als bräuchte das Universum nichts weiter, um ihn zu finden. Er wog ihn in der Hand, schob dann einen Daumen unter die Lasche und öffnete ihn, vorsichtig, um den Inhalt nicht zu zerreißen.

Drinnen: ein einzelnes Blatt, steif und perfekt weiß, der Text in einer Schriftart gesetzt, die so streng war, dass sie an Theologie grenzte. Er las ihn laut vor, denn das tat man mit Drohungen, Prophezeiungen oder sehr guten Witzen.

»LUPO DER LICHTLOSE,
EURE GÖTTLICHE WORTSPRACHE VERZÜCKT MICH.
ICH WERDE DIE GESCHICHTE ZU IHREM GEBÜH-
RENDEN ENDE FÜHREN.

KAPITEL SIEBEN BEGINNT MIT EINEM WEITEREN TOD.

BIST DU BEREIT, ES DIESMAL RICHTIG ZU SCHREIBEN?«

Vincent starrte auf die Seite, dann auf Mrs Barley, dann wieder auf die Seite. Seine Reißzähne juckten, ein dumpfer Schmerz hinter dem Zahnfleisch, aber er hielt den Mund und goss sich stattdessen den Rest des Gins ein.

Mrs Barley nahm den Brief, überflog ihn und ließ ein leises, unbeeindrucktes Brummen hören. »So höflich, diese Wahnsinnigen. Immer mit der förmlichen Anrede. Aber nie ein Bitte oder Danke.«

»Muss ein Amerikaner sein«, murmelte Vincent, aber der Witz verpuffte.

Aus dem Wohnzimmer schnitt Rens Stimme durch die Spannung: »Du hast die schlimmsten Groupies.« Sie schlurfte in die Küche, das Haar noch nass vom Duschen, und beäugte den Brief über Kopf. »Mich erwähnen sie nicht mal.«

»Gib ihnen Zeit«, sagte Mrs Barley, die bereits mit einer so geübten Bewegung, dass es an ein Ritual grenzte, den Rest der Post durchsuchte. »Du bist doch erst seit Kurzem viral, meine Liebe.«

Ren setzte sich auf die Kante der Arbeitsplatte und nahm sich eine Handvoll trockener Cornflakes aus der offenen Schachtel neben der Spüle. Sie blickte Vincent mit einem Ausdruck an, der irgendwo zwischen Belustigung und Besorgnis lag. »Also, was ist der Plan, Genie?«

Vincent überlegte und hielt dann den Brief gegen das Licht. Nichts auf der Rückseite, kein Wasserzeichen, keine versteckte Botschaft. Nur das Versprechen von mehr Tod und, vermutlich, mehr Kritik.

Er sank auf einen Stuhl. »Geht davon aus, dass die nächste

Leiche mit Korrekturen in roter Tinte und einer empfohlenen Leseliste auftaucht.«

Mrs Barley spitzte einen weiteren Bleistift, die Späne fielen in einer engen Spirale auf den Tisch. »Oder«, sagte sie, »wir könnten dem Lektor zuvorkommen. Ihn dazu bringen, zu uns zu kommen.«

Vincent musterte sie. »Du schlägst eine Falle vor.«

Sie nickte einmal, der Knoten auf ihrem Kopf wippte zustimmend. »Das würde ich tun, wenn ich der Autor eines solchen Schlamassels wäre.«

»Wo?«, fragte Ren.

»Im Occult Bookshop«, sagte Mrs Barley. »Der Heimat all der besten Geschichten.«

Ren grinste, ihre Zähne leuchteten hell im Dämmerlicht. »Ich bin dabei. Darf ich den Köder aussuchen?«

Mrs Barleys Augen funkelten. »Natürlich, meine Liebe. Mach nur keine Flecken auf den Teppich.«

Vincent faltete den Brief, sorgfältig und bedächtig, und steckte ihn dann in die Brusttasche seines Hemdes. Er sah auf seine Hände, tintenbefleckt und leicht zitternd, dann auf die beiden Frauen in seiner Küche, die mit der gleichen Ruhe einen Gegenangriff planten, wie sie es für eine Einkaufsliste tun würden.

Draußen hämmerte der Regen gegen das Fenster, als versuchte er, hereinzukommen. Die Wohnung fühlte sich unmöglich klein an, sie alle zusammengepfercht unter einem Dach, wartend darauf, dass das nächste Kapitel erscheint.

Aber für den Moment waren sie bereit.

Vincent hob seine Tasse zu einem gespielten Salut. »Auf Kapitel Sieben also.«

Mrs Barley stieß mit ihrer eigenen Teetasse gegen seine. »Möge es weniger blutig sein als das letzte.«

Ren kaute auf ihren Cornflakes und zuckte dann mit den Schultern. »Bezweifle ich.«

Vincent widersprach nicht. Er nippte nur an seinem Getränk und wartete darauf, dass die Geschichte sie einholte.

SIEBEN

Der Buchladen hatte einen Geruch, und zwar nicht den, den man erwarten würde. Sicher, da war der obligatorische Moschusduft von totem Holz und Wunschdenken, doch darüber schwebte etwas Beißendes und Scharfes, das olfaktorische Äquivalent eines kaputten Zahns. Sie hatten sich um vier Uhr morgens durch die Hintertür hereingelassen, müde und schlecht gelaunt, am Ende einer Nacht, die ihre Nerven bereits über alle Maßen strapaziert hatte.

Der Laden gehörte einem Mann, der nur als Legende bekannt war, einem Händler für verbotene Taschenbücher und überteuerte limitierte Ausgaben, doch heute Nacht gehörte er Zara. Sie bewegte sich mit der Selbstsicherheit von jemandem durch die Gänge, der jedes einzelne Nachschlagewerk in der Okkultismus-Abteilung gelesen und für unzureichend befunden hatte. Vincent vermutete, dass sie den Laden in seiner leeren, hallenden Form bevorzugte – in der es weniger um die Kunden ging als um die Geschichten, die sie auf den Seitenrändern zurückließen.

Regen hämmerte gegen die Ladenfront und peitschte seitlich

gegen das Glas. Die Straße draußen war ein Tatort aus Neonlicht, jedes Schild in der Reihe buhlte darum, das nächste zu überstrahlen, doch drinnen kam das einzige Licht von einer ramponierten »Sonderangebot«-Lampe auf dem Tresen und einer flackernden Leuchtstoffröhre über der Nische für seltene Bücher. Der Effekt war ein *Chiaroscuro* wie vom Flohmarkt.

Ren hatte die Füße auf einen Stapel verbilligter Kristallheilungs-Hardcover gelegt, den Stuhl auf zwei Beinen balancierend, und forderte die Schwerkraft heraus, etwas dagegen zu unternehmen. Vincent seinerseits hockte auf der Kante eines Rollhockers mit der Anspannung eines Mannes, der jeden Moment damit rechnete, dass der Feueralarm losgehen würde.

Zara eröffnete die Sitzung mit dem Klicken eines Feuerzeugs, das keine Zigarette, sondern eine kleine, nach Nelken duftende Kerze auf dem Tresen entzündete. »Wir haben nicht viel Zeit«, sagte sie, während ihre Augen zur Eingangstür huschten, wo das Sicherheitsrollo wie die Klinge einer Guillotine in Zeitlupe hing. »Wenn uns jemand auf den Fersen ist, wird er hier zuerst nachsehen.«

Ren schnaubte. »Glaubst du wirklich, der Psycho kommt uns in einem Buchladen nach? Nicht gerade ein hochwertiges Ziel.«

Zara zog eine Augenbraue hoch. »Das würde dich überraschen. Die meisten der schlimmsten fangen in Bibliotheken an.«

Vincent verdrehte die Augen und bereute es sofort, als sie an dem migräneartigen Pulsieren der Leuchtstoffröhre über ihm hängen blieben. »Können wir zur Sache kommen? Wenn ich nicht bald zurück bin, wird Mrs Barley aus Trotz die Bettwäsche bleichen.«

Zara stellte ihre Umhängetasche ab und begann, deren Inhalt auszupacken: einen Stoß Ausdrucke, einen USB-Stick und eine Lesebrille, die aussah, als wäre sie dafür konstruiert worden, in andere Dimensionen zu spähen. »Wir hatten zwei weitere Vorfälle«, sagte sie und ihre Stimme nahm den Rhythmus schlechter Nachrichten an. »Beide in den letzten achtundvierzig Stunden. Beide mit Carmine-Glyphen, und beide ...« Sie blätterte einen Ausdruck um und enthüllte ein Polizeifoto von einem Tatort, »... inszeniert, um wie Szenen aus deinen Büchern auszusehen.«

Vincent starrte auf das Foto, dann auf Zara. »Ich habe in dieser Reihe nur vier veröffentlicht.«

»Unveröffentlichte dann«, sagte Zara. »Fanfiction. Gelöschte Szenen. Entwürfe, die du nie fertiggestellt hast.«

Rens Stuhl landete wieder auf allen vier Beinen. »Warte. Wie sollte da überhaupt jemand rankommen?«

Zara antwortete nicht, sondern fixierte Vincent nur mit einem Blick, der sagte: *Du weißt es.*

Vincents Mund wurde trocken. »Du denkst, es ist – was, irgendein verdammter Sammler? Oder nur jemand mit zu viel Zeit und einer Internetverbindung?«

»Ich denke«, sagte Zara, »dass sie dein Werk als Drehbuch-Bibel benutzen, eine Blaupause. Die Frage ist, wie viel davon du tatsächlich noch in Erinnerung hast und wie viel du bereit bist auszugraben.«

Ren ließ ihre Fingerknöchel knacken. »Ich sage, wir räuchern jeden letzten Fetzen aus. Digital, physisch, den ganzen Friedhof. Wenn dieser Psycho nach Vincents Greatest Hits schreibt, finden wir die Setlist vor ihm.«

Vincent zuckte zurück. »Du willst, dass ich erste Entwürfe exhumiere? Einige davon sind gefährlich. Ganz zu schweigen von peinlich.«

Ren grinste wolfisch. »Nicht so peinlich wie eine Leiche mit deinem Prolog darauf tätowiert.«

Zara schob ein spiralgebundenes Notizbuch über den Tresen. »Ich habe angefangen zu sammeln. Alles mit der Glyphe. Alles mit Carmines Zeichen. Aber du bist der Einzige, der weiß, was fehlt.«

Vincent beäugte das Notizbuch, als könnte es beißen. Er erinnerte sich natürlich an die Glyphe – drei Mondsicheln, in der Mitte verbunden, wie eine drittklassige Triqueta – und an die endlosen Nächte in seiner alten, feuchten Wohnung, in denen er auf alles kritzelte, was Tinte aufnahm. Einige dieser Manuskripte hatten seit Jahrhunderten kein Tageslicht mehr gesehen. Einige waren von Ratten gefressen worden, andere vom Feuer. Aber er hatte nie wirklich an die Endgültigkeit des Löschens geglaubt.

Er nahm das Notizbuch mit unsicheren Händen auf. »Wenn ich das tue, könnte es ... rekursiv werden. Die Prophezeiung ...«

»Ist nur eine Geschichte«, unterbrach Ren ihn. »Das hast du selbst gesagt. Geschichten können umgeschrieben werden.«

Zaras Augen flackerten im Kerzenlicht. »Genau davor habe ich Angst.«

Eine Windböe rüttelte an der Tür, so stark, dass die Regale erzitterten. Sie zuckten alle zusammen, sogar Ren, die es mit einem Husten überspielte. Vincent biss die Zähne zusammen und blätterte durch die ersten Seiten des Notizbuchs.

»Es ist alles da«, sagte er. »Die Glyphen, die Rituale, sogar die verdammten Fußnoten. Aber wer auch immer das tut ...«

Zara unterbrach ihn, »... hat Zugang zu deinem Arbeitsprozess. Nicht nur zum Produkt.«

Ren mischte sich ein: »Also nutzen wir das. Wir kommen den Änderungen zuvor.«

Vincent schüttelte den Kopf. »Prophezeiungen sollen sich nicht selbst erfüllen. Sie sind warnende Geschichten. Wenn du versuchst, das Ende zu manipulieren, landest du nur in einer Endlosschleife.«

Zara schloss kurz die Augen, als erinnerte sie sich an Kopfschmerzen, die sie einst an eine Freundin verliehen hatte. »Prophezeiung erfordert keinen Glauben, nur narrative Dynamik. Wenn unser Mörder glaubt, dass er die Prophezeiung erfüllt, ist es egal, ob du daran glaubst oder nicht. Die Geschichte entwickelt sich dorthin, wohin sie gedrängt wird.«

Ren deutete mit dem Finger auf das Notizbuch. »Also drängen wir zurück. Was ist das Schlimmste, das passieren kann – dass uns jemand aus der Realität herausredigiert?«

Zara und Vincent wechselten einen Blick. Sie wussten beide, ohne es auszusprechen, dass das Schlimmste bereits geschehen war. Mehr als einmal.

Die Lampe auf dem Tresen und die Leuchtstoffröhre über ihnen knisterten, dann starben sie und tauchten den Laden in einen trüben blauen Dunst vom Neonlicht draußen. Für einen Moment spürte Vincent den Druck von hunderttausend Büchern, die alle gemeinsam atmeten und darauf warteten, dass er einen Zug machte.

Er schlug das Notizbuch zu. »Schön. Wir machen es auf deine Weise. Aber wenn irgendetwas, das ich in diesen Entwürfen finde, versucht, jemandem das Gesicht zu fressen, spreche ich mich von jeglicher rechtlichen, moralischen und metaphysischen Verantwortung frei.«

Ren salutierte ihm mit einem unsichtbaren Glas. »Abgemacht.«

Zara setzte ihre Brille wieder auf, drückte sich auf den Nasenrücken und sagte: »Wir fangen morgen bei Sonnenuntergang an. Vincent, du musst eine Liste von allem machen, was du jemals mit Carmines Namen darauf geschrieben hast. Auch die unfertigen Sachen. Besonders die.«

Vincents Gesicht verzog sich bei der Aussicht. »Manche davon sind nicht einmal zusammenhängend. Es gibt eines, das ist nur eine Einkaufsliste, gekreuzt mit einem erotischen Haiku.«

Ren gackerte. »Kein Wunder, dass ich deine Sachen bei Thalia nicht finde.«

Der Wind schlug erneut gegen die Fenster, und irgendwo die Straße hinunter rollte der Donner, leise und missbilligend.

Zara packte die Fotos und den USB-Stick weg und bediente sich an zwei ledergebundenen Grimoires von hinter dem Tresen. »Ich grabe weiter. Ren, du übernimmst die Aufklärung an der digitalen Front. Vincent ... mach dich auf was gefasst.«

Er sammelte das Notizbuch und die Überreste seiner Würde ein. »Wenn ihr mich weinend über einem Nadeldrucker-Ausdruck in einer Badewanne findet, denkt daran: Das war nicht meine Idee.«

Ren folgte ihm nach draußen, aber nicht bevor sie sich ein zerlesenes Taschenbuch vom Rabattstapel schnappte. »Recherche«, behauptete sie und steckte es ein.

Zara verweilte, musterte den Laden, als zählte sie die Schatten. Sie erhaschte ihr eigenes Spiegelbild im Glas der Ladenfront – blass, leicht verschwommen durch das Stottern des Neonlichts – und runzelte nur ein wenig die Stirn über die Form der Dinge, die da kommen sollten.

Draußen hatte der Regen begonnen, in Schneeregen überzugehen, jeder Tropfen ein kalter Stoß in Richtung der nächsten Katastrophe. Die drei Gestalten kauerten am Eingang und planten bereits ihren Rückzug.

Hinter ihnen wartete der Buchladen. Seine Regale neigten sich vor, angespannt, um den nächsten Entwurf, die nächste Geschichte, das nächste Kapitel einer Prophezeiung zu hören, die sich weigerte zu sterben.

Die Nacht war lang, und der Sturm zeigte keine Anzeichen, nachzulassen.

Aber wenigstens hatten sie für einmal einen Plan.

Vincent verbrachte die letzte Stunde vor Sonnenaufgang damit, mit der Grazie einer eingesperrten Hyäne durch die Wohnung zu tigern. Jede Runde führte ihn vom Fenster – wo der Natriumdampf-Dunst der Stadt die Umrisse alles Sehenswerten verschwimmen ließ – zum Kühlschrank und wieder zurück, wobei er immer den Fleck umging, an dem Ren in ihrem Schlaf wild geworden war.

Sie lag zusammengerollt in der Ecke des Sofas, die Knie hochgezogen, die Arme fest verschränkt, den Kapuzenpullover so weit heruntergezogen, dass er ihr Gesicht verschluckte. Der Effekt war cartoonhaft, wie der erste Versuch von jemandem an menschlichem Origami, aber was sie unverkennbar verriet, war der eine Fuß, der hervorlugte, dessen Zehen zuckten, wann immer sie eine besonders energiegeladene Traumphase erreichte.

Der Rest der Wohnung war still, bis auf das hartnäckige Summen des Kühlschranks und das metronomische Ticken von Mrs Barleys Wanduhr im Flur – sie hatte sie von einem Vikar »geliehen«, so die Geschichte, obwohl Vincent vermutete, dass es mehr mit einem ungelösten Vergiftungsfall in Surrey zu tun hatte. So oder so, die Uhr schlug die Zeit, als ob Zeit etwas wäre, das man festhalten konnte, und jeder Tick fühlte sich an wie ein Countdown zu etwas, das er absolut bereuen würde.

Er hatte das Licht ausgelassen und verließ sich zur Beleuchtung auf den Kühlschrank. Jedes Mal, wenn er die Tür öffnete, ließ ihn der blau-weiße Schein weniger lebendig aussehen, die Knochen in seinen Händen schimmerten wie eine Warnung durch die Haut. Er stand minutenlang vor dem offenen Kühlschrank, die Kälte sickerte in ihn hinein, und versuchte sich einzureden, dass er nicht hungrig war, sondern nur durstig nach Antworten.

Auf der Arbeitsplatte: ein Notizbuch, makellos und unberührt, von der Sorte, die einen herausforderte, einen Strich darauf zu machen. Vincent hatte es so platziert, dass er es von überall in der Küche aus sehen konnte, sowohl als Herausforderung als auch als Bedrohung. Seine Finger schmerzten danach, einen Stift zu ergreifen, aber er wusste es besser. Nach allem, was Zara gesagt hatte, nach den Beweisen und den Leichen und dem schleichenden Verdacht, dass seine eigenen Entwürfe auf den Straßen umhergingen, war das Einzige, was beängstigender war als zu schreiben, nicht zu schreiben.

Er machte eine weitere Runde durch die Wohnung. Die Dielenbretter bewahrten ihre Geheimnisse und knarrten gerade genug, um das Gebäude wissen zu lassen, dass man am Leben war. Als er an Ren vorbeiging, murmelte sie etwas, ein Fragment eines Kinderreims, dann rollte sie sich um und schlug mit der Hingabe einer Boxerin auf ein Kissen. Der Hoodie war ihr zu groß, aber sie trug ihn wie einen Schild gegen alles, auch gegen sich selbst.

Er kehrte zum Kühlschrank zurück und öffnete ihn erneut. Drinnen: das übliche Chaos. Ein Blutbeutel mit der Aufschrift »Premium AB Negativ« in einer Schriftart, die medizinische Autorität suggerieren sollte; eine halb leere Flasche Gin; drei Behälter mit Essensresten, alle im Dunkeln nicht voneinander zu unterscheiden; und eine einzelne, traurige Karotte, die an der Spitze schwarz wurde.

Er starrte einen langen Moment auf den Blutbeutel. Der Hunger war zurück, scharf und bohrend, und er wusste, wenn er sich nicht jetzt darum kümmerte, würde er ihn im Schlaf überkommen. Er nahm den Beutel, drehte den Verschluss ab und hob ihn an seine Lippen. Der Geschmack hätte beruhigend metallisch sein sollen, der Geschmack von Leben in Lauerstellung, aber stattdessen war er …

Erinnerung. Kalt, schmierig, wie das Lecken an einer in Tränen getränkten Briefmarke.

Angst, säuerlich und elektrisierend, die ihm wie Ameisen unter die Zunge kroch.

Tinte, schwarz und uralt, die seinen Mund mit jedem Schluck befleckte.

Er würgte, hustete und spuckte einen dicken Klumpen davon

ins Waschbecken. Er spritzte und blieb haften und ließ sich nicht wegwaschen, selbst als er den Wasserhahn auf volle Stärke aufdrehte. Der Geschmack blieb, überzog seinen Mund und seine Kehle mit einer Bitterkeit, die sich fast lebendig anfühlte.

Er sah auf den Beutel in seiner Hand, sein Herz pochte so, wie es das nicht mehr getan hatte, seit er das letzte Mal richtig Angst gehabt hatte. Der Verschluss war noch versiegelt. Unberührt.

Er stellte den Beutel ab und untersuchte seine eigenen Hände, suchte nach einer Antwort im Geflecht aus Adern und Narben. Er war sicher, dass er ihn geöffnet hatte. Er konnte immer noch den schmierigen Rückstand auf seinen Zähnen spüren, die Art, wie er sich an seiner Kehle festgekrallt hatte. Aber das Siegel war intakt.

Ein Schauer lief ihm den Rücken hinunter, von der Sorte, die als vernünftiger Schüttelfrost beginnt und damit endet, dass man eine Woche lang mit Licht an schläft.

An der Außenseite der Kühlschranktür, in einen Kondenswasserfleck geschrieben, der in der Nähe des Griffs aufgetaucht war, war eine Botschaft erschienen. Sie war vorher nicht da gewesen. Da war er sich sicher.

DU TRINKST, WAS DU VERSCHÜTTEST.

Vincents Fangzähne pochten, eine Erinnerung an seine eigene Fehlverdrahtung. Er wich zurück, die Hände zitternd, dann drehte er sich langsam und bedächtig um, um den Rest der Wohnung zu überprüfen.

Ren schlief noch, der Mund offen, eine winzige Speichellinie machte den Ärmel des Hoodies dunkel. Sie murmelte wieder etwas, leiser diesmal, die Worte aneinandergereiht zu einem Reim, so perfekt, dass es schmerzte.

»Im Herzen der Geschichte gerinnt die Tint',
die Lettern brüten, die Zeilen sich find't.
Sprich dein Geheimnis, vergieße dein Blut,
und ertränke die Monster in der Flut.«
Die Worte hingen in der Luft, zerbrechlich wie ein Spinnen-

netz. Vincent wollte lachen oder weinen oder etwas trinken, das die Erinnerung wegbrennen würde.

Stattdessen stand er im Dunkeln, zählte die Sekunden zwischen jedem Ticken der Uhr und wartete darauf, dass die nächste Seite umgeschlagen wurde.

ACHT

Die Universität hatte die Angewohnheit, ihre gefährlichsten Schätze für jedermann sichtbar zu verstecken, aber manchmal setzte sie noch einen drauf, indem sie sie in einfachen, unbeaufsichtigten Kellern versteckte. Zaras Archiv existierte in einer Art räumlichem und administrativem Niemandsland unter dem Theologiegebäude – durch eine Tür mit der Aufschrift »Untergeschoss 2A: Lager«, eine Treppe hinab, die so uneben war, als wäre sie aus einem schlechten Scherz heraus gegossen worden, und in einen Korridor, den man wohlwollend als »tragenden Schimmel« bezeichnen konnte.

Vincent, der mehr Archive von innen gesehen hatte, als er bereit war zu katalogisieren, spürte dennoch einen Schauer, als er Ren durch die Dunkelheit folgte. Die Luft war schwer vom Geruch nach altem Papier, Leder und dem nervösen Schweiß von Forschungsassistenten, die nie wieder nach oben gekommen waren. Ihr Vorankommen wurde am Klappern von Rens Stiefeln gemessen, am gleichmäßigen Schaben von Zaras Schlüsselbund an ihren Fingerknöcheln und an der Art, wie Vincents eigene

Nerven beim Anblick bestimmter versiegelter Kisten an der Wand zu singen begannen.

Zara führte sie mit dem Schein einer ramponierten Stirnlampe an, die spinnenartige Schatten vor ihre Schritte warf. Sie ignorierte die Warnschilder (»Nicht ohne Handschuhe öffnen«, »Achtung: Psychoaktive Texte«, »Rückgabe nur in dreifacher Ausfertigung«) und ging weiter zum hinteren Ende, wo ein eisernes Gittertor das eigentliche Archiv bewachte.

Es brauchte drei Schlüssel und ein gemurmeltes Codewort (»Golgotha«, wie ein Fluch hingeraunt), um das Schloss zu öffnen, und dann waren sie drinnen: in einem Raum von der Größe einer kleinen Kathedrale, vom Boden bis zur Decke gesäumt von Regalen in jedem erdenklichen Zustand des Verfalls. Bücher quollen aus den Stapeln, Schriftrollen baumelten von Haken und ganze Schränke beulten sich unter der Last von Ordnern aus, die so dicht waren, dass sie ihre eigenen Schubladenfronten verzogen. In der Mitte trug ein Bibliothekstisch ein architektonisches Modell des Chaos – mehr Leselampen als nötig, mehr Kaffeeflecken als eigentlich plausibel.

»Willkommen in meinem Reich«, sagte Zara und ihre Stimme hallte von den Steinen wider. »Pass auf, wo du hintrittst. Und auf deine Metaphern.«

Ren tat so, als würde sie den Raum inspizieren, und deutete dann auf eine Ansammlung von etwas, das wie mit Kabelbindern gefesselte Bibeln aussah, die von der Decke hingen. »Ist das eine Sicherheitsmaßnahme oder nur der neueste Trend in kirchlicher Fesselkunst?«

Zara antwortete nicht; sie steckte bereits bis zu den Ellbogen in einer Kiste mit der Aufschrift »Carmine/Lupo, vor 2000« und murmelte, während sie Ordner und wachssiegelverschnürte Bündel durchsortierte. Ren, sich selbst überlassen, brach zu einer privaten Führung auf, stocherte in seltsamen Artefakten herum und las die Buchrücken mit einer Stimme vor, die irgendwo zwischen Stand-up und Grabrede lag.

Vincent verweilte an der Schwelle und widerstand dem Drang, die Flucht zu ergreifen. Er erkannte zu viele Titel, und jeder fühlte sich an wie der Geist eines alten Fehlers. Er steckte die Hände in seine Manteltaschen und versuchte, lässig auszusehen, doch selbst die Umgebungstemperatur schien um ein Grad zu fallen, wann immer er einem bestimmten Regal zu nahe kam.

»Also, welches von denen wird jetzt mein Gehirn infizieren und mich in eine Kultistin verwandeln?«, rief Ren und hielt ein Exemplar von »*Eschatologie: Ein Anfängerleitfaden für übermäßig Engagierte*« hoch.

Vincent würdigte es keiner Antwort. Stattdessen schwebte er näher an Zara heran, deren Suche zu einer Art archäologischer Ausgrabung verkommen war – Staubschichten, dann Ordner, dann ganze Strata von kommentierten Entwürfen. Sie schien weder Licht noch Essen noch Ermutigung zu brauchen; die Jagd war Belohnung genug.

»Was genau hoffen wir zu finden?«, fragte Vincent leise, für den Fall, dass eines seiner früheren Werke beschließen sollte, herauszukriechen und Klage einzureichen.

Zara blickte nicht auf. »Originale Carmine-Skripte. Unbearbeitet. Wenn der Mörder deinen Entwürfen folgt, müssen wir wissen, welche Versionen im Umlauf sind.«

Ren näherte sich und trug einen schmalen Band, dessen Einband mit einem Marker geschwärzt worden war, bis auf den geprägten Titel: »*Sonette des Nachtmarktes.*« Sie hob eine Augenbraue. »Ist das von dir?«

Vincent stöhnte. »Mach es nicht auf. Darin zeige ich mich wirklich nicht von meiner besten Seite.«

Natürlich schlug Ren es auf und las die erste Seite. »›An den Leser: Wenn du noch nicht verflucht bist, lies weiter.‹ Wow, du hattest dich ja total dieser Ästhetik des gequälten Unsterblichen verschrieben, nicht wahr?«

Vincent biss die Zähne zusammen. »Es waren die Neunziger. Alle waren gequält.«

Zara warf den beiden einen Blick über die Schulter zu. »Ihr könnt später flirten. Ich hab was gefunden.« Sie zog einen Ordner hervor, der dick mit Plastikhüllen gefüllt war, von denen jede etwas enthielt, das wie die geschredderten Überreste eines Romans aussah, plus Randnotizen in mindestens vier Sprachen.

Sie schlug ihn auf und Vincent erbleichte beim Anblick seiner alten Handschrift: schräg, wichtigtuerisch, als ob die Feder versuchte, der Hand davonzueilen. »Ich dachte, ich hätte die frühen Entwürfe vernichtet«, murmelte er.

»Trau niemals einer Universität mit einem Aktenvernichter«, erwiderte Zara. »Außerdem gibt es einen Markt für literarische Nekromantie.«

Ren machte ein würgendes Geräusch. »Du meinst, Leute bezahlen für diesen Kram?«

»Meistens Sammler. Und der ein oder andere Archivar, der davon überzeugt ist, dass das Ende der Welt in einer Randnotiz über Weinsorten verborgen ist.« Zara blätterte weiter und hielt bei einem Blatt an, bei dem die Tinte durchgeblutet war und einen Rorschachtest der Verzweiflung bildete. »Hier ist die Stelle, die ich gesucht habe.«

Sie las laut vor, ihre Stimme verflachte zum ausdruckslosen Ton der wahrhaft Entsetzten: *Wenn das dritte Zeichen angerufen wird, wird das Gefäß Gestalt annehmen, seine Konturen definiert durch die Erinnerung an Blut und die Weigerung der Geschichte, tot zu bleiben.*

Vincent verzog das Gesicht. »Klang besser, als ich betrunken war.«

Ren schnaubte. »So entstehen auch die meisten Tattoos.«

Zara fuhr fort und blätterte zu einer markierten Seite. »Der

Mörder kopiert nicht nur die Prophezeiung. Er mischt verschiedene Versionen. Dieser Absatz stammt aus dem Bukarester Exemplar. Diese Zeile – ›*der Kopf wird das Zeichen tragen, ebenso die Hände*‹ – die steht nur im privaten Manuskript.«

Vincent runzelte die Stirn. »Welches private Manuskript?«

Zara sah ihn mit säuerlicher Miene an. »Das, das du geschrieben und nie veröffentlicht hast. Das mit dem ... alternativen Ende.«

Es herrschte Stille, während Vincent sich mit wachsendem Grauen daran erinnerte, was »alternatives Ende« in diesem Zusammenhang bedeutete. »Das habe ich verbrannt«, beharrte er.

Zara tippte auf die Seite. »Anscheinend nicht gut genug. Denn es gibt noch eine Szene, die der Mörder noch nicht nachgestellt hat. Die auf dem Maskenball.«

Ren, die sich auf die Tischkante gehockt hatte, ließ die Beine baumeln und sagte: »Lass mich raten. Auftritt von links, es gibt eine Party, alle tragen Masken, jemand verliert seinen Kopf, und das im wahrsten Sinne des Wortes.«

Zara nickte einmal. »Und der Kopf wird zur Schau gestellt, öffentlich, für alle sichtbar. Es ist das große Finale.«

Vincent schloss die Augen. Er erinnerte sich jetzt an die Szene, in widerlich genauen Details – im Fieberwahn geschrieben, voller Selbstekel überarbeitet und (wie er gedacht hatte) den Flammen übergeben. Es war ihm nie in den Sinn gekommen, dass jemand sie Wirklichkeit werden lassen wollte.

Ren blätterte durch den Band. »Du hast sogar Regieanweisungen für den Mord geschrieben. Das ist düster, Kumpel.«

»Es ist kein Drehbuch«, sagte Vincent, mehr zu sich selbst als zu irgendjemandem sonst. »Es war nur ... ein Gedankenexperiment.«

Zara schlug den Ordner mit einem endgültigen Geräusch zu. »Jetzt ist es ein Drehbuch. Und wenn der Mörder sich daran hält, haben wir vielleicht noch achtundvierzig Stunden bis zur nächsten Leiche.«

Ren schnippte mit den Fingern, als hätte sie eine plötzliche Eingebung. »Wir sollten die Party crashen. Oder was auch immer es ist. Vorher da sein.«

Vincents Magen verkrampfte sich. »Weißt du, wie viele Maskenbälle an diesem Wochenende in London stattfinden? Oder auch nur in Soho?«

»Egal«, sagte Ren, »wir brauchen nur den seltsamsten.«

Zara stimmte zu, aber ihre Augen waren auf Vincent gerichtet und suchten nach etwas. »Bist du sicher, dass du dich nicht erinnerst, wem du diese Entwürfe geschickt hast? Keine Sammler, keine alten Flammen?«

Vincent zögerte, und für einen Moment verriet sein Gesicht etwas Rohes. »Da war eine. In Shoreditch. Nannte sich ›Die Lektorin‹.«

Ren heulte auf. »Oh mein Gott. Du bist mit jemandem ausgegangen, der sich *Die Lektorin* nannte? Das ist ein Level an Masochismus, das selbst ich noch nicht angestrebt habe.«

Vincent stöhnte. »Ich bin nicht mit ihr ausgegangen. Es war eine ... Transaktion.«

»Natürlich war es das«, sagte Ren grinsend.

»Sie hat es nicht weitergegeben oder Kopien gemacht. Da bin ich mir sicher.«

Vincent blickte sich im Archiv um, auf die Reihen verbotenen Wissens, und spürte, wie sich die Vergangenheit um ihn zusammenzog wie eine Schlinge. Für einen Moment wünschte er sich, er wäre wirklich nur ein ganz gewöhnlicher 08/15-Vampir, mit all dem bequemen Gedächtnisverlust, den das mit sich brachte.

Ren schlug das Sonett-Buch zu und warf es Vincent zu. Er fing es reflexartig auf und beäugte dann finster die Widmung auf dem Vorsatzblatt – seine eigene, in einer Handschrift, die viel sicherer aussah, als er sie in Erinnerung hatte: *An alle Leser, die nie darum gebeten haben, heimgesucht zu werden. – V.L.*

Sie grinste. »Ich schätze, jetzt sind wir die Heimgesuchten, Boss.«

Zara knipste ihre Stirnlampe aus, und die Dunkelheit schloss sich mit einem perfekten Gefühl für Timing um sie. »Gehen wir«, sagte sie, und das Echo ihrer Stimme hallte im höhlenartigen Raum nach. »Wir müssen eine Party crashen. Und ein Drehbuch umschreiben.«

Sie verließen den Raum in einer Reihe, die eisernen Tore fielen hinter ihnen ins Schloss, und überließen das Archiv seinen mürrischen, atmenden Stapeln. Oben wartete die Welt, und die Geschichte war bereits ein Kapitel weiter.

Dächer waren der einzige Ort in der Stadt, an dem sich Vincent wie eine Person fühlte und nicht wie ein Memo aus der Abteilung für schlechte Entscheidungen des Universums. Der Wind, der messerscharf vom Fluss heraufwehte, schnitt die Nacht in Scherben und trieb den Nebel seitwärts, sodass die Luft über dem Archiv eine eiskalte Suppe aus Dunst, Smog und gelegentlichen Fledermäusen mit mehr Ehrgeiz als Verstand war.

Vincent warf die Dachzugangstür zu und ließ das Zuschlagen hinter sich verhallen. Ren war schon auf halbem Weg über den Kies, ihre Silhouette zeichnete sich gegen eine Skyline ab, die zu gleichen Teilen aus gotischen Türmen und Gebäuden bestand, die nach Mobilfunkanbietern benannt waren. Sie trug ihren abge-wetzten Kapuzenpulli wie eine Rüstung und starrte mit einer Intensität in die Stadt, die es schaffte, zugleich raubtierhaft und gelangweilt auszusehen.

Er fummelte eine Zigarette aus ihrer zerknitterten Schachtel und bemerkte dann, dass das Feuerzeug in seiner linken Tasche war – natürlich in der, an die er nicht herankam, ohne einen unwürdigen Tanz aufzuführen. Ren sah schweigend zu, wie er sie endlich anzündete. Das Zittern in seinen Fingern kam nicht von der Kälte, aber der Wind leistete überzeugende Arbeit, es zu vertuschen.

Er nahm einen Zug, atmete aus und sah zu, wie sein eigener Rauch und Atem in der Luft durcheinanderwirbelten. »Weißt du«, sagte er, »in einem anderen Leben hätte ich hier oben die Weltherrschaft geplant. Oder zumindest einen dramatischen Selbstmord.«

Ren neigte nachdenklich den Kopf. »Du hast noch Zeit für beides, wenn du Multitasking betreibst.«

Er lachte, kurz und überrascht. »Du bist also die Optimistin in dieser Beziehung?«

Sie grinste spöttisch, aber es war sanfter als ihr übliches Hohngrinsen. »Bitte. Wenn ich optimistisch wäre, hätte ich gekündigt, sobald dieses Ding an meinem Handgelenk aufgetaucht ist. Oder spätestens, nachdem wir eine Leiche auf der Straße gefunden haben.«

Vincent schnippte Asche über die Brüstung. »Man gewöhnt sich daran. An das existenzielle Zeug, nicht an die Zahl der Leichen.«

Sie standen eine Weile schweigend da und sahen zu, wie die Lichter im Nebel verschwammen. Irgendwo unter ihnen heulte eine Sirene auf und verstummte dann mitten im Schrei, sodass nur noch das leise, beständige Brummen der Stadt übrig blieb.

Ren brach die Stille. »Also. Ist das der Punkt, an dem wir diese rührselige Annäherungssache machen, oder ist das eher ein gemeinsames Trübsalblasen?«

»Warum nicht beides?«, sagte Vincent.

Sie zuckte mit den Schultern, griff dann in ihre Umhängetasche und holte eine Thermoskanne hervor, die sie aufschraubte und ihm reichte. Er nahm sie aus Gewohnheit an, nicht aus Erwartung, und schnupperte am Inhalt: Kaffee, billig und schwarz genug, um in einem Sorgerechtsstreit als Beweismittel zu gelten.

»Danke«, sagte er und meinte es auch. Er nahm einen großen Schluck, die Bitterkeit war ein willkommener Kontrapunkt zur Zigarette. »Weißt du, als ich verwandelt wurde, dachte ich, ich würde meinen Geschmack für dieses Zeug verlieren.«

Ren warf ihm einen Seitenblick zu. »Hast du nicht?«

Vincent schüttelte den Kopf. »Alles ändert sich, aber nicht so, wie man denkt. Man behält die alten Gelüste. Man fügt nur neue hinzu.«

Sie nickte, als sei das das Vernünftigste, was je jemand gesagt hatte. »Du bist also die ganze Zeit hungrig.«

Er betrachtete die Stadt, den Kaffee, das Brodeln in seinem eigenen Bauch. »Ja. An manchen Tagen bin ich hungrig genug, um die Sonne zu fressen.«

Ren krempelte den Ärmel hoch und entblößte die Innenseite ihres Handgelenks. Das Tattoo des Federgefäßes schimmerte selbst in der Dunkelheit schwach. Sie streckte ihm den Arm entgegen, nicht im Scherz, nicht als Herausforderung, sondern mit der Selbstverständlichkeit einer Freundin, die ein Pflaster anbietet.

Vincent zuckte zurück – nicht vor dem Blut, sondern vor dem Angebot selbst. Er schüttelte den Kopf und wich einen Schritt zurück. »Das ist – nein. So verzweifelt bin ich nicht.«

Sie hielt ihr Handgelenk noch einen Moment lang hin, zuckte dann unbeeindruckt mit den Schultern und schloss den Reißverschluss des Ärmels wieder. »Wie du meinst. Aber wenn du anfängst, über deinen tragischen Hunger zu jammern, werde ich dir mein eigenes Rhesus-negativ zwangsernähren.«

Er grinste verlegen. »Das würdest du auch tun.«

Ren wühlte wieder in ihrer Tasche und zog diesmal eine Flasche kaltgepressten Rote-Bete-Saft hervor. Sie warf sie ihm zu, und er fing sie auf, überrascht vom Gewicht. »Es ist ein Kompromiss«, sagte sie. »Kein Blut, aber es färbt alles und schmeckt nach Erde. Wenn du es nicht willst, tausche ich es gegen den Kaffee.«

Er schraubte den Deckel ab, nippte daran und zuckte zusammen. »Das ist abscheulich.«

Sie gackerte. »Siehst du? Jetzt bist du zu sehr mit deinem Leid beschäftigt, um hungrig zu sein.«

Sie setzten sich auf das Dach, Seite an Seite auf die bröckelnde Betonkante. Der Lärm der Stadt verstummte zu einer Art Unterwasserstille, die Lichter unter ihnen verschwammen zu blauen und orangen Geistern. Vincent drückte seine Zigarette aus und stand schweigend da, spürte die Anwesenheit des Mädchens neben sich – eine seltsame, menschliche Schwerkraft, die ihn besser verankerte als jeder mystische Schutzzauber.

Es war Ren, die den Bann brach, ihre Stimme leiser als zuvor. »Glaubst du, wenn du noch ein Mensch wärst, hättest du irgendetwas davon anders geschrieben?«

Er antwortete zunächst nicht. Die Frage war zu groß, oder vielleicht einfach zu offensichtlich. Stattdessen starrte er in den Nebel und ließ die Stadt die Stille füllen.

Als er sich schließlich umdrehte, um sie anzusehen, lag ein Lächeln auf seinem Gesicht, das nichts mit der Zigarette oder dem Hunger oder dem Lärm unter ihnen zu tun hatte. »Wahrscheinlich nicht«, sagte er, »aber ich hätte vielleicht daran gedacht, ein Pseudonym zu benutzen.«

Sie lachte, und es war die Art von Geräusch, das nachklang, selbst als sich der Nebel verdichtete und die Welt darunter nur noch aus Formen und Vermutungen bestand.

Sie blieben dort oben, beobachteten die Lichter, bis die Kälte ganz durchdrang und der Kaffee leer war. Als sie schließlich wieder nach unten gingen, waren sie zwei Menschen, die genau verstanden, was es bedeutete, heimgesucht zu werden – und warum man trotzdem weitermachte.

Die Stadt atmete weiter. Die Geschichte schrieb sich selbst weiter. Und für den Moment war das genug.

NEUN

Der Regen prasselte mit einer Beharrlichkeit gegen das Fenster, die Vincent darüber nachdenken ließ, ob der Himmel eine Beschwerde einreichte. Er lag mit dem Gesicht zur Wand im Bett und lauschte dem arrhythmischen Trommeln des Wetters und dem tieferen, wütenderen Kontrapunkt von etwas, das in der Küche gewaltsam püriert wurde. Das hatte eine gewisse Symmetrie: die Empörung der Natur und die von Mrs Barley, beide für dieselbe Stunde angesetzt.

Er schälte sich aus dem Bett und schlurfte den Flur entlang, seine Füße kalt auf dem Holz. Die Küche strahlte im grellen Licht einer billigen Deckenlampe. Mrs Barley stand an der Theke in dem, was sie als ihr »formelles Konfrontations-Outfit« bezeichnete – ein marineblaues Kostüm, eine hochgeschlossene Bluse und eine Perlenkette, mit der man wahrscheinlich einen Bären erwürgen konnte. Sie sah aus, als würde sie den Vorsitz bei einem Kriegsverbrechertribunal führen und nicht die Wohnung putzen.

Der Mixer brüllte und verstummte dann. Mrs Barley goss den Inhalt – grell, zähflüssig, rot – in eine Reihe von Sherrygläsern und ignorierte dabei die Existenz von Tassen, die für ein Frühstück angemessener gewesen wären. Sie fing Vincents Blick auf und goss dann absichtlich ein viertes Glas ein und stellte sie auf dem Tisch in einer Reihe auf.

Ren lümmelte kopfüber auf dem Sofa, ihr Kopf baumelte knapp über dem klebrigen Teppich. Sie aß Toast vom Rand nach innen, und Krümel rieselten in die Kapuze ihres Sweatshirts. Ihr Gesicht trug eine Konstellation von Schlaffalten und die Art von Ausdruck, die nur jemand erreichen konnte, der offensichtlich keine großen Schwierigkeiten hatte, sich an Vincents »die ganze Nacht wach, den ganzen Tag schlafen«-Lebensstil anzupassen.

»'n Abend«, sagte Ren und ihr Toast dämpfte das Wort zu einem ›Aamd‹.

Mrs Barley ignorierte sie und fixierte Vincent mit einem Blick, der andeutete, dass dies eine Intervention oder möglicherweise ein Exorzismus war. »Setzen Sie sich«, befahl sie.

Vincent setzte sich. Mrs Barley schob ihm ein Glas zu. Er roch am Rand: Tomaten, Selleriesalz, etwas Scharfes und Blutiges, das kein Gemüse war, das er kannte. »Ist das ein Frühstück oder eine Warnung?«

»Beides«, sagte Mrs Barley. Sie ließ sich auf den Stuhl gegenüber gleiten, ihr Rock senkte sich mit der Schwerkraft eines Meteoriteneinschlags. »Wir haben ein Problem.«

Ren machte eine Wippbewegung mit ihrer Hand. »Ist es ein ›Wäsche-im-Waschbecken-Problem‹ oder ein ›weltzerstörende-Vampirverschwörungs-Problem‹?«

Mrs Barley antwortete nicht. Stattdessen zog sie einen Zettel aus glänzendem Papier aus ihrem Ärmel, faltete ihn mit chirurgischer Präzision auseinander und legte ihn in die Mitte des Tisches.

Vincent griff danach. Der Flyer war professionell gedruckt, schwarz und silbern mit einem Spritzer arterienroter Farbe. Oben stand in einer Schriftart, die mit einer Klage drohte: THE VELVET VEIN LÄDT SIE HERZLICH EIN ZU ...

Seine Augen fielen auf die Unterüberschrift: EINE NACHT DER MASKEN, DES BLUTES UND DER DEKADENZ – EINE NACHSTELLUNG DES LETZTEN KAPITELS VON *DAS PURPURROTE ARRANGEMENT*.

Er las es noch einmal. Dann ein drittes Mal, für den Fall, dass das Wetter oder der Mixer seinen Verstand durcheinandergebracht hatten. »Das ist nicht ... das können sie nicht ...«

Ren rollte sich interessiert auf. »Ist das dein Stück?«

Vincent zögerte, dann sagte er mit dem Tonfall von jemandem, der einen Doppelmord gesteht: »Ja.«

Mrs Barleys Lächeln war dünn wie eine Rasierklinge. »Es scheint, Ihre Fangemeinde hat sich weiterentwickelt. Sie führen jetzt immersives Dinner-Theater auf, das auf Ihren unveröffentlichten Tragödien basiert.«

Vincent schob den Flyer von sich, als könnte er explodieren. »Ich habe alle Exemplare von *Das purpurrote Arrangement* verbrannt.«

Mrs Barley klopfte auf den Tisch. »Offensichtlich nicht gut genug. Es ist morgen Abend um elf Uhr im The Velvet Vein.« Sie ließ den Namen im Raum hängen, ein Fluch oder ein Segen. »Sie werden hingehen.«

Er hätte fast gelacht, aber Mrs Barleys Gesicht war eine Ziegelmauer. »Ich werde kein Vampirkabarett besuchen, das auf meinem eigenen gescheiterten Stück basiert.«

Ren zuckte mit den Schultern. »Ich würde hingehen. Klingt nach Spaß.«

Vincent deutete auf Ren, samt Toast und allem. »Warum schlägst du dich auf ihre Seite?«

»Tue ich nicht«, sagte Ren. »Ich finde nur, dass es großartig wäre. Außerdem bekommst du als Autor Freigetränke.«

Mrs Barley nickte, ein seltener Moment der Einigkeit. »Und es ist die einzige Möglichkeit herauszufinden, wer dahintersteckt. Sie bewegen sich von Fanfiction zu Performancekunst. Die nächste Stufe ist, die letzte Szene nachzuspielen.«

Vincent schloss die Augen. Er erinnerte sich an die letzte Szene. Sie beinhaltete drei Morde, eine simulierte Blutorgie und die Enthauptung einer Figur namens V. Lupo auf der Bühne. »Nein«, sagte er. »Absolut nicht.«

Mrs Barley legte die Fingerkuppen aneinander, wie eine Gottesanbeterin, die im Begriff war, ihr Männchen zu verschlingen. »Wenn Sie es nicht für Ihr eigenes Vermächtnis tun, dann tun Sie es für die Sicherheit der Wohnung. Oder für das Gefäß«, fügte sie mit einem Blick auf Ren hinzu.

Ren tat so, als würde sie ihren Puls fühlen. »Mir geht's gut. Es sei denn, es gibt eine weitere Prophezeiung, von der ich noch nichts gehört habe.«

Mrs Barley ignorierte sie. »Wir werden Kostüme brauchen. Masken. Möglicherweise gefälschte Einladungen.« Sie zählte die Anforderungen an ihren Fingern ab, jeder einzelne ein weiterer Sargnagel für Vincent. »Ich kümmere mich um die Logistik.«

Vincent sah zu, wie der Plan wie üblich außer Kontrolle geriet. »Ich habe nichts anzuziehen«, sagte er verzweifelt.

Mrs Barley lächelte fast mitleidig. »Sie werden eine Maske tragen, Vincent. Das ist ja der Sinn der Sache.«

Er blickte auf den Flyer, dann zurück zu den Sherrygläsern. Er nahm eines, hob es auf Augenhöhe. Die rote Flüssigkeit war dick und haftete in Zeitlupe an den Seiten. »Ich dachte, das wäre eine Bloody Mary.«

Mrs Barley schüttelte den Kopf. »Sie ist nicht zum Trinken. Sie ist für die Show.«

Er stellte das Glas mit zitternden Händen ab. Ren, jetzt aufrecht und hellwach, aß ihren Toast auf und leckte ihre Finger sauber. »Wenn wir zu einer Vampirparty gehen«, sagte sie, »will ich aber die gefährlichste Maske.«

Mrs Barley sah Vincent an und forderte ihn heraus, abzulehnen. Er dachte an den morgigen Abend: die Musik, die Fremden, die Wahrscheinlichkeit, zur Unterhaltung unsterblicher Perverser auf der Bühne ermordet zu werden. Er blickte zu Ren, die vor Aufregung hüpfte, dann zu Mrs Barley, die so unverrückbar war wie das Schicksal.

»Na gut«, sagte er. »Aber ich werde nicht applaudieren, wenn sie meine Todesszene falsch darstellen.«

Mrs Barley tippte auf den Flyer. »Braver Junge. Nun trinken Sie. Sie werden Ihre Kräfte brauchen.«

Vincent musterte das Glas, dann den Raum und versuchte sich zu erinnern, wann er das letzte Mal auf einer Party gewesen war, die nicht in Schreien geendet hatte. Er nippte an der roten Flüssigkeit. Sie schmeckte nach Roter Bete, mit einem Nachgeschmack von Grauen.

Ren grinste. »Das wird brillant.«

Vincent bezweifelte es, aber er trank trotzdem weiter.

Der Sturm kam für eine zweite Runde zurück, als der Abend in die Nacht überging und mit der Empörung eines Inspektors vom Bauamt, dem man den Zutritt verwehrte, an den Fensterscheiben von Vincents Arbeitszimmer rüttelte. Die Aussicht von seinem Schreibtisch aus war ein Kriegsgebiet aus Blitzen und Satellitenschüsseln, jeder Blitz enthüllte ein wenig mehr vom narbenreichen Optimismus der Stadt. Drinnen war die Atmosphäre nicht weniger unbeständig: Die Bücher hatten wieder angefangen, sich selbst neu zu ordnen, und verschoben sich in den Regalen mit der passiv-aggressiven Energie zusammenlebender Geister.

Vincent saß an seinem Schreibtisch, oder besser gesagt, er kauerte dahinter, als wollte er sich vor dem Ansturm seiner eigenen Arbeit schützen. Die Korrespondenz des Tages lag vor ihm ausgebreitet – eine unmögliche To-do-Liste mit Korrekturen, Warnungen und höflichen Drohungen von Zara. Der Blutbeutel an seinem Ellbogen schwitzte Kondenswasser, dessen Etikett in der Kühle perlte, aber er ignorierte ihn geflissentlich. Seine Hände schienen das aber nicht mitbekommen zu haben. Sie zitterten mit der Heftigkeit eines Opium-Entzugs, oder vielleicht etwas Esoterischerem, während er denselben Satz immer wieder tippte, löschte und erneut tippte.

Er war so auf den bewussten Akt des Nicht-Trinkens konzentriert, dass er Ren erst hörte, als sie im Türrahmen stand, eine Silhouette, die vom blauen Licht des Flurs umrahmt wurde. Sie trug denselben Kapuzenpullover wie immer, aber jetzt mit hochgekrempelten Ärmeln, die das neue Mal auf ihrem Unterarm enthüllten: noch roh, noch schwach in der Dunkelheit leuchtend.

»Du vermeidest dein Mittagessen«, sagte sie.

Vincent blickte erschrocken auf. »Ich arbeite.«

Ren schnaubte. »Du bist nicht einmal eingeloggt.« Sie durchquerte den Raum, schnappte sich den Blutbeutel und hielt ihn wie ein unkooperatives Haustier auf Augenhöhe. »Trink ihn, oder ich schütte ihn dir in den Hals.«

Er versuchte zu lachen, aber die Anstrengung blieb ihm in der Brust stecken. »So funktioniert das nicht.«

Ren betrachtete ihn, ihr Ausdruck eine Mischung aus Verachtung und Sorge. »Du bist ein Vampir, kein Märtyrer. Wenn du dahinsiechst, kommen wir nicht bis zum dritten Akt.«

Vincent schaute weg und konzentrierte sich auf die Lichter der Stadt, die durch den Regen verschwammen. »Manchmal denke ich, der Hunger ist das Einzige, was mich real bleiben lässt.«

Sie hockte sich auf die Kante des Schreibtisches und ließ die Füße wie ein gelangweiltes Kind baumeln. »Das ist die beschissenste Ausrede, die ich die ganze Woche gehört habe, und ich habe letzten Samstag mit einem Mann geredet, der zum Spaß Glühbirnen isst.«

Er schloss die Augen. »Es ist nicht so einfach.«

Ren beugte sich vor, ihre Stimme leise. »Doch, ist es. Du hast Angst, dass du zu einem Monster wirst, wenn du dich wie eines verhältst.«

Er zuckte zusammen, widersprach aber nicht.

Rens Ton wurde einen Hauch weicher. »Du denkst, nicht zu trinken macht dich menschlicher? Alles, was es tut, ist, dich von allem weniger werden zu lassen. Hungrig, müde, nutzlos. Irgendwann wirst du zu schwach sein, um überhaupt noch richtig Trübsal zu blasen.«

Er öffnete den Mund, um zu protestieren, und klappte ihn dann wieder zu. Sie hatte recht. Er hasste es, dass sie recht hatte.

Ren stellte den Blutbeutel vor ihn hin, ihre Hand verweilte einen Moment darauf. »Hör zu, ich kapiere es. Niemand will zugeben, dass er etwas braucht. Aber im Moment brauchen wir dich aufrecht und nicht halluzinierend über Poesie.«

Er zwang sich zu einem Lachen. »So schlimm?«

Sie grinste. »Du hast letzte Nacht im Schlaf versucht, Ozymandias zu rezitieren. Das war für uns alle peinlich.«

Er rieb sich die Schläfen. »Schon gut. Ich trinke ihn. Später.«

Ren stand auf und streckte sich, bis ihre Wirbelsäule knackte. »Wie auch immer. Zwing mich nur nicht, das noch einmal zu tun.«

Er sah ihr nach, der Raum war stiller ohne sie, aber nicht gerade friedlich. Der Blutbeutel lag da, anklagend. Er nahm ihn auf und drehte ihn in seinen Händen um.

Er wollte nicht trinken. Das Trinken, selbst aus einem medizinischen Beutel, erinnerte ihn an all die Dinge, die er in sieben Jahrhunderten hungriger Jahre verloren hatte. Selbstbeherrschung. Würde. Einen Puls.

Aber Ren hatte recht. So war er für niemanden von Nutzen. Er war auch für sich selbst von keinem Nutzen.

Er öffnete den Verschluss und trank, der Geschmack war

metallisch und dick, fast genug, um das Hintergrundgeräusch des Selbsthasses zu übertönen.

Als er fertig war, wischte er sich mit dem Handrücken den Mund ab und starrte lange Zeit die Wand an.

Sein Handy summte. Es war eine Nachricht von Ren: »Versuch nicht, dich ins Koma zu grübeln. Komm runter, wenn du so weit bist.«

Er lächelte, düster, aber echt.

Er öffnete eine neue Nachricht und tippte ein einziges Wort: »Dinner? Morgen Abend?«

Sein Finger schwebte über dem Senden-Knopf. Er stellte sich die Lektorin vor, wo auch immer sie war, wie sie die Nachricht empfing. Er stellte sich vor, wie sie mit den Augen rollte und dann mit einer Zeit und einem Ort antwortete, beides unnötig präzise.

Er drückte auf Senden. Der kleine Pfeil blinkte und verschwand dann.

Vincent sank in seinem Stuhl zurück, lauschte dem Sturm, der gegen das Fenster hämmerte, und den Büchern, die untereinander murmelten. Zum ersten Mal seit Tagen war der Hunger nur noch ein Hintergrundgeräusch.

Er ließ sich treiben, die Lichter der Stadt flackerten in der Nässe, und wartete darauf, zu sehen, was als Nächstes passieren würde.

ZEHN

Die Lektorin wohnte in einer Wohnung, die so weiß war, dass der direkte Anblick schmerzte, eine Wohnung, die sich aktiv gegen jede Ansammlung von Persönlichkeit wehrte. Vincent zögerte an der Schwelle und fühlte sich im Vergleich schmuddelig, als stünde er kurz davor, einen Operationssaal mit Graffiti zu besprühen. Die Lichter im Inneren waren LEDs, eingestellt auf die Farbtemperatur einer Autopsie, und das einzige Kunstwerk war ein alter Druck der *Anatomie der Melancholie*, mit chirurgischer Präzision über dem Schreibtisch gerahmt. Bücherregale säumten die Wände – Ladderax, natürlich, denn die Lektorin glaubte an die modulare Neuordnung von Wissen wie von Möbeln –, aber anders als die Türme der Entropie in seinem eigenen Zuhause waren ihre Regale wohlgeordnet, alphabetisiert, mit Querverweisen versehen und, wie er vermutete, wöchentlich abgestaubt.

Sie öffnete die Tür mit der misstrauischen Höflichkeit von jemandem, der eher Geldeintreiber als alte Kollegen erwartet hatte. Sie trug eine lange, marineblaue Strickjacke, die sowohl als Laborkittel als auch als soziale Barriere fungierte, und hatte ihr

Haar so streng zurückgebunden, dass es ihr ein akademisches Facelifting verpasste. Im Eingangsbereich hing der schwache Geruch von nassem Hund, der mit dem Luftreinigungssystem kämpfte, das sie kürzlich installiert hatte. Er erkannte das Modell: Es wurde an Immungeschwächte und extrem Paranoide vermarktet.

»Du bist zu spät«, sagte sie und trat dann beiseite, um ihn hereinzulassen. Sie hielt sich nicht mit Begrüßungen, Händeschütteln oder dem Smalltalk über den Regen auf, der den Rest von London befallen hatte.

Vincent zuckte die Achseln, streifte seinen Mantel ab und hängte ihn an den Haken, den sie mit einer einzigen, königlichen Geste andeutete. Er riskierte einen Blick ins Innere: weiße Würfelregale, weißer Tisch, weiße Böden, die einzige Unterbrechung in dem Schneefeld war ein Gewirr aus farbkodierten Akten auf der Küchenarbeitsplatte. Im Wohnzimmer klammerte sich ein einziges graues Sofa an die Mitte des Raumes wie eine Sandbank in einem sterilen Ozean.

»Entschuldigung«, sagte er, obwohl es ihm nicht wirklich leidtut.

»Schon gut. Setz dich.«

Er setzte sich. Das Sofa war so makellos, dass es quietschte, ein Geräusch, das wie eine Schändung klang. Vincent rutschte unruhig hin und her, dann hielt er inne und faltete die Hände in seinem Schoß wie ein Schuljunge, der zwischen einer Prüfung und einem Verweis feststeckt.

Sie rauschte an ihm vorbei, die Strickjacke flatterte hinter ihr her wie eine synthetische Fahne der Entschlossenheit, und kehrte mit zwei Dingen zurück: einem schlichten Glas Wasser und einer brandneuen, noch verpackten Schachtel Taschentücher. Sie stellte das Glas auf den niedrigen Tisch vor ihm und öffnete dann die Taschentuchschachtel mit der Effizienz einer Chirurgin, die ein Skalpell auspackt.

»Wollen wir die Bedingungen besprechen?«, fragte sie und ließ sich auf einem Stuhl ihm gegenüber nieder.

»Bedingungen?«

Sie betrachtete ihn mit einer Art leidenschaftsloser Belustigung, die ihm sofort das Gefühl gab, ungeeignet zu sein, den Raum mit ihr zu teilen. »Du hast um eine Fütterung gebeten. Ich nehme an, du hast deinen Sinn für Grenzen seit dem letzten Mal nicht verloren.«

Vincent spürte, wie ihm das Blut in die Ohren stieg. »Ich – ja. Natürlich. Standardprotokoll. Minimales, äh, Volumen. Keine bleibenden Spuren. Du kannst die Grenzen setzen.«

Sie neigte den Kopf, zog dann ein Taschentuch von oben ab und tupfte auf eine imaginäre Stelle an ihrem Handgelenk. »Der linke Arm also. Und nur, bis ich Stopp sage.«

Er nickte, sich plötzlich sehr bewusst, wie seine eigene Zunge gegen die Fänge drückte, als ob sie eifrig auf ihren Einsatz wartete. Er hielt seine Hände mit weißen Knöcheln auf seinen Knien und starrte auf das Glas Wasser, als könnte es eine Vorliebe für Metaphern entwickeln.

Sie saßen einen langen, abschätzenden Moment lang schweigend da.

Er gab als Erster nach. »Du hältst wirklich nichts von Smalltalk, was?«

Der Blick der Lektorin wurde schärfer, ein Skalpell, das das Konversationsfett wegschnitt. »Wir wissen beide, warum du hier bist. Das Vorgeplänkel ist reine Zeitverschwendung.«

»Ich könnte so tun, als würde mich dein neuester Forschungszuschuss interessieren«, bot Vincent an, »aber ich würde mich nur mit einem schlechten Witz über das Peer-Review-Verfahren blamieren.«

Sie verdrehte die Augen, aber es war eine alte, vertraute Bewegung, ein intellektueller Tick aus der Zeit, als sie um dieselben akademischen Brosamen gekämpft hatten. »Das Projekt wurde verschoben. Die Mittel wurden gekürzt.« Sie beugte ihr Handgelenk und präsentierte es ihm mit professioneller Miene. »Budgetkürzungen, du verstehst.«

»Chronisch«, sagte er und meinte es auch so.

Sie beobachtete ihn noch einen halben Atemzug lang, griff dann in ihre Tasche und holte eine kleine Flasche Isopropylalkohol, ein Wattepad und ein Pflaster hervor. Sie reinigte ihre eigene Haut mit rücksichtsloser Effizienz und forderte ihn dann mit einer Geste auf, fortzufahren.

Vincent rückte näher und versuchte zu ignorieren, wie das Licht seine eigenen Hände gelblich und fremd aussehen ließ. »Du könntest wenigstens versuchen, das hier weniger klinisch zu gestalten«, murmelte er.

Die Augenbraue der Lektorin zuckte. »Bevorzugst du ein Ritual? Weihrauch, stimmungsvolle Beleuchtung, ein bisschen leisen Jazz?«

»Niemals Jazz«, sagte Vincent, und sie lächelten beinahe gemeinsam.

Aber der Moment war rein geschäftlich. Er nahm ihren Arm, spürte den Puls durch die dünne Hautschicht und zitterte. Sie hielt vollkommen still, die Augen auf die weiße Wand hinter ihm gerichtet. Für eine Sekunde fühlte er sich wie ein Eindringling, ein Parasit, aber der Hunger war nun wach, wütend und elegant, und er leitete ihn mit einer Sicherheit, mit der seine Nerven nicht mithalten konnten.

Er biss zu.

Der erste Stich war fast nichts, ein Nadelstich, aber als das Blut langsam und präzise hervorquoll, spürte er, wie sich der Schock der Wärme von seinen Lippen bis in die Fingerspitzen ausbreitete. Die Lektorin atmete aus – ein hörbares, kontrolliertes Ausatmen – und ihre andere Hand umklammerte die Armlehne fester, die Knöchel wurden weiß.

Vincent trank in kleinen, flachen Zügen, entschlossen, nicht die Kontrolle zu verlieren, das Tier unter seiner Haut nicht den Moment bestimmen zu lassen. Er behielt ihr Gesicht im Auge, sah ihr beim Atmen durch den Rausch zu und war sich absurderweise des Timers an der Wand bewusst, der die Sekunden herunterzählte.

Nach genau dreißig Sekunden hob die Lektorin eine Hand. »Genug.«

Er hörte sofort auf, aber der Nachgeschmack blieb – metallisch, durchzogen von etwas, das sich wie Erinnerung anfühlte. Er drückte das Taschentuch auf die Bisswunde, tupfte das überschüssige Blut ab und klebte das Pflaster mit zitternden Fingern auf.

Sie nahm ihren Arm zurück, inspizierte seine Arbeit und beugte dann ihr Handgelenk. »Immer noch akkurat«, sagte sie. »Du hast nichts von deiner Präzision verloren.«

Er sank zurück, verlegen über die Röte auf seinen Wangen und das Ziehen in seinem Magen, sowohl Hunger als auch seine Linderung eine Art Demütigung. »Ich tue mein Bestes. Wollte keine schlechte Bewertung auf Trustpilot bekommen.«

Sie schnaubte. »Du bist immer noch nicht witzig.«

»In gewissen Kreisen bin ich urkomisch«, sagte er, aber seine Stimme war leiser.

Sie saßen eine Minute lang so da, die Luft summte von unausgesprochenen Dingen. Die Lektorin nahm das Glas Wasser, nippte daran und stellte es dann mit unnötiger Wucht ab. Sie musterte ihn abschätzend.

»Also, was ist der Notfall? Du kommst normalerweise nicht angebettelt, es sei denn, die Welt geht unter.«

Er überlegte zu lügen, aber die Ehrlichkeit nach der Fütterung löste ihm immer die Zunge. »Es ist das verschwundene Manuskript. Das, wovor du mich gewarnt hast.«

Ihre Lippen wurden schmaler, aber sie sah nicht überrascht aus. »Du hast es gefunden?«

»Schlimmer«, sagte er. »Es ist im Umlauf.«

Die Lektorin beugte sich vor, ihre Miene verhärtete sich. »Wer hat es?«

Er schüttelte den Kopf. »Nicht sicher. Aber es gibt einen Fanclub. Einen Kult, vielleicht. Sie ist rekursiv, die Prophezeiung. Oder vielleicht ist es auch nur ein verdammtes Drehbuch, das zeilengenau befolgt wird.«

Sie tippte auf das Pflaster an ihrem Handgelenk, eine Geste, die irgendwo zwischen Irritation und Nostalgie lag. »Du hättest es nie schreiben sollen.«

»Du hast es lektoriert«, schoss Vincent zurück und bereute die Engstirnigkeit sofort.

Sie ließ es durchgehen. »Wir können die Vergangenheit nicht ändern, Vincent. Alles, was wir tun können, ist Schadensbegrenzung.«

Sie saßen da, alte Wunden atmeten in der Stille.

Er sammelte sich und spürte, wie die neue Energie in seine Knochen sickerte. »Ich werde vorsichtig sein«, sagte er, und dann: »Danke.«

Die Lektorin nickte einmal und stand auf. Sie sammelte die medizinischen Überreste zu einem ordentlichen Haufen und warf sie dann in einen Mülleimer unter der Spüle.

Als Vincent seinen Mantel anzog, verharrte sie an der Tür. »Du schreibst immer noch über Schuld, als wäre es ein eigenes Genre«, sagte sie.

Er sah sie an, richtig an, zum ersten Mal, seit er die Wohnung betreten hatte. »Und du redigierst Leute immer noch mitten im Satz.«

Sie lächelten beide, spröde, und sie öffnete ihm die Tür. Er hielt an der Schwelle inne, halb erwartete er einen Abschied, eine Warnung, eine Bitte um Neuigkeiten.

Stattdessen sagte sie nur: »Komm nicht wieder, außer du musst es wirklich.«

Er nickte, trat hinaus und ließ sich vom Korridor verschlucken.

Die Luft draußen war frischer, weniger desinfiziert, und er schluckte sie gierig hinunter, um das nagende Gefühl in seiner Brust durch die Realität dessen zu ersetzen, was er gerade getan hatte. Er fühlte sich besser, im wörtlichsten, biologischen Sinne. Aber der Hunger war schon immer nur ein Symptom gewesen, niemals die Heilung.

Er ging, die Hände tief in den Taschen, durch den nassen Schein der Straßenlaternen und versuchte, sich nicht all die Dinge vorzustellen, die er in dieser weißen, antiseptischen Welt zurückgelassen hatte.

Was er mehr als alles andere wollte, war, sich in sein Arbeitszimmer zurückzuziehen und an seinem neuesten Roman zu arbeiten, aber er musste zu einer Maskerade.

Es war noch nicht einmal neun Uhr abends, und Vincents Zuhause sah bereits aus wie eine spukende Garderobe, wie man sie nur bei Theatergruppen im Endstadium oder in bestimmten Bars in Vauxhall fand. Jedes Kleidungsstück, das er in seinen sieben Jahrhunderten erworben hatte (die letzten beiden in Wohltätigkeitsläden), war aus den Lagern ausgegraben und in der ganzen Wohnung verstreut worden, wodurch eine Topografie aus ausrangierten Krawatten, Samtjacken und zerfetzten Band-T-Shirts entstanden war. Das Chaos war so vollständig, dass es bis in die Küche reichte, wo Ren auf der Arbeitsplatte saß, mit den Beinen baumelte und aus Streifen roter Seide und einer Heißklebepistole, die eigentlich als Waffe hätte eingestuft werden müssen, eine Maske bastelte.

Mrs. Barley hatte den einzigen verbliebenen Stuhl besetzt,

polierte ein Paar uralte Kampfstiefel und blätterte durch einen Katalog mit alten Opernumhängen, als ob sie für die Rolle des »aufgewärmten Todes« vorsprechen würde. Sie trug ihr Haar streng zurückgesteckt, wie immer, aber der Effekt wurde durch den weinroten Samt untergraben, der über ihrem Schoß lag.

Ren beäugte die Stiefel, dann den Umhang. »Ist das aus der Zeit des Blitz oder nur ein Statement-Stück?«

Mrs. Barley warf ihr einen Blick zu. »Ich war beim Blitz dabei, meine Liebe. Das Statement ist, dass ich ihn überlebt habe.«

Ren schnaubte und widmete sich wieder ihrer eigenen Bastelei. Die Seide war wahrscheinlich gestohlen – Vincent erkannte sie von keinem früheren Kostüm, und die Art, wie Ren sie schnitt, ließ auf eine völlige Missachtung von Herkunft oder Wiederverkaufswert schließen. Sie war beim Schneiden etwas schlampig, sodass das linke Auge etwas größer war als das rechte, was ihr einen permanenten Ausdruck der Überraschung verlieh.

Vincent war unterdessen in einen Kampf mit seiner eigenen Garderobe verwickelt. Das Beste, was er aufbringen konnte, war ein anthrazitfarbener Anzug (zwei Nummern zu klein, aber »Vintage«, wenn man die Augen zusammenkniff) und eine Krawatte, die so feierlich war, dass sie ihre eigene Trauerfeier hätte leiten können. Er betrachtete sein Spiegelbild im Flurspiegel, hoffte auf »byronisch«, landete aber geradewegs bei »enterbter Bestatter«. Die Fütterung bei der Lektorin hatte ihn aufgeputscht und nervös gemacht; seine Haut war elektrisch, seine Gedanken weigerten sich, in eine ihrer vertrauten, tröstlich depressiven Bahnen zurückzufinden.

Mrs. Barley ertappte ihn beim Starren. »Du zappelst.«

Er zupfte an der Krawatte. »Der Stoff juckt.«

»Natürlich juckt er«, sagte sie, »er soll dir Unbehagen bereiten. Das nennt man Verkleiden. Jetzt setz dich, bevor du eine Naht zum Reißen bringst.«

Er setzte sich, gehorsam wie ein Hund aus dem Internat, und

sah zu, wie Mrs. Barley die Stiefel schnürte. Er wurde das Bild von der Wohnung der Lektorin nicht los – ihre antiseptische Klarheit, die Art, wie ihre Anwesenheit jeden Kubikmeter gefüllt hatte, der Hunger, der nun gestillt, aber nicht befriedigt war. Die Erinnerung verfing sich immer wieder an der Art und Weise, wie die Lektorin es vermieden hatte, das Manuskript weiter zu erwähnen, obwohl es das Einzige war, worüber beide sprechen wollten.

Ren warf ein: »Du siehst aus, als würdest du gleich eine Gruft heiraten.«

Vincent schenkte ihr ein winziges Lächeln. »Du siehst aus, als hättest du gerade eine ausgeraubt.«

Sie fletschte erfreut die Zähne.

Mrs. Barley beendete das Schnüren ihrer Stiefel und schwang den Umhang mit einem Schwung über ihre Schultern. »So. Gehen wir bitte den Plan durch. Keine Improvisation. Keine Heldentaten. Wir sind ausschließlich dort, um zu beobachten, Informationen zu sammeln und uns nicht von selbsternannten Vampiren ermorden zu lassen.«

Ren ignorierte den letzten Teil bereits. »Wenn wir entdeckt werden, rennen wir dann weg oder zünden wir etwas an?«

»Zuerst rennen«, sagte Mrs. Barley, »dann zündeln, wenn Rennen nicht hilft.«

Vincent blickte auf die Wanduhr. »Wir sollten gehen. Im Velvet Vein werden nach Mitternacht die Türen abgeschlossen. Und ich wäre lieber nicht die Afterparty.«

Mrs. Barley stand auf, überprüfte den Inhalt ihrer Tasche – Taschenspiegel, Schlüssel, drei Knoblauchzehen (»nur für den Fall«, sagte sie mit einem bedeutungsvollen Blick auf Vincent) – und führte dann den Weg in den Flur. Der Flurspiegel fing die meisten von ihnen ein, als sie vorbeigingen: Mrs. Barley als gestiefelte Wiedergängerin, Ren als Blitz aus rot-schwarzem Chaos und Vincent, hätte er ein Spiegelbild gehabt, bildete das Schlusslicht mit dem ganzen Enthusiasmus eines Verurteilten auf einem Paradewagen.

Draußen schaltete die Stadt bereits in ihren nächtlichen Gang. Die Straße glänzte von frischem Regen, und die Luft hatte das würzige, hinterhofartige Aroma von nassem Ziegel und frittiertem Essen. Ren hüpfte die Stufen vor ihnen hinunter, zog ihre Maske auf, und Mrs. Barley behielt die still stehenden Autos am Straßenrand misstrauisch im Auge. Vincents Nerven zuckten bei jeder vorbeihuschenden Gestalt; der Rausch des neuen Blutes ließ jeden Schatten wie eine geladene Metapher erscheinen.

»Hör auf zu gehen, als würdest du gleich ermordet«, sagte Ren über ihre Schulter.

Vincent sagte: »Statistisch gesehen bin ich überfällig, wenn es noch nicht passiert ist.«

Mrs. Barley schnaubte, eine seltene Demonstration von Solidarität. »Versuch wenigstens, so auszusehen, als würdest du dazugehören.«

Er versuchte es. Das tat er wirklich. Aber die Krawatte würgte, der Anzug juckte, und jeder Schritt in Richtung Velvet Vein fühlte sich an wie ein Gang tiefer in den Bauch eines Monsters, das er selbst geboren hatte. Er konnte nicht sagen, ob das emotionale Rauschen Hunger, Schuld oder nur die Vorfreude auf eine weitere Katastrophe war. Glücklicherweise war der Veranstaltungsort nur eine Meile entfernt.

Als sie in die Straße des Clubs einbogen – eine Nebenstraße, die von Neonlicht und dem gelegentlichen Aufflackern von Kerzenlicht erhellt wurde –, blieb Ren stehen und wartete darauf, dass die anderen aufholten.

Sie musterte Vincent. »Alles okay bei dir?«

Er wollte etwas Kluges sagen, oder zumindest etwas Abweisendes. Aber das Beste, was er zustande brachte, war: »Bringen wir es einfach hinter uns.«

Mrs. Barley klopfte ihm auf den Rücken, mit einer Kraft, die ihm die Schulter auszurenken drohte. »Das ist die richtige Einstellung, Junge. Und jetzt gehen wir und veranstalten ein Spektakel und finden heraus, was wir können.«

Und das taten sie: drei ungleiche Freunde in geliehenem Prunk, die mit der grimmigen Entschlossenheit von Leuten, die es absolut besser wussten, aber nicht anders konnten, auf das Velvet Vein zumarschierten.

ELF

Das Velvet Vein machte keine Werbung. Es musste nicht. Sein Ruf wuchs wie städtische Fäulnis – unvermeidlich, unaufhaltsam und leise verheerend für jeden mit Ansprüchen. Entweder man erhielt eine Einladung oder nicht. Die Fassade, eine verlassene Flüsterkneipe, eingeklemmt zwischen einem Laden für handwerklich hergestellte Vapes und einem Pfandleiher, der nie öffnete, hatte eine Tür ohne Klingel und ein Fenster, das so schmutzig war, dass es auch als schwarzer Spiegel diente. Wer wusste, wo er anklopfen musste, war bereits drinnen.

Vincent führte ihren Vormarsch an, eine Dreifaltigkeit kaum koordinierter Unbeholfenheit: Ren in ihrer roten Seidenmaske und »Kriegsverbrechen-Chic«, Mrs Barley gepanzert im sartorialen Äquivalent der Genfer Konvention und er selbst in der Trauerkrawatte, die ihn immer noch zu erwürgen drohte. Der Türsteher, ein Koloss in einer Brokatweste, musterte ihr Trio, dann nickte er mit einer Geste des Respekts, die besagte, dass er heute Abend schon seltsamere Ensembles gesehen und keines davon bedauert hatte.

Sie stiegen eine endlose Serpentinentreppe hinab, deren

Wände mit alter Tierpräparation und Glasvitrinen mit konservierten Blumen gesäumt waren – jedes Arrangement sorgfältig kuratiert, um sowohl bedrohlich als auch teuer zu sein. Der Bass vibrierte durch den Stein, ein Puls, den man zuerst in den Fußsohlen und dann in den Zahnfüllungen spürte. Die Tür am unteren Ende öffnete sich zum Hauptclub, und der Effekt war weniger »Vampirhöhle« als »hauseigene Eurovision-Afterparty der Hölle«.

Es war brechend voll: die alte Garde in maßgeschneiderten Anzügen und rückenfreien Abendkleidern, ihre Masken so dezent wie Bankenlogos; die Neureichen in Neon und Latex, die Gesichter hinter aufwendigen Pestdoktorschnäbeln und verspiegelten Visieren verborgen. In der Luft lag das Parfüm von gewürztem Blut, filterlosen Zigaretten und der kollektiven Anstrengung mehrerer Jahrhunderte von modischen Katastrophen. Auf jedem Tisch stand eine Kerze, jede Kerze war schwarz, und jede Oberfläche schimmerte mit jener Art von Rückstand, der nie vollständig erklärt, sondern nur ertragen werden konnte.

Vincent richtete seine Maske (eine klassische schwarze Domino – geringer Aufwand, hohe glaubhafte Abstreitbarkeit) und überblickte die Menge. Die Gesichter hinter den Masken hätten jedem gehören können: entfernten Cousins, Ex-Liebhabern, Gläubigern, gelegentlich einem Historiker. Er ließ seinen Blick mit der einstudierten Langeweile eines Stammgastes über sie schweifen, aber innerlich führte er eine Liste darüber, wer wahrscheinlich versuchen würde, ihn zu töten, und wer sich nur durch seine Anwesenheit beleidigt fühlen würde.

Mrs Barley schälte sich sofort heraus, ihre Flugbahn führte sie mit dem Fokus einer Kriminaltechnikerin am Rand entlang. Sie fuhr mit dem Finger über die Theke, inspizierte die Kerzenleuchter und hielt in Abständen an, um die Tapete anzustarren, als läse sie eine unsichtbare Schrift. Hin und wieder machte sie ein Foto mit ihrem Handy und steckte es dann weg, als wäre es ihr peinlich, bei der Verwendung moderner Technologie gesehen zu werden.

Ren war weniger methodisch, mehr kinetisch. Sie drängte sich in die Menge, stibitzte eine Champagnerflöte von einem vorbeikommenden Tablett und fand ihren Weg zu einer kleinen Gruppe neuer Vampire, die aussahen, als wären sie von einer Gothic-Nacht in Camden hereingestolpert. Sie waren in einen Streit darüber verwickelt, ob es authentischer sei, »sich lokal zu ernähren« oder für Bluturlaube auf den Kontinent zu fahren. Ren, deren eigene Nahrungspräferenzen bei »vorzugsweise nicht meins« begannen und endeten, mischte sich mit einer augenrollenden Offenheit in die Debatte ein, die sie sofort zum Mittelpunkt der Gruppe machte.

Vincent ließ sich treiben und nutzte die Bar als seinen Anker. Der Barkeeper, eine schöne, androgyne Gestalt in einer venezianischen Halbmaske, begrüßte ihn mit Namen, was der Paranoia nicht gerade half. »Lupo«, sagten sie. »Du bist wieder auf Rotwein umgestiegen?«

»Ich versuche, sozial zu sein«, erwiderte Vincent und deutete auf ein Glas von dem, was auch immer als Spezialität des Hauses durchging.

Der Barkeeper schenkte etwas Dickflüssiges und Purpurrotes ein, garniert mit einer Zitrusschale. »Geht aufs Haus. Du siehst aus, als könntest du es gebrauchen.«

Vincent überflog den Raum und senkte seine Stimme. »Irgendetwas Seltsames heute Abend?«

Der Barkeeper lächelte, ein Streifen seiner Zähne blitzte auf. »Was heißt hier seltsam? Es ist Donnerstag.«

Vincent akzeptierte dies mit einem Nicken. Er nahm einen Schluck. Das Getränk schmeckte nach Eisen und Herzschmerz, mit einer Kopfnote von Kühllagerung. Er ließ es auf seiner Zunge verweilen, während er beobachtete, wie Mrs Barley einen Satz Samtvorhänge umkreiste und Ren ihre Tischgenossen zu einem

Wettbewerb anstachelte, wer die peinlichste urbane Legende über Vampir-Vorfahren rezitieren konnte.

Der Hauptraum des Clubs war in konzentrischen Ebenen gebaut, mit der Tanzfläche in der Grube und den Logen, die in ansteigenden Terrassen wie ein blutleeres Amphitheater gestapelt waren. Oben überblickte ein von Balustraden gesäumter Balkon das Geschehen, und Vincent konnte eine Handvoll Gestalten ausmachen, die sich mit der unbekümmerten Selbstsicherheit von Leuten bewegten, denen der Laden gehörte oder die zumindest die Rechnung für die Reinigung bezahlten.

Ein paar Gesichter, selbst hinter den Masken, fügten sich zu Erinnerungen zusammen. Da war der Marquis, dessen Partys in den 1950er Jahren häufiger in Polizeirazzien als in Applaus endeten; da war Lady D, deren Maske ein kunstvolles Geflecht aus Kettenhemd war und deren Geschmack für Blutcocktails nur von ihrem Geschmack für die Ehemänner anderer Leute übertroffen wurde. Aber keiner von ihnen schien Vincent zu bemerken, oder wenn sie es taten, verrieten ihre Gesichter nichts als Überdruss.

Er begann sich gerade ein wenig zu entspannen, als eine Präsenz an seiner Seite jedes Warnsystem wieder auf volle Lautstärke schaltete.

Ein Mann in einem Kostüm, das schon vor Vincents (erster) Geburt altmodisch gewesen war, die Maske schwarz, der Mund zu einem subtilen Grinsen verzogen, beugte sich so nahe heran, dass es intim, aber nicht bedrohlich wirkte.

»Hätte nicht gedacht, dich wieder hier zu sehen«, murmelte der Mann, die Worte präzise, der Akzent nicht zuzuordnen. »Ich hörte, du wärst aus der Mode gekommen.«

Vincent lächelte und ließ die Maske die halbe Arbeit machen. »Ich bin ein Klassiker. Manchmal kommen sie wieder.«

Der Mann lachte, leise und echt. »Nicht, wenn du der Schriftsteller bist. Schriftsteller sind immer die Ersten, die gehen müssen.«

Sie tauschten ein kurzes, geladenes Schweigen aus. Vincent ließ das Gespräch in der Luft hängen und wollte sich weder auf eine Erinnerung noch auf ein Wiedererkennen festlegen.

Die Augen des Mannes funkelten hinter der Maske. »Wenn du Ärger suchst, bist du ein paar Jahrhunderte zu spät dran.« Er kippte sein Glas – etwas Helles und Sprudelndes – und löste sich in der Menge auf, als wäre er nur vorbeigekommen, um Vincent an seine eigene Überflüssigkeit zu erinnern.

Vincent atmete aus und bemerkte dann, dass er die Luft angehalten hatte.

Die Menge auf der Tanzfläche verlagerte sich und lichtete sich, als ein neuer DJ das Pult übernahm und etwas auflegte, das wie Boney M auf Absinth klang. Vincent beobachtete die Tänzer, deren Bewegungen zwischen geschmeidig und raubtierhaft wechselten, und fragte sich, ob es dabei irgendein echtes Vergnügen gab, oder ob hier alle nur ihre Rollen spielten, bis jemand die »letzte Runde« ausrief.

Am Rand beendete Mrs Barley ihren Rundgang und driftete zurück zu Vincent. Ihre Augen, scharf hinter einer Schildpattbrille (die sie über ihrer Maske trug, in einem offensichtlichen Akt der Aggression gegen Mode und Physik zugleich), musterten ihn von Kopf bis Fuß. »Keine Spur von Carmines alter Crew«, sagte sie mit leiser Stimme. »Aber ich habe drei aktive Schutzzauber an der Weinkellertür gefunden, und jemand benutzt Knochenasche als Tischgewürz.«

»Der Club hat seine Hygiene wirklich verbessert«, witzelte Vincent.

Sie ignorierte den Sarkasmus. »Sehen Sie jemanden von der Prophezeiungs-Fraktion?«

Vincent schüttelte den Kopf. »Nur die üblichen Verdächtigen. Eine Person könnte zur Bukarester Menge gehört haben, aber ich kenne seinen Namen nicht.«

Mrs Barley dachte darüber nach, fischte dann einen Notizblock aus ihrer Handtasche und kritzelte etwas hinein. »Ren hat Freunde gefunden«, bemerkte sie mit einem Kopfnicken in Richtung der Tanzfläche.

Vincent folgte ihrem Blick. Ren führte immer noch das große Wort, die Maske schief im Gesicht, und war offensichtlich dabei, eine Wette zu gewinnen. Die Gruppe junger Vampire war vom Lästern über Blutlinien dazu übergegangen, darüber zu streiten, ob Sonnenlampen tatsächlich als eine Form der Freizeit-Selbstverletzung funktionierten. Vincent war froh, sie lächeln zu sehen, auch wenn es das Lächeln einer Katze war, die den Vogelkäfig umstößt.

Er wandte sich wieder an Mrs Barley. »Sollen wir uns unters Volk mischen oder bei glaubhafter Abstreitbarkeit bleiben?«

Sie zog eine Augenbraue hoch. »Sie ist zäher, als sie aussieht, ihr wird nichts passieren.«

Er leerte sein Glas und machte sich dann auf den Weg in die oberen Stockwerke. Die zweite Etage des Clubs war weniger überfüllt, die Luft kühler, die Beleuchtung so schummrig, dass man vorgeben konnte, jeder zu sein, der man sein wollte. Hier waren die Masken aufwendiger – Federn, Pailletten, sogar eine, die aussah, als wäre sie aus echten Zähnen gefertigt – und die Gespräche wurden im leisen, misstrauischen Flüsterton geführt.

Vincent fand einen Aussichtspunkt am Geländer und überblickte den Club unter sich. Er erhaschte einen Blick auf Ren, die sich durch die Menge schlängelte und eine Spur von Gelächter und halb verschütteten Getränken hinterließ. Mrs Barley hatte sich bei einer Sammlung alter Gemälde postiert und untersuchte die Rahmen mit dem Interesse von jemandem, der nach Geheimfächern sucht.

Der Moment der Ruhe währte nicht lange.

Eine Hand schloss sich kalt und hart um Vincents Handgelenk und zog ihn vom Geländer zurück.

Er wirbelte herum, bereit zu knurren, aber die Gestalt, die ihn gepackt hatte, war nur einen Bruchteil so groß wie er – eine junge Frau in einer Maske aus Porzellan und Gold, die Augen weit aufgerissen vor etwas, das Furcht oder Hingabe hätte sein können.

»Du bist er«, flüsterte sie. »Du bist derjenige, der es geschrieben hat.«

Vincent spürte einen Schauer, kälter als die Clubluft, durch seinen Magen laufen. »Was geschrieben?«

Sie lachte, ein brüchiges Lachen. »Die Geschichte. Das Drehbuch. Du bist der Grund, warum wir alle hier sind.«

Vincent versuchte, seine Hand zu befreien, aber sie hielt ihn fest. »Wenn das eine Fan-Sache ist, ich unterschreibe keine—«

Sie schüttelte langsam und bedächtig den Kopf. »Das ist keine Fanliebe, Lupo. Das ist ein Vermächtnis.« Ihre Hand fiel herab und sie verschwand im Treppenhaus, ihre Schritte vom Bass verschluckt.

Vincent sah ihr nach und prüfte dann sein Handgelenk. Dort, in perfekter Schrift, hatte sie mit ihrem Fingernagel ein Symbol nachgezeichnet: drei Mondsicheln, in der Mitte verbunden. Das Zeichen der Carmine-Prophezeiung.

Er schauderte, und zum ersten Mal seit Monaten war es keine Affektiertheit.

Er kehrte zur Bar zurück, rieb sich immer noch die Stelle am Handgelenk und bestellte einen weiteren Drink. Der Barkeeper zog eine Augenbraue hoch, sagte aber nichts.

Der Club hatte begonnen, an den Rändern zu verschwimmen, die Menge dichter, die Musik lauter, die Luft dick von dem Gefühl, dass etwas Wichtiges im Begriff war zu geschehen und niemand der Erste sein wollte, der es zugab.

Vincent blickte zu Ren – jetzt in tiefes Gespräch mit ihrer neuen Sekte vertieft, die Gesichter animiert und die Masken auf die Stirn geschoben – und zu Mrs Barley, die sich in einer hitzigen Debatte mit einem Mann in Bischofsmitra und Smoking befand.

Er fühlte sich sehr allein, sehr als Außenseiter, was sowohl vertraut als auch gänzlich unwillkommen war.

Gedankenverloren driftete er umher und hätte den Mann im altmodischen Anzug beinahe übersehen, als dieser zum zweiten Mal an ihm vorbeistrich.

Diesmal hielt der Fremde inne, beugte sich nahe heran und flüsterte Vincent direkt ins Ohr:

»Die Geschichte endet, wenn du sie ausblutest.«

Vincent erstarrte. Die Worte trafen ihn wie ein Hammer auf das Brustbein: der Satz, exakt, vom abgetrennten Kopf in seinem Kühlschrank. Die Erkennungszeile eines Skripts, das er vor Jahrhunderten verworfen hatte.

Er drehte sich um, aber der Mann war bereits verschwunden, verloren in der Flut der Körper. Vincent spürte, wie das Glas in seiner Hand zitterte, Blut – synthetisch oder nicht – surrte in seinen Adern.

Er stand da, umgeben von Masken und Monstern, und erkannte mit der Gewissheit eines Mannes, der seinen eigenen Nachruf liest, dass jemand in diesem Raum genau wusste, wer er war.

Und schlimmer noch: Sie wussten, was er geschrieben hatte.

Ren beobachtete vom Rand der Tanzfläche aus, wie Vincent an der Bar blass wurde. Er war seit ihrer ersten Begegnung eine Studie nervöser Energie gewesen, aber jetzt hatte er den Blick eines Mannes, der sein eigenes Gesicht auf einem Vermisstenplakat gefunden hatte. Sie ließ ihn noch eine Minute schmoren, dann schritt sie zur Tat.

Sie fing ihn am Fuß der Treppe ab und packte seinen Ellbogen mit einem Griff, der ihre Absichten deutlich machte. »Nach oben. Jetzt.«

Vincent blinzelte, die Maske tat wenig, um die Verwirrung zu verbergen. »Kann das warten? Ich bin kurz davor, eine Panikattacke im vornehmen Sinne zu haben – innerlich und mit Wein.«

Ren verdrehte die Augen. »Du bist nicht witzig. Nicht jetzt.«

Er rührte sich nicht, sondern ließ sich von ihr die enge Treppe hinaufsteuern, vorbei an einem knutschenden Paar in gefiederten Tigermasken und einer Frau, die ihrem Date etwas Wildes ins Ohr flüsterte. Auf dem Treppenabsatz schlüpfte Ren in eine private Nische – einst eine Zigarrenlounge, jetzt der kleinste Panikraum der Welt – und schloss die Tür mit der Autorität einer Frau, die im Begriff war, ein Verhör durchzuführen.

Vincent suchte nach einem Stuhl, fand nur ein ramponiertes Kanapee und ließ sich auf der äußersten Kante nieder, die Knie zusammen, die Hände in Kapitulation gefaltet. »Bekomme ich einen Anruf, oder brichst du mir einfach die Finger, bis ich rede?«

Ren ließ sich auf den Stuhl gegenüber fallen, die Augen scharf über der Maske. »Du bist nicht witzig. Nicht im Moment.«

Er hob die Hände. »Schön. Ich höre zu.«

Sie stellte ihre Tasche auf den Tisch und holte ein Fanzine heraus: zerfleddert, fleckig, die Ränder vom Reisen ausgefranst. »Das habe ich letztes Jahr in Prag aufgelesen, als ich anfing, mich für … das Okkulte und so zu interessieren. Hat mir damals nichts bedeutet. Jetzt …« Sie schlug es auf und blätterte, bis sie die Seite fand. Sie las:

> *Das Zeichen wird durch Blut und Tinte weitergegeben,*
> *das Gefäß ungezeichnet,*
> *der Autor ungerettet;*
> *wenn das Herz sich weigert, die Geschichte abzulehnen,*
> *so sei die Zunge für das größere Skript herausgeschnitten.«*

Sie schlug das Fanzine hart auf den Tisch. »Das bist du, Vincent. Das ist dein Stil. Du unterschreibst es praktisch.«

Vincent starrte auf die Seite und erkannte nicht nur seine Formulierung, sondern auch seine tatsächliche, wörtliche Handschrift. »Das ist nur eine schlechte Übersetzung«, sagte er mit hohler Stimme. »Ich habe es nur als Metapher gemeint.«

Ren beugte sich vor, so nah, dass er den Salzgeruch ihres Schweißes und das billige Harz der Maske roch. »Willst du darin sein? In der Prophezeiung, meine ich. Wolltest du immer die Hauptfigur sein?«

Vincent zuckte zusammen, aber die Frage musste beantwortet werden. Er griff nach dem Fanzine, seine Finger schwebten knapp über dem Papier. »Nein«, sagte er, aber es klang kraftlos.

Ren ließ nicht locker. »Warum bin ich dann darin? Warum spricht es von einem ungezeichneten Gefäß? Warum passt jede Version, die ich finde, zu dem, was mit mir passiert?«

Vincent spürte, wie sich die Ränder des Raumes um ihn schlossen. »Ich weiß es nicht. Vielleicht bist du eine bessere Protagonistin. Vielleicht hat sich das Universum gelangweilt und angefangen, die Besetzung zu überarbeiten.«

»Blödsinn«, fauchte Ren. »Du hast mich hier reingezogen. Du wusstest genau, was passieren würde.«

Vincent fand seine Stimme nur wieder, indem er sich Mrs Barleys Enttäuschung vorstellte, wenn er das Gespräch hier enden ließe. »Ich wollte das nie. Für dich oder für irgendjemanden. Ich habe versucht, zu verhindern, dass es ans Licht kommt. Deshalb habe ich die Entwürfe versteckt. Deshalb habe ich—«

Sie schnitt ihm das Wort ab. »Hast du aber nicht. Du hast es einfach da draußen hängen lassen und darauf gewartet, dass jemand wie ich darüber stolpert.«

Er schloss die Augen. »Wenn es hilft, ich hasse mich selbst mehr, als du es je könntest.«

Ren musterte ihn, der Zorn wich langsam einer Art düsterer, geschwisterlicher Empathie. »Es hilft nicht. Aber wenigstens lügst du nicht deswegen.«

Sie nahm das Fanzine zurück und steckte es in ihre Tasche. »Und was jetzt? Laufen wir einfach weiter, bis die Geschichte von uns gelangweilt ist?«

Vincent versuchte zu lachen, aber es wurde zu einem Husten. »Ich glaube, das ist die Handlung.«

Ein Klopfen an der Tür der Nische. Vincent zuckte zusammen; Ren rührte sich nicht einmal.

Mrs Barley öffnete die Tür mit der geschäftsmäßigen Bündigkeit einer Gesundheitsinspektorin, die die Räumlichkeiten bereits hat durchfallen lassen. »Ihr beiden«, sagte sie. »Jetzt.«

Sie folgten ihr hinaus, Vincent dankbar für die Ablenkung, Ren sah aus, als hätte man ihr das letzte Wort verweigert.

Mrs Barley führte sie zum anderen Ende des Balkons, wo ein riesiges Ölgemälde schief an der Wand hing. Sie deutete dahinter, darauf bedacht, den Rahmen nicht zu berühren. »Seht her.«

Vincent reckte sich über ihre Schulter. In den Putz gekratzt, noch nass und im schummrigen Licht des Clubs glänzend, war das Carmine-Siegel: drei Mondsicheln, in der Mitte verbunden, umgeben von einer Kritzelei in einer Sprache, an die sich Vincent kaum erinnerte, die er aber sofort als seine eigene erkannte. Der Geruch von Acryl hing in der Luft, billig und frisch.

Ren streckte die Hand aus, aber Mrs Barley stoppte sie mit einem scharfen »Nicht anfassen.« Sie zog eine Taschenlampe aus ihrer Tasche und leuchtete auf die Glyphe. Das Licht erfasste die Kanten und hob rote Tropfen hervor, die die Wand sprenkelten.

Mrs Barleys Stimme war düster. »Wer auch immer das tut, ist heute Nacht hier. Und beobachtet uns.«

Vincent schluckte. »Es ist eine Warnung.«

»Nein«, korrigierte Mrs Barley. »Es ist eine Einladung.«

Sie standen schweigend da, der Lärm von der Tanzfläche plötzlich gedämpft und weit entfernt, als hätte die Geschichte eine Pause eingelegt, damit sie aufholen konnten. Ren blickte Vincent an, die Augen weit, aber standhaft. Er wollte etwas sagen

– irgendetwas –, aber sein Kopf war voller Dinge, die er geschrieben hatte, all der Enden, die er zu löschen versucht hatte und es nun nicht mehr konnte.

Mrs Barley trat zurück und steckte die Taschenlampe weg. »Wir laufen nicht weg. Nicht dieses Mal.«

Ren nickte, und sogar Vincent fand sich dabei wieder, zuzustimmen.

Die drei standen vor dem Zeichen, durch Zufall und Absicht vereint, während der Rest des Clubs in seinem ahnungslosen, blutigen Rhythmus weitertaumelte.

Und in der darauf folgenden Stille verstand Vincent endlich: Sie lasen das Drehbuch nicht mehr.

Sie waren darin.

ZWÖLF

Vincent erwachte vom Geruch nach Bleichmittel, einem Geruch, so rein und aufdringlich, als würde die Luft ihm einen nasalen Einlauf verpassen. Für eine Sekunde lag er da, die Augen fest zusammengekniffen, in der Hoffnung, dass, wenn er den Geruch nur hartnäckig genug ignorierte, er sich in den vertrauteren Gestank von verbranntem Toast oder, im Idealfall, in gar nichts auflösen würde. Aber das Universum hatte das Memo wie immer nicht gelesen.

In der Wohnung hallte das Geräusch von Mrs. Barley wider, die ihre Wut an irgendetwas in der Küche ausließ. Der Rhythmus war unverkennbar: nicht das halbherzige Tupfen einer normalen Reinigung, sondern die Art von Schrubben, die ein kriegerischer Akt war. Vincent sah auf die Uhr (zehn nach sieben, was je nach Einstellung zum frühen Abend entweder heldenhaft oder kriminell war), überlegte, sich unter der Decke zu verstecken, stöhnte dann und schwang die Beine aus dem Bett. Der Teppich war kalt und fühlte sich nach dem Konfetti vergangener Katastrophen an.

Er fand Mrs. Barley vornübergebeugt vor dem Kühlschrank, ihr ganzer Körper zum Kampf bereit. Sie trug eine gestärkte marineblaue Schürze über einem karierten Morgenrock, die Tasche der Schürze strotzte nur so vor Reinigungsutensilien – Sprühflasche, Schwamm, ein Holzlöffel, der noch nie für Essen benutzt worden war. Ihr Haar war zu ihrem üblichen silbernen Gerüst hochgesteckt, aber im Eifer des Gefechts hatten sich mehrere Nadeln gelöst.

Vincent räusperte sich. »Ich nehme an, wir hatten einen Zwischenfall mit Biogefährdung?«

Mrs. Barley blickte nicht auf, sondern attackierte nur einen Fleck auf der Kühlschranktür, als könnte er Beine bekommen und fürs Parlament kandidieren. »Das kann man wohl so sagen.«

»Will ich die Details wissen?«

Sie wrang den Lappen aus, die Knöchel weiß. »Sieh selbst nach.«

Sie reckte das Kinn in Richtung Kühlschrank. Die Geste war so kurz angebunden, dass sie fast als tätlicher Angriff zählte.

Vincent öffnete die Tür und wappnete sich für etwas, das den Ton für seine gesamte Woche angeben würde. Stattdessen fand er die übliche Parade an Essensresten und Tatort-Joghurt, aber zwischen seinem persönlichen Vorrat an AB negativ (für besondere Anlässe – Hochzeiten, Bar-Mizwas, Liverpool gewinnt die Liga usw.) und einem verdächtig großen Glas Gewürzgurken, lag ein Blatt Papier, so dick, dass es auch als Schutzschild bei Unruhen hätte dienen können.

Er fischte es heraus und achtete darauf, den nassen Rand nicht zu berühren. Das Papier war schwer, teuer, die Art von Papier, bei der man sich schuldig fühlte, nichts Bedeutendes darauf zu schreiben. Der Text, der beide Seiten in einer fetzigen, kantigen Handschrift bedeckte, hatte die Farbe von altem Rost und war unverkennbar keine Tinte.

Vincents Puls schnellte in die Höhe, dann beruhigte er sich zu einer dumpfen, vertrauten Gereiztheit.

Er überflog die obersten Zeilen und formte die Worte stumm mit den Lippen.

»*Der Kelch läuft über, doch nicht für den Durst. Die Vene pulsiert, doch nicht für den Hunger. Lasst den Chor die Zähne schärfen, denn das Ende kommt nicht mit dem Flüstern, sondern mit dem Wehklagen.*‹« Er blickte zum unteren Rand, wo drei Glyphen so fest eingeprägt worden waren, dass sich das Papier wölbte. »Nett. Subtil.«

Mrs. Barley machte ein Geräusch, als würde sie einen Igel erwürgen. »Also?«

Vincent schloss den Kühlschrank und hielt das Blatt auf Armlänge von sich, als könnte es radioaktiv sein.

Vincent sah auf den Rand des Papiers, dann auf seine Finger. Sie hatten einen leichten bräunlich-roten Schmierer abbekommen, klebrig und unangenehm. »Na gut. Wenigstens verwenden sie anständiges Papier.«

Mrs. Barleys Augen verengten sich und verliehen ihren Zügen eine Schärfe, die nicht einmal Industriereiniger hätte abstumpfen können. »Du hast schon wieder diese ... Gedichte geschrieben.«

»Kult-Gedichte«, fuhr sie mit einer Stimme fort, die so scharf wie eine Guillotine war. »Die, von denen du sagtest, du hättest nach dem Bischof-Vorfall damit aufgehört.«

Vincent ließ den Vorwurf einen Moment lang im Raum schweben. »Das ist nicht von mir.«

Mrs. Barley sah aus, als hätte man ihr eine Schüssel kaltes Erbrochenes serviert. »Es ist deine Handschrift.«

Vincent starrte auf die Schrift, dann wanderte sein Blick zu ihr hoch. »Es ist eine Nachahmung. Schmeichelhaft, wenn man die offensichtliche psychische Instabilität ignoriert.«

Mrs. Barley schnaubte. »Davon verstehst du ja was.«

Vincent ignorierte die Stichelei und studierte das Blatt mit der forensischen Finsternis eines Mannes, der seine eigenen schlechten Kritiken liest. Der Text war dicht, geschrieben in abwechselnden Blöcken aus Englisch und etwas, das vielleicht Latein gewesen war, aber irgendwo am Rand mutiert war. In Abständen schlängelten sich Randnotizen in die Lücken, geschrieben in einer schleifenförmigen Schrift, die vergeblich versuchte, wie seine eigene auszusehen.

Er las eine weitere Zeile laut vor, seine Stimme war brüchig geworden. »*Der Hunger des Schreibers überlebt den Körper. Die Geschichte nährt, selbst wenn die Tinte gerinnt.*‹«

Mrs. Barley wischte sich die Hände an einem Geschirrtuch ab, das einst weiß gewesen war und nun die Flecken von hundert ungelösten Rätseln trug. »Was bedeutet das?«

Vincent legte das Blatt auf die Arbeitsplatte und drückte seine Fingerspitzen so fest auf das Papier, bis sie es fast durchbrachen. »Es ist eine Performance. Oder eine Prophezeiung. Oder beides. Aber es ist nicht von mir.«

Mrs. Barley setzte sich auf die Kante eines Stuhls und verschränkte die Arme wie eine Richterin bei einem Kriegsverbrechertribunal. »Wenn es nicht von dir ist, warum ist es dann in unserem Kühlschrank gelandet?«

Vincent wünschte, er könnte »Zufall« sagen, aber das Wort blieb ihm im Hals stecken. »Jemand will, dass ich es sehe. Will, dass wir es sehen.« Er tippte auf die Ecke des Blattes, wo der dreifache Halbmond der Carmine schwach schimmerte. »Sie senden eine Botschaft.«

Mrs. Barleys Gesicht rührte sich nicht, aber ihre Augen zuckten zum Flur, zur Hintertür, zu den Fenstern – sie schätzte wie immer die Ausgänge ab.

»Wirst du es den anderen erzählen?«

Vincent zuckte mit den Schultern und bereute es sofort. »Sie werden es früh genug erfahren. Ren kann nicht an einem Kühlschrank vorbeigehen, ohne existenzialistisch zu werden.«

Mrs. Barley schnaubte. »Also, was machen wir? Warten wir auf die nächste Lieferung?«

Er warf einen Blick auf die Uhr und erkannte, dass er seit weniger als zehn Minuten wach war und die Nacht bereits Antworten forderte. »Wir behalten das Blatt. Vielleicht kann Zara es analysieren. Oder wir warten zumindest auf die unvermeidliche Fortsetzung.«

Mrs. Barley grunzte und schrubbte dann mit noch mehr Eifer den Kühlschrank. »Wenn das Flecken auf der Tür hinterlässt, ersetzt du das ganze Ding.«

»Ich setze es auf die Liste.«

Er wollte gerade gehen, aber Mrs. Barleys Stimme hielt ihn an der Schwelle auf.

»Vincent«, sagte sie, so leise, dass es eine Warnung oder ein Gebet hätte sein können. »Fang nicht wieder an, sie zu schreiben. Bitte.«

Er zögerte, nickte dann einmal.

»Hatte ich nicht vor«, sagte er, aber die Worte schmeckten nach Lüge.

Ren traf mitten in einem Streit in der Küche ein, obwohl ihr Gegner für einmal die Kaffeetasse zu sein schien, die sie in der rechten Hand umklammert hielt. Bei jeder Silbe stieß sie sie gegen ihre Zähne, als würde sie den Becher herausfordern, ihr zu widersprechen, während ihre Linke das Telefon mit einer Geschwindigkeit bearbeitete, die den durchschnittlichen Buchmacher beeindruckt hätte. Ihr Haar hatte die maximale Koffein-Höhe erreicht, die Locken zitterten unter der statischen Aufladung von jemandem, der den Tag mit Red Bull und einer Mission begonnen hatte.

Sie blieb im Türrahmen stehen, eine Augenbraue hochgezogen. »Unterbreche ich einen Mord oder ist das nur der Frühjahrsputz?«

Mrs. Barley, immer noch in ihrem Ein-Frau-Krieg gegen den Kühlschrank verwickelt, antwortete, ohne aufzusehen. »Frag ihn.« Sie deutete mit dem Daumen auf Vincent, der mit einem Gesichtsausdruck irgendwo zwischen forensischem Analytiker und einem Hund, dem man gerade einen Zaubertrick gezeigt hat, über den Küchentisch gebeugt saß, das dicke Pergament vor sich ausgebreitet.

Ren trat näher, den Kaffee wie eine Polizeimarke vor sich haltend. »Das ist besser nicht schon wieder ein—« Sie hielt inne, ihre Augen verengten sich. »Ist das in … Blut geschrieben?«

Vincent schob ihr, mangels einer besseren Taktik, das Blatt hin. »Glückwunsch. Du bist die neue Haus-und-Hof-Leserin.«

Ren stellte ihre Tasse ab, wischte sich die Hände an ihrer Jeans ab und beugte sich über das Dokument. Die Muskeln in ihrem Kiefer spannten sich mit jeder Zeile an. »Das ist nicht nur ein Gedicht«, sagte sie mit dünner und flacher Stimme. Sie fuhr mit einem Finger am linken Rand entlang und achtete darauf, die klebrige Kante nicht zu berühren. »Das ist ein Drehbuch für ein Theaterstück. Es gibt Stichworte – Regieanweisungen – ›tritt ab, verfolgt von Hunger‹. Einiges davon ist kodiert, oder—«

»Es ist Altslawisch, aber mit mehr Sarkasmus. Aus *Die Karmesinrote Maske*. Letzter großer Versuch, bevor der Orden mir Live-Theater verboten hat. Sie haben es als Prophezeiung gelesen, oder zumindest als eine Art Anleitung.«

Ren las weiter, die Lippen bewegten sich lautlos, dann blickte sie auf. »Das ist die vorletzte Szene. Die vor dem Massaker.« Sie tippte auf eine Zeile. »Aber die hier sind neu. Ich erinnere mich nicht, dass du mir irgendetwas davon erzählt hast.«

»Weil ich das nicht habe«, sagte Vincent. »Das ist neu. Jemand hat Änderungen vorgenommen. Frei und ohne jeglichen Sinn für Genre-Konsistenz.«

Mrs. Barley, die sich nun mit der Wildheit von Lady Macbeth die Hände spülte, ließ ein Geschirrtuch auf einen Fleck auf der Arbeitsplatte schnalzen und sagte: »Also improvisieren sie. Wundervoll.«

Ren kniff die Augen zusammen und betrachtete das Blatt nun mit der Vorsicht von jemandem, der nach Landminen sucht. »Wer ist die zusätzliche Figur? ›Der Phantomautor?‹ Das bist nicht du?«

Vincent schüttelte den Kopf. »Ich habe mich immer bis zum dritten Akt rausgeschrieben. Der Rest war als Warnung gedacht, nicht als Vorsprechen.«

Rens Telefon klingelte. Sie ignorierte es. »Also haben wir einen Mörder mit Zugang zu deinem Gesamtwerk, einer Vorliebe für Symbolik und einer starken Meinung zur Wichtigkeit von Proben. Sonst noch was?«

Vincent nahm das Blatt und drehte es um. »Sie haben eine Notiz hinterlassen.« Er zeigte auf den Rand, wo ein einziges Wort, in Großbuchstaben und immer noch klebrig, in einer anderen Handschrift gekritzelt worden war.

BALD.

Ren, wieder mit dem Kaffee in der Hand, hob ihre Tasse zu einem Schein-Salut. »Auf den Fortschritt.«

Vincent erlaubte sich ein halbes Lächeln, dann legte er das Blatt mit übertriebener Vorsicht ab. »Das ist kein Fortschritt. Das ist eine Eskalation.«

Sie saßen schweigend da, alle drei, und starrten auf das Skript, als könnte es sich von selbst aufführen. Der Kühlschrank, dessen Schlacht vorüber war, nahm sein Summen im Hintergrund wieder auf – ein Dröhnen, das plötzlich lauter war als zuvor, als hätten selbst die Geräte registriert, was bevorstand.

Vincent starrte auf das Wort, die Linien noch nass, sie bluteten durch das Papier.

»Bald«, sagte er mit staubtrockener Stimme.

Ren nickte. »Ja«, sagte sie. »Aber wahrscheinlich nicht bald genug.«

Und für einen Moment hielt die Küche den Atem an, alle drei warteten auf das nächste Stichwort.

DREIZEHN

Der abgetrennte Kopf war wieder da.

Nicht im existenziellen Sinne – dieses besondere metaphysische Spiel hatte Vincent bereits verloren –, sondern im sehr buchstäblichen, sehr realen, sehr feuchten Sinne eines menschlichen Schädels auf dem obersten Regalboden seines Kühlschranks, der zwischen dem Vorteilsbecher mit griechischem Joghurt und der Sriracha-Flasche mit der verkrusteten Tülle thronte. Er ruhte auf einem frischen Blatt Wachspapier wie das Sonderangebot eines Metzgers, und der langsame Ausfluss dessen, was einmal ein Hals gewesen war, sickerte durch die Falten und sammelte sich in einem kleinen, würdevollen See in der Kirschtomaten-Schale darunter. Jemand (mit ziemlicher Sicherheit Vincent, obwohl glaubhafte Abstreitbarkeit alles war, was ihm geblieben war) hatte das Kinn des Kopfes nach oben geschoben, sodass seine trüben, halb geschlossenen Augen jedes Mal direkt herausschauten, wenn der Kühlschrank geöffnet wurde.

Und so fand Ren ihn um 19:42 Uhr, als sie sich auf den Weg machte, um die ihrer Annahme nach letzte essbare Banane im Gebäude zu stehlen.

Sie stand da, die Tür sperrangelweit offen, das kalte Licht malte ihr Gesicht in einem Blauton, der normalerweise Einbalsamierungsflüssigkeit und der Nervosität bei ersten Verabredungen vorbehalten war. Einen langen Moment lang sagte sie nichts. Dann griff sie hinein, schnappte sich die Banane und schloss die Tür mit einem leisen, geduldigen Klicken.

Vincent war bereits in der Küche, lehnte am Tresen, die Arme verschränkt und mit einem Gesichtsausdruck, der auf »nonchalant« eingestellt war, was aber niemand außer ihm selbst täuschte. Er beobachtete sie mit der misstrauischen Höflichkeit einer Hauskatze, die gerade eine unbezahlbare Vase umgestoßen hat und darauf wartet, ob es jemandem auffällt.

Ren deutete mit dem Daumen in Richtung Kühlschrank. »Gibt es eine Erklärung für den abgetrennten Kopf oder nehmen wir das einfach so hin?«

Vincents Mund arbeitete für einen Moment. Dann: »Er ist nicht von mir.«

Ren dachte darüber nach. »Das hast du schon mal gesagt. Es stellt sich immer wieder als unwahr heraus.«

Er zuckte mit den Schultern, was auch als Anfall hätte durchgehen können. »Ich kann seine Herkunft erklären, wenn du willst. Ich wollte dir nur nicht den Appetit verderben.«

Ren betrachtete die Banane, dann den Kühlschrank, dann Vincent. »Alter, für das Konzept ‚verderben‘ ist es ein bisschen spät.« Sie ging zum Tisch und zog einen Stuhl mit ihrem Stiefel hervor. »Ich nehme an, er ist frisch?«

Vincent nickte, dankbar für die implizite Zeitangabe. »Er ist vor ein paar Stunden wieder aufgetaucht. Eingewickelt, wie du gesehen hast. Mrs. Barley hat ihn schon einmal entsorgt. In der Nacht, als du bei uns aufgetaucht bist, um genau zu sein.«

Ren setzte sich auf die Stuhlkante, die Arme vor der Brust verschränkt wie eine Gerichtsschreiberin bei einer besonders lebhaften Untersuchung. »War er an dich adressiert? Oder ist das eine allgemeine Drohung?«

»Nur der Kopf. Keine Karte. Kein Kontext. Nicht einmal ein witziger Post-it.«

Der Kühlschrank summte weiter, zufrieden in seiner Rolle als kälteste Trophäenvitrine der Welt.

Ren zupfte an der Banane, aber ihre Aufmerksamkeit war auf Vincent gerichtet. »Wer ist es?«

Vincent schloss die Augen. »Der Kopf? Ein Ex-Kultist, glaube ich. Sein Name war Maximus. Zumindest nannte er sich in den E-Mails so. Er stand sehr auf Carmine-Glyphen, aber weniger auf grundlegende Grammatik.«

Ren pfiff leise. »Also, Prophezeiungs-Drama?«

»Mit ziemlicher Sicherheit.«

Sie überlegte, dann sagte sie: »Wirst du etwas dagegen unternehmen oder ist das jetzt der neue Normalzustand?«

Vincent trommelte mit den Fingern auf seinen Ellbogen, eine nervöse Angewohnheit, die über die Jahrhunderte eine Delle in der Haut hinterlassen hatte. »Ich wollte ihm eine Stunde geben. Manchmal wachsen sie wieder an, oder ihnen wachsen Beine, oder sie ...« Er machte eine vage Geste nach oben, »lösen sich einfach in Luft auf.«

Ren verzog das Gesicht. »Hat das schon mal funktioniert?«

Er dachte nach. »Einmal, 1910. Aber es hat einen Fleck hinterlassen.«

Ren biss von ihrer Banane ab. »Wir könnten einfach die Polizei rufen.«

Vincents Lachen kam direkt aus seiner Kehle. »Ja, lass uns das tun. Hallo, Herr Wachtmeister, jemand hat mir schon wieder den enthaupteten Kopf eines Okkultisten geschickt. Oh, und übrigens, schauen Sie bitte nicht zu genau auf die Bissspuren am Schädel.«

Ren kaute, unbeeindruckt. »Was würdest du tun, wenn du nicht ... du weißt schon. Untot, verwickelt und so weiter wärst?«

»Ich würde trinken«, sagte Vincent trocken. »Aber du scheinst ja gerade enthaltsam zu sein, also lass uns brainstormen.«

Ren warf die Bananenschale in den Mülleimer und schritt dann durch die Küche, ihre Turnschuhe quietschten auf den Fliesen. »Okay. Zuerst brauchen wir Handschuhe. Vielleicht eine Zange.«

Vincents Augenbrauen machten einen flotten Sprint in Richtung seines Haaransatzes. »Du willst ihn bewegen?«

Sie gestikulierte entnervt. »Er ist im Kühlschrank beim Essen, Vincent. Die Gurken sind schon im Arsch. Wenn wir ihn da lassen, wird Mrs. Barley einfach die ganze Küche einäschern und uns gleich mit.«

Er überlegte. »Das würde sie wohl tun.«

Ren öffnete einen Schrank und holte eine Schachtel Latexhandschuhe hervor. Sie zog sie an und ließ die Handgelenke mit der selbstgefälligen Miene eines Fernseh-Gerichtsmediziners schnalzen. »Wir tüten ihn ein, werfen ihn in den Müll und bleichen das Regal. Klingt gut?«

Vincent nickte, und für einen kurzen Augenblick fühlte sich die Küche fast wie ein normaler Arbeitsplatz an: Kollegen, eine Aufgabe, ein geringes Berufsrisiko.

Ren öffnete den Kühlschrank und holte den Kopf heraus, den sie wie einen grausigen Rugbyball in ihren Händen wiegte. Der Gesichtsausdruck war zwischen Verwirrung und Überraschung erstarrt – ein Blick, den Vincent schon bei so manchem Kultisten gesehen hatte, bevor die Dinge unwiderruflich seltsam wurden.

Sie legte ihn auf den Tisch, dann runzelte sie die Stirn und beugte sich vor. »Da ist etwas auf der Rückseite. Sieht eingebrannt aus.«

Vincent kniff die Augen zusammen. Tatsächlich, über dem zerfetzten Halsstumpf war ein neues Symbol in das Fleisch gebrannt worden: ein Dreieck in einem Halbmond, von dem

Linien wie eine grobe Sonne ausstrahlten. Die Ränder waren noch roh, die Form sauber und bewusst.

Ren zeigte darauf. »Bedeutet das irgendwas?«

Vincents Puls setzte aus, eine körperliche Unmöglichkeit, die ihn dennoch verunsicherte. »Das ist ein Anrufungszeichen«, sagte er mit dünner Stimme. »Ein altes. Älter als Carmine. Wer auch immer das hinterlassen hat – ihn hinterlassen hat –, wollte, dass ich es finde.«

»Ein Glück, dass ich da bin, was?«, sagte Ren.

Sie stieß den Kopf an und achtete darauf, die Wunde nicht zu berühren. »Also ist es eine Nachricht. Aber warum persönlich überbracht? E-Mail ist schneller.«

Vincent antwortete nicht sofort. Er studierte das Zeichen, die Art, wie die Brandwunde in die Kopfhaut schnitt, die Art, wie das Symbol unter der Haut zu kriechen schien. »Manchmal ist das Medium die Botschaft«, sagte er schließlich. »Und manchmal ist es eine Warnung.«

Ren lehnte sich zurück, ihre Handschuhe waren mit Rückständen verschmiert. »Was, wie ein Liebesbrief? ‚*Rosen sind rot, Blut ist rein, hier ist ein Kopf, jetzt sei doch mein*‘?«

Vincent lachte nicht. »Schlimmer«, sagte er, kaum lauter als ein Flüstern. »Es ist eine Drohung. Und jetzt glaube ich zu wissen, wer sie hinterlassen hat.«

Der Kühlschrank summte lauter, als wolle er unbedingt das letzte Wort haben. Ren beobachtete Vincent mit einem Blick, der andeutete, dass sie all das erwartet hatte, aber auf mindestens einen Tag Pause vor der nächsten Krise gehofft hatte.

Der Kopf blinzelte nicht.

Vincent ließ die Stille sich ausdehnen, hielt sie zwischen Daumen und Zeigefinger wie eine Reliquie, bevor er sie schließlich als verloren aufgab. Er saß am Küchentisch, die Ellbogen auf beiden Seiten eines angeschlagenen Korkuntersetzers aufgestützt, die Hände gefaltet wie im Gebet zu einem Gott, den er längst aus seinem eigenen Kanon gestrichen hatte. Der Kühlschrank, dieses chthonische Götzenbild, surrte hinter ihm. Der Kopf war jetzt wieder drinnen, doppelt eingetütet und im Salatfach verstaut, aber seine Anwesenheit blieb spürbar: ein Publikum von einem, das auf ein Geständnis wartete.

Ren räusperte sich, die Erste, die in ihrem Anstarrwettbewerb mit der Leere blinzelte. »Wirst du mir sagen, was das für ein Symbol war?«, sagte sie, ihre Stimme angespannt von der Mühe, so zu tun, als ob dies ein ganz normaler Dienstag wäre.

Vincents Blick fiel auf den Tisch. Er fuhr mit dem Daumen über ein Brandmal, den Halbmond einer alten Zigarette, und ließ seine Gedanken durch die Jahrzehnte zurückwandern.

Lange Zeit sprach er nicht.

»Ich war jung«, begann er, was aus Vincents Mund alles vom Schwarzen Tod bis zum Ende der 1890er-Jahre bedeuten konnte. »Dumm, auf die Art, wie es nur Unsterbliche werden. Wenn du merkst, dass du Konsequenzen überleben kannst, fängst du an, die Geschichte wie eine Tafel zu behandeln.«

Ren sah unbeweglich zu, wie er die Geschichte entspann. Das Küchenlicht flackerte über ihm und warf tiefe Schatten unter seine Augen.

»Der Orden des Schleiers«, sagte er schließlich. »Hast du von denen gehört?«

Ren nickte langsam. »Menschliche Kultisten. Die, die denken, Vampire seien so etwas wie missverstandene Heilige.«

Vincents Lippen verzogen sich, die Erinnerung war bitter. »Sie waren nie Vampire, nicht wirklich. Nur Renfields mit Ambitionen.«

»Renfields?«

»Menschliche Handlanger, Fütterer, Fanatiker. Sie wollten dienen. Teil von etwas sein.« Seine Stimme wurde leiser, die Worte kratzten wie trockenes Brot in seiner Kehle. »Sie wollten eine Prophezeiung. Eine echte. Also haben sie mich gefunden.«

Ren blinzelte. »Dich?«

Er zuckte selbstironisch mit den Schultern. »Ich war gut mit Worten. Hatte damals einen Ruf. Wenn man einen Messias erfinden wollte, hat man einen richtigen Ghostwriter angeheuert.«

Sie überlegte, dann: »Du hast die Prophezeiung also erfunden?«

Vincent stieß ein scharfes, hohles Lachen aus. »Niemand erfindet eine Prophezeiung, Ren. Man nimmt einfach die Geschichten, die sich die Leute bereits selbst erzählen, verpasst ihnen einen Plottwist und klatscht ein fesselndes Cover drauf.« Er beugte seine Finger, die Knöchel knackten. »Sie hatten das ganze Drumherum: geheime Treffen, eine Untergrundpresse, aufwändige Rituale mit zu viel Weihrauch und zu wenig Selbstbewusstsein. Ich dachte, das alles wäre ein Witz. Performancekunst. Bis es das nicht mehr war.«

Er ließ die Erinnerung den Raum füllen. Die Küche verschwand und wurde durch die Erinnerung an eine Krypta ersetzt: ein niedriges, luftloses Gewölbe unter einer verfallenen Kirche, die Decke so nah, dass man den Schimmel mit dem Atem berühren konnte. Dutzende von ihnen, die Gesichter weiß bemalt, die Kapuzen tief ins Gesicht gezogen, Kerzen, die in einem Ring um den Altar zu Stümpfen niederbrannten. Sie hingen an jedem seiner Worte, hungrig nach Bedeutung, nach Magie, nach einem Grund zu existieren, außer Tische abzuräumen und in Internetforen herumzulungern.

Er konnte sich sehen, neunzig Jahre jünger, wie er in der Mitte stand, mit einem Bündel Seiten in der einen Hand und einem Glas billigen Messweins in der anderen. Wie er laut das

Evangelium vorlas, das er für sie geschrieben hatte: die Legende von Carmine, der Großen Blutlinie, dem dreifachen Halbmondzeichen. Der Teil, in dem die Welt unterging, aber erst, nachdem die richtigen Leute in das Geheimnis eingeweiht worden waren.

»Sie haben es wie die Heilige Schrift behandelt«, sagte Vincent. »Ich dachte immer wieder, sie würden aus der Rolle fallen, lachen, nach Hause in ihre Mietskasernen gehen. Aber das taten sie nicht.«

Die Luft in der Krypta war dick gewesen von Schweiß und Erwartung. Er hatte es damals gesehen, einen Moment zu spät: den Wandel vom Theater zur Liturgie. Die Art, wie der kollektive Blick der Menge sich nicht auf ihn, sondern durch ihn hindurch richtete, als hätte das Skript ein Eigenleben entwickelt.

»Einer von ihnen versuchte, das erste Ritual durchzuführen«, sagte Vincent. »Echtes Blut. Echter Tod.« Er sah Ren an, eine Rohheit in seinen Augen, die das Küchenlicht nicht ausbleichen konnte. »Sie haben nicht einmal die Worte richtig hinbekommen. Sie wollten nur, dass es etwas bedeutet.«

Rens Stimme war sehr leise. »Was ist passiert?«

Er zuckte leicht mit den Schultern, die Geste eines Mannes, dessen Skelett größtenteils aus altem Bedauern bestand. »Ich bin einfach gegangen. Habe jede Kopie, jede Notiz verbrannt. Habe sie mit nichts als einem Gerücht zurückgelassen.«

Er hatte nicht erwartet, dass es ihn überleben würde. Aber das tun Unsterbliche ja nie.

Ren ließ ihm eine Weile die Stille. Sie hatte aufgehört, auf und ab zu gehen, die Arme so fest verschränkt, dass sich ihre Hände in ihre weichen Seiten bohrten. »Also dieses neue Zeichen«, sagte sie. »Du erkennst es.«

Vincent nickte, die Bewegung war schwer. »Sie nannten es die Enthüllung. Zeichen der Endzeit, oder zumindest das Ende der Geschichte. Soll den Autor beschwören, damit er den letzten Akt schreiben kann.«

Ren blickte zum Kühlschrank. »Und der Kopf ist …«

»Eine Visitenkarte.« Vincent zwang sich zu einem Lächeln, brüchig wie das Eis im Gefrierfach. »Sie wollen, dass ich zu Ende bringe, was ich angefangen habe.«

Der Kühlschrank klickte, sein Kompressor schaltete in einen höheren Gang. Irgendwo in den Rohren jagten und platzten Luftblasen, als ob das Gebäude selbst sich auf schlechte Nachrichten vorbereitete.

Ren zupfte am Rand des Tisches. »Willst du das?«

Vincent blickte scharf auf, als wäre die Frage selbst eine Anschuldigung. »Gott, nein. Das wollte ich nie. Aber das ist ihnen egal.« Er zögerte, das Gewicht alter Worte drückte auf seine Zunge. »Das war es ihnen nie.«

Er ließ seinen Kopf nach vorne fallen, die Handballen drückten sich in seine Stirn. »Ich hätte es kommen sehen sollen«, murmelte er. »Aber es ist immer die Fortsetzung, die die Reihe ruiniert.«

Ren schnaubte, ein Geräusch, das eher wie ein Schluchzen klang. »Was jetzt?«

Vincents Mund verzog sich zu etwas, das an Entschlossenheit erinnerte. »Jetzt? Wir werfen den Kopf wieder in den Müll und wechseln vielleicht die Schlösser.«

Ren stand auf, holte einen Müllsack und hielt ihn mit der sachlichen Haltung eines Krankenhauspflegers hin. »Du übernimmst das«, sagte sie. »Ich hole das Bleichmittel.«

Vincent nahm den Sack, seine Hände waren jetzt ruhig. Das Licht über ihnen flackerte einmal, hielt dann aber, und die Küche war für einen Moment heller als den ganzen Morgen.

Er öffnete den Kühlschrank, wiegte den eingetüteten Kopf in beiden Händen und legte ihn in den Sack, vorsichtig, damit er nicht rollte oder etwas verschüttete. Als er den Kunststoff festzog, erhaschte er einen letzten Blick auf das eingebrannte Symbol –

noch immer roh, noch immer glänzend, noch immer auf seinen Einsatz wartend.

Ren kehrte mit dem Bleichmittel und einem Lappen zurück. Sie arbeiteten schweigend und schrubbten jede Spur des Besuchers weg. Der Kühlschrank zumindest würde sich an nichts erinnern.

Als die Arbeit getan war, stand Vincent an der Hintertür, den Müllsack in der einen Hand, die andere gegen den Rahmen gestützt. Er starrte in den Nachthimmel, dann zurück zu Ren. »Du musst nicht bei mir bleiben«, sagte er, nicht ganz ein Flüstern.

Ren zuckte mit den Schultern und ließ sich auf einen Stuhl fallen. »Ist ja nicht so, als hätte ich einen besseren Ort, wo ich sein könnte. Außerdem«, fügte sie hinzu, »muss jemand aufpassen, dass du nicht wieder anfängst zu schreiben.«

Vincent warf ihr einen Blick zu. »Wenn ich es tue, erschieß mich bitte.«

Ren grinste, ein dünner Streifen Heiterkeit. »Abgemacht.«

Der Kühlschrank war sauber, der Kopf war weg, aber die Geschichte blieb, schwebte in der Luft zwischen ihnen.

Irgendwo, im tiefsten Archiv der Stadt oder in ihrem flachsten Grab, wartete der Orden des Schleiers. Und Vincent wusste, trotz all seiner Proteste, dass er antworten würde.

Aber für jetzt beobachtete er, wie der Himmel allmählich heller wurde, spürte das Brennen des Bleichmittels auf seinen Händen und bemühte sich sehr, sich nicht daran zu erinnern, wie gut es sich einmal angefühlt hatte, verehrt zu werden.

VIERZEHN

Das Erste, was Vincent an Rens Wohnung auffiel, war der Geruch. Nicht das übliche Müllkippen-Bouquet aus ungewaschenen Tassen und tragischem Curry, obwohl auch das wie ein wiederkehrendes Trauma in der Luft hing, sondern etwas Schärferes, Älteres – Räucherstäbchen, vermutete er, wenn auch nicht von der aufstrebenden Sorte, die Seelenfrieden oder billige Erleuchtung versprach. Eher wie Patschuli, gemischt mit Druckertoner und einer Note von verbranntem Haar.

Er stand mit verschränkten Armen direkt hinter der Tür und beobachtete, wie Ren eine Runde durch das Zimmer drehte und eine Spur des Chaos hinter sich herzog. Es gab Bücher, Tausende davon, alle okkult, pseudo-okkult oder von der Sorte selbst verlegter Abhandlungen, die mit einer Warnung und einem Nachgeschmack daherkamen. Notizen tapezierten jede senkrechte Oberfläche; gelbe Haftzettel hatten den Kühlschrank, den Fernseher und sogar die Innenseite der Jalousien besiedelt. Im Zentrum des Ganzen stand eine ramponierte Enzyklopädie offen und blutete Zettel aus liniertem Papier wie ein Tier mit einem Bauchschuss.

Ren schritt nicht so sehr, als dass sie abprallte, zurückfederte und schrittweise in sich zusammenfiel. Sie trug immer noch den Kapuzenpulli, den sie die ganze Woche getragen hatte, aber jetzt hatte sie ein T-Shirt darübergeschichtet, auf dem der Slogan »Kult-Überlebende – Frag mich wie« prangte, und es mit Leggings kombiniert, die vielleicht einmal schwarz gewesen waren. Sie hatte einen Kugelschreiber zwischen den Zähnen und ein Handy in jeder Hand, die Daumen huschten zwischen einem Chatfenster einer generativen KI und etwas, das ein rumänisches Forum für schlaflose Verschwörungstheoretiker zu sein schien.

Vincent versuchte, nichts zu berühren. »Hast du die Möglichkeit in Betracht gezogen«, sagte er, »dass dein Ablagesystem selbst ein Beschwörungsritual ist? Es gibt mindestens drei Chaos-Sigillen in Reichweite meines linken Ellenbogens.«

Ren sah nicht auf. »Stell dich nicht so an. Ich habe deine Wohnung gesehen. Deine Vorstellung von Ablage ist ›stapeln, bis es einstürzt, und dann hoffen, dass man vorher stirbt‹.« Sie tippte auf ihr Handy und scrollte mit der Dringlichkeit von jemandem, der über ein Lösegeld verhandelte. »Außerdem ist das hier aktive Forschung. Fass den blauen Ordner nicht an. Er beißt.«

Er musterte die Stapel. Der blaue Ordner klemmte schräg zwischen einer deutschen Monografie über Blutriten und einem zerlesenen Taschenbuch namens *Vampire: Real, Eingebildet oder einfach nur verdammt gute Lügner?* Letzteres war in drei Farben kommentiert worden und strotzte nur so vor Haftnotizen, genug, um eine ganze Buchhandlung zum Abriss zu markieren.

Ren blieb wie angewurzelt stehen, kehrte dann um und zupfte eine Broschüre mit Eselsohren aus dem Bücherregal. »Hier«, sagte sie und schwenkte sie wie einen geladenen Zauberstab vor Vincent. »Habe eine weitere Übereinstimmung für die Anrufung gefunden. Dritter Absatz, zweite Zeile. Karminroter Dreifachhalbmond plus das alte Phonem für ›verschlingen‹.« Sie schlug es auf und stieß es ihm dann ohne Vorwarnung entgegen.

Er nahm es vorsichtig entgegen. Die betreffende Seite war überfüllt mit Runen, von denen einige mit schwerer, zorniger Hand eingekreist worden waren. Am Rand hatte jemand in Großbuchstaben geschrieben: »WENN DAS EIN WITZ SEIN SOLL, IST ER NICHT LUSTIG.«

Vincent sagte: »Du weißt schon, dass das meiste davon Unsinn ist, oder? Die Hälfte davon wurde von gelangweilten Viktorianern auf Laudanum geschrieben.«

»Gut«, erwiderte Ren, bereits zurück am Whiteboard, das aus einem gescheiterten Heimfitnessprogramm wiederverwendet worden war. »Dann wirst du dich ja wie zu Hause fühlen.«

Den ließ er ihr durchgehen. »Ich meine es ernst«, sagte er und folgte ihr mit den Augen. »Es sind mehr gefälschte Grimoires im Umlauf als es Menschen gibt, die jemals wirklich Magie gewirkt haben. Oder wie auch immer du das nennen willst, was ich tue.«

Ren wirbelte mit dem Marker in der Hand herum und deutete auf eine Wortgruppe in der rechten oberen Ecke. »Du wirkst keine Magie. Du bringst nur alle anderen dazu, zu glauben, dass du es tust. Es ist dasselbe wie Schreiben, nur mit mehr Selbsthass.«

Er grinste, trotz allem. »Das ist grausam. Zutreffend, aber grausam.«

Sie kaute auf dem Kugelschreiber, nahm dann die Kappe vom Marker und zog einen neuen Kreis um den Ausdruck *Gefäß: veränderlich?* »Es gibt ein Muster«, sagte sie, hauptsächlich in die Luft sprechend. »Jedes Mal, wenn diese Sigille auftaucht, geschieht es im Kontext einer Übertragung. Blut, Text, manchmal beides. Aber was ich nicht herausfinden kann, ist, was mit dem Gefäß passiert. Überlebt es? Will es das überhaupt?«

Vincent zuckte mit den Schultern und tat gleichgültig. »Normalerweise ist das eine Metapher. Sie wollen an die Unsterblichkeit glauben, also pfropfen sie jemand anderem eine Geschichte auf und hoffen, dass das Publikum es ihnen abkauft.«

Sie drehte sich um, und ihre Augen waren schärfer als ihre Stimme. »Hast du jemals wirklich gesehen, wie sie benutzt wird?«

Er zögerte. »Einmal. Vielleicht zweimal. Das ist nicht die Art von Dingen, die man vergisst.«

Ren wartete mit verschränkten Armen, ihre Haltung eine offene Herausforderung.

Vincent betrachtete den Marker in seiner Hand, als erhoffte er sich Antworten. »Das letzte Mal, als ich die Sigille richtig angewendet sah, war in einer Krypta in Lyon. Neunzehnhundert … zweiundvierzig, glaube ich.« Er hielt inne und ließ die Erinnerung den Raum füllen und dabei etwas von dem Weihrauchduft verdrängen. »Der Typ, der den Host gemacht hat, war ein Priester oder behauptete es zumindest zu sein. Die ganze Gemeinde, alle bei der Show dabei. Das Gefäß war eine Frau vom Balkan – serbisch, vielleicht. Sie sprach nicht, ließ sie nur das Zeichen zeichnen. Sie führten das Ritual durch, tranken das Blut, zerrissen das Skript, das übliche Brimborium.«

Rens Stimme war dünn. »Und dann?«

Er sah auf, sein Mund zuckte. »Und dann ist sie explodiert.«

Ren blinzelte. »Du meinst …?«

Vincent nickte und genoss ihr Unbehagen gerade so sehr, dass es sein eigenes linderte. »Nun. Technisch gesehen ist sie erst implodiert, dann explodiert. Details sind wichtig.«

Ein Moment verging, in dem beide versuchten, die Logistik einer spontanen Kultisten-Selbstentzündung zu verarbeiten.

Ren nahm ihren Kaffee, trank einen langen Schluck und verzog das Gesicht. »Was ist mit dem Priester passiert?«

Vincent überlegte. »Er hat überlebt. Hat noch zwei Jahre durchgehalten, bevor die Nazis ihn erschossen haben. Behauptete, es sei alles Performance-Kunst gewesen. Die Einheimischen waren anderer Meinung.«

Sie kritzelte eine Notiz auf das Whiteboard, das Wort »VERBRENNUNG« zweimal unterstrichen. »Was passiert also, wenn dieser Haufen es tatsächlich schafft? Was, wenn sie nicht nur so tun als ob?«

Er beobachtete sie, die Art, wie ihre Finger auf den Marker trommelten, die Art, wie sie ihm nie direkt in die Augen sah, wenn die Fragen groß wurden. »Du machst dir Sorgen um das falsche Ergebnis«, sagte er. »Die Gefahr ist nicht, dass das Gefäß hochgeht. Die Gefahr ist, dass die Geschichte an die Öffentlichkeit gelangt und die Leute anfangen, sie zu glauben. Dann gehen die Dinge immer schief.«

Ren antwortete nicht. Stattdessen ging sie zum Fenster, zog die Jalousien mit zwei Fingern auseinander und starrte auf die Stadt hinaus. Die Aussicht war Müll: ein weiterer Wohnblock, vom Wetter gezeichnet, und eine endlose Parade von Tauben auf der Suche nach einem Ort zum Sterben.

»Glaubst du, sie beobachten uns?«, sagte sie.

Vincent sagte: »Das tun sie immer. Vor allem, wenn du denkst, dass sie es nicht tun.«

Sie schloss die Jalousien, drehte sich wieder um und betrachtete das Gewirr aus Notizen und Büchern. »Wenn das alles nur ein Spiel ist«, sagte sie, »warum fühlt es sich dann an, als würden wir verlieren?«

Vincent lächelte, aber es erreichte seine Augen nicht ganz. »Weil wir es tun. Daran erkennt man, dass es echt ist.«

Sie ballte den Marker in der Hand zu einer Faust, hielt ihn fest. »Ich will es verbrennen. Alles. Einfach weggehen.«

Er zuckte mit den Schultern. »Könntest du. Aber jemand anderes würde es aufheben. Geschichten verschwinden nicht einfach, nur weil man aufhört, sie zu erzählen.«

Ren sackte auf das Sofa, die Federn protestierten unter dem neuen Gewicht. »Also, was ist unser nächster Zug?«

Vincent lehnte sich an die Wand und überblickte das Schlachtfeld. »Wir lesen weiter. Wir beobachten weiter. Und wenn der nächste Kopf auftaucht, hoffen wir, dass es nicht unserer ist.«

Ren schnaubte, ein Geräusch zwischen Lachen und Schluchzen. »Das ist düster.«

»Realistisch«, korrigierte er. Er sah auf die Uhr, obwohl er bereits wusste, dass es für alles Gesunde viel zu spät war. »Soll ich Tee machen?«

Sie schüttelte den Kopf. »Da ist Whisky im Schrank. Oberstes Regal, hinter den Cornflakes.«

Er holte ihn, goss zwei Fingerbreit in eine Tasse mit dem Slogan »Lieber verflucht als gewöhnlich« und reichte sie ihr. Sie nahm sie mit einem dankbaren Nicken an, nippte, verzog das Gesicht und sagte: »Also. Du hast schon Leute dafür sterben sehen. Glaubst du, es wird dieses Mal anders sein?«

Vincent starrte an die gegenüberliegende Wand, wo eine Spinne eine Expedition über drei konkurrierende Post-its unternahm. »Das ist es nie«, sagte er und trank sein eigenes Getränk aus.

Sie saßen schweigend da, das einzige Geräusch war das leise, perkussive Summen des Heizkörpers und die ferne, widerhallende Sirene eines Krankenwagens, der zu spät zu seinem Termin kam. Der Raum war wärmer als zuvor, und der Weihrauch war zu einer Hintergrundnote von etwas fast Behaglichem verblasst.

Ren gähnte, rollte sich in die Ecke des Sofas und ließ ihre Augen zufallen. Vincent beobachtete sie einen Moment lang, dann ging er zur Tür und achtete darauf, um den blauen Ordner herumzutreten.

Er verharrte an der Schwelle, eine Hand am Rahmen.

»Sie werden nicht gewinnen«, sagte er. »Nicht, wenn wir ihnen einen Schritt voraus bleiben.«

Sie öffnete ihre Augen nicht, aber ihre Lippen kräuselten sich zu einem müden, ironischen Lächeln. »Daran werde ich dich messen, Lupo.«

Er schloss die Tür leise hinter sich, die Worte hingen wie ein bindender Vertrag in der Luft.

Draußen war die Welt feucht und richtungslos, und die Straßenlaternen brannten Löcher in die Nacht.

Er ging nach Hause, ohne sich zu beeilen, und ließ die Stadt das nächste Kapitel selbst erzählen.

Der Club hatte keinen Namen. Falls er jemals einen hatte, war er vor Jahren in einer Flut aus Graffiti, Blutspritzern und jener Art von Berüchtigtsein ertrunken, die Google Maps dazu veranlasste, das Gebäude als »Private Veranstaltung – Betreten verboten« zu markieren. Vincent brauchte sowieso nie eine Wegbeschreibung; wie alle wilden und verbotenen Dinge rief der Club ihn auf einer Frequenz, die knapp unter der Hörgrenze lag, ein Pochen an seiner Schädelbasis, das schärfer wurde, je näher er dem Fluss kam.

Der Eingang war ein Schiffscontainer, der an die Rückseite eines verlassenen Lagerhauses geschweißt war. Der Türsteher war gebaut wie eine Belagerungsmaschine, die Arme so fest verschränkt, dass sich seine eigenen Tattoos verformten. Er erblickte Vincent, sah an ihm vorbei und dann wieder zu Vincent, als ob er die Bedrohungslage neu einschätzte.

Vincent nickte ihm zu, ein Fletschen der Zähne, und der Türsteher trat ohne ein Wort zur Seite. Es gab Vorteile, eine bekannte Größe in einer Szene zu sein, in der »bekannt« selten für alle Beteiligten gut ausging.

Im Inneren war der Club ein langer, feuchter Korridor, der zu einer Treppe führte, die wie ein Loch im Boden aussah, und deren Abstieg durch immer verzweifeltere Versuche der Dekoration gekennzeichnet war. Jeder Meter tauschte Brandschutz gegen

Atmosphäre ein: freiliegende Kabel, nackte Glühbirnen, mit alter Freude befleckte Samtkordeln, Wände, die vor Kondenswasser schwitzten, das im Takt des Basses tropfte. Als er unten ankam, bestand die Luft zur Hälfte aus Sauerstoff, zur Hälfte aus Erwartung und war der Nüchternheit gänzlich feindlich gesinnt.

Vincent hielt an der Schwelle inne und ließ seine Augen sich an das Rot gewöhnen. Blutrot, die Farbe der Erinnerung, die Farbe, nach der alle Clubs strebten, die sie aber selten erreichten. Die Musik war Industrial oder etwas, das vorgab, es zu sein – zusammengewürfelte Beats und gesampelte Schreie, die durch die Dielen vibrierten und die Knochen von jedem umschrieben, der nah genug war, um es zu spüren. Die Menge war ein Chor aus blassen, scharfen Gesichtern und noch schärferen Zähnen. Selbst diejenigen, die keine Vampire waren, hatten gelernt, sich so zu kleiden, als wollten sie gefragt werden.

Er suchte nach Lucien und fand ihn sofort. Manche Leute ändern sich nie, selbst wenn sie jede zweite Woche ihr Geschlecht, ihre Garderobe oder ihre persönliche Mythologie wechselten. Lucien lümmelte in einer Sitzecke, ein Glas mit etwas Zähflüssigem und Purpurrotem in der einen, ein Handy in der anderen Hand. Sein Look war reinster Vampir-Elster-Chic: Netz-Unterhemd, Silberketten, genug Piercings, um einen Metalldetektor zu rechtfertigen. Unter der Beleuchtung schimmerte seine Haut mit dem schwachen Glanz der frisch Gewandelten oder der gefährlich Gelangweilten.

Vincent schlängelte sich durch die Menge und ignorierte die Hände, die seinen Arm streiften, oder die Einladungen, die mit jedem Seitenblick geworfen wurden. Er gehörte hier nicht mehr her, aber Zugehörigkeit wurde überbewertet und hat sich nie ausgezahlt.

Er ließ sich gegenüber von Lucien in die Nische gleiten, der Kunstledersitz klebte an seinen Oberschenkeln wie ein durstiger Blutegel.

Lucien sah zunächst nicht auf, aber das Grinsen wartete bereits auf ihn. »Vincent. So wahr ich lebe und nicht atme. Dachte, du stündest nicht mehr auf der Speisekarte.«

»Stand ich auch nicht«, sagte Vincent und winkte dem Barkeeper für einen Drink. »Dann hat mir jemand einen Kopf in den Kühlschrank gelegt. Zweimal. Dachte, ich revanchiere mich.«

Lucien lachte, scharf genug, um einem den Daumen abzuhacken. »Du hattest schon immer ein Händchen für Geschenke.« Er nippte an seinem Drink, leckte einen Tropfen davon von seiner Unterlippe. »Also, was führt dich in mein kleines Verlies? Lässt du dich herab, oder bist du nur hungrig auf die Nostalgie?«

Vincent beobachtete die Tanzfläche, wo ein Paar in identischen Latex-Catsuits versuchte, sich mit den Augen gegenseitig umzubringen. »Ich brauche Informationen. Du bist doch noch gut vernetzt, oder?«

Lucien wog die Frage theatralisch ab. »Hängt vom Markt ab. Hängt von der Bezahlung ab. Hängt davon ab, ob du vorhast, auch nur einmal tatsächlich zu bezahlen.«

Der Barkeeper kam und stellte ein Glas mit etwas hin, das die Konsistenz von Hustensaft und die Herkunft eines Biogefahrstoffs hatte. Vincent schnupperte daran, verzog das Gesicht, trank aber trotzdem. »Schon mal vom Orden des Schleiers gehört?«, sagte er.

Luciens Augen schnellten nach oben, das Lächeln wurde schärfer. »Altes Blut. Sehr altes Blut. Du bist ein paar Jahrhunderte zu spät dran, Liebling. Dieser Haufen ist heute nur noch eine Schauergeschichte.«

Vincent griff in seinen Mantel und holte die Glyphe hervor. Er hatte sie auf eine Serviette kopiert, aber selbst die Serviette sah aus, als hätte sie Angst, sich im selben Postleitzahlenbereich wie ihre eigene Tinte aufzuhalten. Er schob sie über den Tisch und beobachtete, wie Luciens Finger zuckten, als er danach griff.

Lucien hob sie auf und hielt sie ins Licht. »Das hättest du

nicht hierher mitbringen sollen«, sagte er mit plötzlich tonloser Stimme. »Das hättest du wirklich, wirklich nicht tun sollen.«

»Und doch«, sagte Vincent, »sind wir hier.«

Lucien legte die Serviette ab und achtete darauf, Hautkontakt zu vermeiden. »Es gibt Leute in diesem Raum, die dich für weniger umbringen würden.«

»Ich weiß«, sagte Vincent. »Ich zähle darauf.«

Lucien nippte, kaute auf der Innenseite seiner Wange. »Es geht ein Gerücht um. Das Alte Werk kehrt zurück. Jemand versucht zu beenden, was Carmine begonnen hat, nur dass es diesmal nicht um Prophezeiungen geht. Es geht um Architektur.«

Vincent blinzelte langsam. »Fahr fort.«

Lucien nickte. »Sie errichten etwas. Etwas Heiliges, etwas Gewalttätiges. Der Bauplan ist aus Blut, die Ziegelsteine sind Leichen, und jedes Fundament braucht einen Grundstein.«

Vincent spürte, wie der Raum sich leicht neigte. »Wer leitet das?«

Lucien schüttelte den Kopf. »Keine Namen, nur ein Titel. Der Blutbarde.« Er grinste. »Dachte, das würde dich amüsieren.«

Das tat es nicht. Wenn überhaupt, fiel Vincent der Magen durch den Sitz in den nächsten Gully. »Das ist nicht möglich.«

Lucien grinste, zu viele Zähne, alles nur Show. »Ist es das nicht? Du hast die Prophezeiung geschrieben. Vielleicht will die Geschichte nur eine Überarbeitung.«

Vincent umklammerte das Glas, seine Knöchel traten weiß hervor. »Also was – dieser Blutbarde will das alte Skript beenden? Ein neues anfangen? Das Ende der Zeiten mit einem besseren Soundtrack einläuten?«

Lucien beugte sich vor und ließ die Theatralik fallen. »Sie halten dich für einen Gott, Vincent. Oder einen Dämon. Ehrlich gesagt, bin ich mir nicht mehr sicher, ob da noch ein großer Unterschied besteht.«

Er wollte lachen, oder schreien, oder Lucien das Glas ins

Gesicht werfen, aber alle Energie verließ ihn, als würde Wasser durch ein Sieb rinnen. »Glaubst du irgendwas davon?«

Lucien zuckte elegant mit den Schultern. »Ich glaube an Eigennutz. Aber wenn du fragst, ob hierfür Leute sterben werden –« er deutete auf die Serviette »– dann ja. Es hat bereits begonnen.«

Die Musik erreichte ihren Höhepunkt, eine heulende Wand aus Verzerrung. Vincent ließ sie durch seine Knochen beben und jeden Widerstand glätten, den er sich vielleicht für später aufgespart hatte. »Was ist der nächste Schritt?«

Lucien lehnte sich zurück und zeigte ein Paar Eckzähne, die nicht im Laden gekauft worden waren. »Du bist der Schriftsteller, Lupo. Was würdest du tun?«

Er antwortete nicht. Nicht hier, nicht jetzt, nicht mit den Geistern von hundert gescheiterten Entwürfen, die durch die recycelte Luft des Clubs schwebten.

Er stand auf und ließ den Drink unfertig stehen. »Wenn jemand nach mir fragt, sag ihnen, ich bin tot. Oder dass ich auf dem Markt für ein besseres Ende bin.«

Lucien neigte den Kopf, eine Parodie auf Respekt. »Immer ein Vergnügen. Versuch, dich nicht köpfen zu lassen.«

Vincent ging hinaus und spürte das Gewicht der Blicke des Clubs auf seinen Schultern, die Serviette brannte ein Loch in seine Tasche. Der Türsteher an der Tür musterte ihn, nickte dann, als könnte ihn nichts auf der Welt mehr überraschen.

Draußen war der Fluss eine glatte, schwarze Ader unter den Straßenlaternen. Vincent stand am Ufer, fischte eine Zigarette aus seinem Mantel und zündete sie mit Händen an, die nicht ganz aufhörten zu zittern.

Er dachte über den Blutbarden nach. Der Name schmeckte wie eine Pointe, ein Witz, den er sich vor zweihundert Jahren in einem Anfall literarischer Verstimmung ausgedacht hatte. Jetzt schlich er durch die Stadt, baute eine Kathedrale aus Leichen und zog ihn wieder ins Zentrum der Geschichte.

Er rauchte bis zum Filter, schnippte ihn in den Fluss und sah der Glut nach, wie sie spiralförmig nach unten sank, bevor die Dunkelheit sie ganz verschluckte.

Dann ging er, schnell und ziellos, und ließ die Stadt ihn einholen.

FÜNFZEHN

Vincent stand am Fenster und blickte auf die stille Straße hinunter, als die Haustür aufgerissen wurde und Ren hereinpolterte und ein Mikroklima aus Nieselregen vom North Circular mitbrachte. Sie hinterließ schlammige Spuren im Flur, warf ihren Mantel über das Treppengeländer (direkt auf seinen, der noch klamm war) und drängte sich ins Wohnzimmer, ohne auch nur ein »Hallo« zu sagen. In ihrem Kielwasser wurde die schwache Aura von Bleichmittel und Resignation der Wohnung augenblicklich durch den Gestank nasser Wolle und die hellere, rücksichtslosere Energie von jemandem ersetzt, der gerade Beweise gefunden hatte und sie ohne jeden Zweifel als Keule einsetzen würde.

Sie hielt ihren Laptop wie ein Reliquiar unter einem Arm geklemmt, während sie mit der anderen Hand immer noch eine Red-Bull-Dose umklammerte, die, dem Anschein nach, geleert und mit einer noch unheilvolleren Substanz wieder aufgefüllt worden war. Sie nahm einen Schluck, wischte sich den Mund mit dem Ärmel ab und funkelte Vincent an, als sei er persönlich für das Wetter, die Mülltonnen und jede verschlossene Tür in ihrem Leben verantwortlich.

»Du hättest eine SMS schreiben können«, sagte er. »Oder, du weißt schon, klopfen.«

Rens Augen funkelten wild. »Keine Zeit für Nettigkeiten. Wir haben ein Problem.« Sie warf sich aufs Sofa, die Stiefel hochgelegt, die Glieder mit besitzergreifender Gleichgültigkeit gegenüber den Polstern ausgestreckt. »Und ich werde gar nicht erst versuchen, es zu beschönigen, denn ehrlich gesagt, hast du das nicht verdient.«

Vincent lehnte sich mit verschränkten Armen an die Wand, bereits resigniert. »Ich bin nicht sicher, ob ich vor dem Abendessen eine Krise bewältigen kann.«

»Gut«, fauchte sie, »denn du wirst gleich deinen Appetit verlieren.« Sie schwang den Laptop herum, bediente das Trackpad mit der Geste eines Showmasters und drehte ihn zu ihm um. »Erkennst du das?«

Vincent kniff die Augen zusammen. Der Bildschirm zeigte den Scan eines abgegriffenen, vergilbten Theaterzettels, dessen Überschrift in gotischer Schrift prangte: *DIE PURPURMASKE – Ein Theaterstück in einem Akt.* Darunter eine Liste der Darsteller (»V. Lupo als er selbst« an erster Stelle), ein Probenfoto und – direkt darunter – eine handgezeichnete Glyphe, drei Mondsicheln in genau der Anordnung, die er zuletzt auf Maximus' Hinterkopf eingebrannt gesehen hatte.

Er blinzelte. »Das ist nicht dein Ernst.«

Rens Grinsen war nichts als Zähne. »Schön wärs.« Sie stieß mit dem Finger auf den Bildschirm. »Stellt sich heraus, dein mysteriöser Todeskult ist, und ich zitiere, ›ein avantgardistisches Performance-Kollektiv aus den späten zwanziger Jahren‹. Sie sollten eine einzige Show aufführen, so eine Art Vorläufer des immersiven Theaters, aber die Truppe hat sich vor der Premiere aufgelöst. Denn, und das ist mein Lieblingsteil, drei Schauspieler sind während der Generalprobe verschwunden. Niemand weiß, ob es ein Werbegag, eine Massenkündigung oder ein auf Publicity abzielender Todesschwur war. Aber das Skript hat überlebt und mit ihm die Legende.«

Vincent fuhr sich durch die Haare. »Willst du damit sagen, das alles ist nur schlechtes Theater?«

Ren zuckte mit den Schultern. »Ist das nicht alles?« Sie leerte die Dose und zerdrückte sie in ihrer Faust. »Aber jetzt kommt der Hammer: das Anrufungssiegel, die Blutrituale, all das – direkt aus dem Drehbuch. Sie haben sogar deinen verdammten Namen benutzt.«

Er versuchte zu lachen, aber das Geräusch blieb ihm im Hals stecken. »Theaterleute. Die sind noch schlimmer als Kultisten.«

Ren blätterte zur nächsten Seite, wo ein zerfledderter Scan des Originalskripts mit einer Flut von rotem Stift und Textmarker kommentiert war. »Ich habe die halbe Nacht damit verbracht, Universitätsarchive und Verschwörungsblogs zu durchforsten. Es stellt sich heraus, dass es eine ganze Subkultur gibt, die davon besessen ist, das verlorene Stück zu rekonstruieren. Sie nennen es ›Blutbarden-Torheit‹. Einige glauben, es sei verflucht. Andere denken, es sei der Schlüssel zur Unsterblichkeit. Das Einzige, worin sie sich alle einig sind, ist, dass es vollständig und ohne Unterbrechungen aufgeführt werden soll und dass jeder, der versucht, die Erzählung zu stören,« – sie zeigte auf das Programm, wo drei Namen mit einer buchstäblichen Rasierklinge durchgestrichen worden waren – »aus der Besetzung entfernt wird.«

Vincent wandte den Blick ab, ihm wurde plötzlich kalt. »Das ist wahnsinnig.«

Ren grinste. »Willkommen zu deiner eigenen Afterparty.« Sie klappte den Laptop zu und drückte ihn an ihre Brust. »Ich dachte, das würde dir gefallen. Dein Vermächtnis, nicht nur untot, sondern als Krimidinner neu besetzt.«

Er rieb sich die Augen. »War irgendetwas davon echt?«

Sie zuckte erneut mit den Schultern, diesmal weniger schnippisch. »Spielt das eine Rolle? Jemand macht es jetzt real.«

Sie saßen schweigend da, das Summen des Kühlschranks konkurrierte mit dem leisen, rhythmischen Klacken von Rens Stiefeln, die gegen den Couchtisch tippten.

Vincent brach das Schweigen zuerst. »Wann hast du das gefunden?«

»Vor ungefähr drei Stunden. Ich habe versucht herauszufinden, wie die Glyphe von Rumänien nach Camden Town gekommen ist, und die früheste Erwähnung war eine Off-Theater-Kritik von 1926. Der Kritiker hasste es. Nannte es ›selbstverliebten, blutgetränkten, größenwahnsinnigen Unsinn‹.«

Er zuckte zusammen. »Das passt.«

»Aber dann taucht es wieder in Wien auf, und dann in Marseille, und jedes Mal gibt es eine Reihe ungeklärter Todesfälle oder Verschwinden. Es ist, als hätte jemand das Skript ein Jahrhundert lang in ganz Europa angepriesen, auf der Suche nach dem perfekten Publikum.«

Er ließ sich auf den nächsten Stuhl fallen, der unter dem plötzlichen Gewicht ächzte. »Und das Beste, was dabei herauskam, war ein abgetrennter Kopf in meinem Kühlschrank.«

Ren wedelte mit einem Finger. »Du machst vielleicht Witze, aber die Sache mit dem Kühlschrank? Das ist eine Regieanweisung. ›*Der Kopf des Autors soll bis zum vorletzten Akt auf Eis liegen.*‹« Sie zog das gescannte Skript wieder hoch und las vor: »*Szene Zwölf: ›Der Hunger des Schreibers überlebt den Körper. Die Geschichte nährt sich, selbst wenn die Tinte gerinnt.‹*«

Er starrte sie an, dann die Wand hinter ihr, als könnte der alte Putz aus Protest anfangen, Theaterblut auszusondern. »Es sollte eine Parodie sein«, murmelte er. »Sie hätten lachen sollen.«

Sie sah ihn an und wurde etwas sanfter. »Tja, haben sie aber nicht. Und jetzt nimmt es jemand sehr ernst.«

Der Regen setzte wieder ein und schlug im doppelten Takt gegen das Fenster. Ren beobachtete die Tropfen, wie sie verzweifelte Wege das Glas hinunterzeichneten, dann sagte sie: »Denkst du jemals darüber nach, was passiert, wenn sie Erfolg haben? Wenn sie das Skript beenden?«

Er dachte darüber nach. Dachte an das letzte Mal, als er das Stück aufgeführt gesehen hatte, an die Art, wie das Publikum in fassungslosem Schweigen dagesessen hatte, unsicher, ob es applaudieren oder anfangen sollte zu beten. Dachte an all die Worte, die er geschrieben hatte und die ihn niemals überleben sollten.

»Ich weiß nicht«, sagte er. »Vielleicht nichts. Vielleicht endet die Welt mit einem Wimmern und einer schlechten Kritik.«

Sie schnaubte. »Du bist so ein Miesepeter.«

Er brachte ein schwaches Lächeln zustande. »Berufsrisiko.«

Wieder eine Stille, aber diese war weniger bedrückend, eher ein gemeinsames Versteck. Ren öffnete den Laptop erneut, scrollte diesmal am gescannten Skript vorbei zu einem digitalisierten Archiv mit Zeitungsausschnitten, Briefen, körnigen Fotos der Originaltruppe – Männer mit schwarz angemalten Gesichtern, Frauen in Schleiern, alle trugen Masken, die weder zeitgenössisch noch geschmackvoll zweideutig waren.

»Da ist noch etwas«, sagte sie. »Du sagtest, du hättest den letzten Akt nie beendet.«

Er schüttelte den Kopf. »Ich habe ihn leer gelassen. Dachte, die Welt könnte auf eine weitere Tragödie verzichten.«

Sie zeigte auf den Bildschirm. »Tja, jemand hat eine Kopie gefunden. Oder glaubt es zumindest. Und sie setzen es jetzt zusammen, Szene für Szene, Mord für Mord.«

Er sah sie an, plötzlich verängstigt auf eine Weise, die er seit der Vampir-Säuberung von 1814 nicht mehr gekannt hatte. »Wie hält man ein Theaterstück auf?«

Sie grinste, ein wenig boshaft. »Schlechtes Schauspiel?«

Er lachte tatsächlich, der Klang brach überrascht aus ihm hervor. »Wenn es nur so einfach wäre.«

Sie starrten beide eine Weile auf den Laptop und sahen zu, wie der Cursor auf der letzten Seite des Skripts blinkte – eine

Seite, die immer noch leer war und darauf wartete, dass jemand sie füllte.

Schließlich sagte Vincent: »Wenn sie das Stück haben, haben sie die Karte.«

Ren fragte nicht, aber die Frage schwebte trotzdem zwischen ihnen.

»Wozu?«, sagte sie schließlich.

Vincent blickte hinaus in den Regen, in das dunkle Nichts der Stadt. »Zu allem, was ich jemals bereut habe«, sagte er und ließ die Worte sich wie Staub in den Lücken zwischen den Sätzen absetzen.

Sie sahen gemeinsam dem Regen zu, keiner rührte sich, beide wussten, dass, sobald das Wetter aufklarte, die eigentliche Vorstellung beginnen würde.

SECHZEHN

Das Stammcafé der Taxifahrer um vier Uhr morgens war weniger ein Geschäft als vielmehr eine Sammelzelle für die frisch Entlassenen und die unheilbar Ruhelosen. Die Art von Ort, die Schlaf durch Kohlenhydrate ersetzte und soziale Grenzen durch gemeinsames, koffeingeschwängertes Elend. Vincent und Ren hatten die hinterste Nische für sich beansprucht, einfach weil es ihnen herzlich egal war, wer sie sonst noch brauchen könnte. Der Tisch sah aus, als wäre er bei einer archäologischen Ausgrabung geborgen und anschließend von den Nachkommen all jener geschändet worden, die jemals schlechten Service erlitten hatten. Seine Oberfläche war ein Palimpsest aus Schlüsseln, Messern und existenziellen Edding-Sprüchen – »*Töte mich*« über »*Arsenal für immer*« über »*Angela ist 'ne Schlampe, oder?*«. Selbst der Salzstreuer hatte eine Attitüde.

Die Beleuchtung, eine Symphonie aus gelbsüchtigem Neonlicht, ließ jeden wie eine Leiche aussehen, die gerade den schlechtesten Witz der Welt gehört hatte. Die Decke flackerte im Morsecode; die Angestellten, zu drei Vierteln im Halbschlaf und der Rest in Verleugnung, füllten die Filtermaschine wie auf Autopilot nach. Alle dreißig Minuten schlurfte eine neue Schicht von Außenseitern herein: Taxifahrer, Türsteher nach Feierabend, der seltene Akademiker, der aus Gründen, die nichts mit Weisheit zu tun hatten, noch wach war. Um diese Stunde war der einzige Zeuge deiner Geheimnisse der nächste Schlaflose in der Reihe.

Ren trug ihre Erschöpfung wie einen Orden. Ihr Kapuzenpullover war bis zum Kinn zugezogen, ihr Haar eine wehrhafte Explosion unter dem Ansturm des Neonlichts. Sie nippte mit theatralischem Ekel an der Hausmischung und kippte dann vier Löffel Zucker hinein, als würde sie den Diabetes herausfordern, es mit ihr aufzunehmen. In ihren Händen hielt sie eine frisch gedruckte Seite: grobkörnig, halb verdeckt von den Knicken des Originals und dem forensischen Eifer eines Universitätsscanners. Über das Bild verteilt waren rote Kuli-Pfeile, Fragezeichen und eine diagonale Linie, die in den in Großbuchstaben geschriebenen Worten »*PREMIERE NÄHERT SICH*« endete.

Vincents erster Impuls war es, einen Whisky zu bestellen, doch er begnügte sich mit einem Flat White, der nach Asche und etwas weniger Angenehmem schmeckte. Er sah zu, wie Ren den Ausdruck über dem klebrigen Tisch schweben ließ und ihn dann wie eine Warnung hinüberschob.

»Das ist deine Schuld«, sagte sie.

Er überflog die Seite. Das alte Theaterplakat sah unverändert aus, seit er es das letzte Mal gesehen hatte, abgesehen von den neuen Stigmata der Anmerkungen. »Du machst mich nostalgisch für die 1920er«, erwiderte Vincent. »Und das ist nichts, was ich sein will.«

Ren stach mit dem Finger auf das Foto. »Sieh dir die Namen an.«

Er sah hin. Dort, unter dem Titel – *Die Purpurrote Maske, Eine blutige Tragödie in einem Akt* – befand sich eine Besetzungsliste: die üblichen Verdächtigen, von denen die Hälfte schon lange tot war, bevor das Theaterplakat überhaupt im Umlauf war.

Einige Namen waren eingekreist, andere durchgestrichen, wieder andere mit einem »?« und *Lebt?* in zunehmend verzweifelter Schrift versehen. Am unteren Rand des Blattes stand die Legende: *»Troupe de Carmine, in Zusammenarbeit mit dem Orden des Schleiers.«*

»Sie führen es wieder auf«, sagte Vincent, seine Stimme so schal wie der Kaffee.

Ren zog eine Augenbraue hoch. »Glaubst du, es ist nur Theater?«

Er seufzte und massierte seinen Nasenrücken. »Bei diesen Leuten? Da wird es einen Aderlass hinter der Bühne geben, Leichen im Parkett und ein leuchtendes Portal irgendwo zwischen der zehnten und elften Szene.«

Sie grinste. »Das ist seltsam spezifisch.«

»Ich habe schon einiges gesehen, Ren.«

Sie glaubte ihm, weshalb sie hier waren, anstatt zu schlafen. »Also, was ist der nächste Schritt?«, fragte sie.

Vincent trommelte mit den Fingern auf die Tischplatte. »Entweder wir ignorieren es und hoffen, dass sich die Geschichte von selbst erledigt, oder wir versuchen, die Besetzung zu finden und sie vor der Premiere abzufangen.«

»Option zwei«, sagte Ren und schob eine Serviette und einen geliehenen Stift über das Schlachtfeld.

Sie arbeiteten im mürrischen Schweigen von Mitverschwörern. Ren schrieb jeden Namen, jeden Decknamen, jede Stadt, die ihr einfiel, auf – Lissabon, Paris, Cluj-Napoca, Hackney – und begann dann, Linien zu ziehen, als sei es ein Exorzismus und kein Flussdiagramm. Vincent lieferte Details, wo es seine Erinnerung zuließ, aber das meiste, was er wusste, war im allgemeinen Dunst seiner Jahrhunderte verschwommen. Die großen Namen waren alle tot, rein technisch gesehen, aber »technisch« bedeutete nicht mehr das, was es einmal bedeutet hatte.

Nach zehn Minuten sah die Serviette aus wie eine Ermittlungstafel, entworfen von einer besonders wütenden Spinne. Die meisten Linien endeten mit einem »?« oder »*Wahrscheinlich*« oder »*Vermisst*«. Zwei Namen waren versehentlich durch eine Kollision mit einem Kaffeering markiert worden. Ren zeigte auf einen. »Was ist mit dem Bischof?«

»Zuletzt in Florenz gesehen«, sagte Vincent. »Wenn er in London ist, hängt er es nicht an die große Glocke.«

Sie zeigte auf einen anderen. »Die türkische Prinzessin?«

Vincent schüttelte den Kopf. »Hat sich nach Monaco zurückgezogen. Angeblich.« Er beugte sich vor, seine Stimme kaum mehr als ein Flüstern. »Wenn das der Orden ist, werden sie Stellvertreter einsetzen. Neue Gesichter mit alten Schulden.«

Ren sah nicht überzeugt aus, aber ihre Standardeinstellung war, das Schlimmste zu erwarten und von allem, was weniger schlimm war, angenehm überrascht zu sein. Sie lehnte sich zurück, streckte die Beine unter dem Tisch aus und beobachtete, wie die Lichter mit der Dunkelheit jenseits des Fensters kämpften. Die Stadt draußen war eine Platte aus Schwarz und Natriumgelb, die Straßen überströmt von Regen und den Echos besserer Entscheidungen.

»Wir könnten uns einschleusen«, sagte sie.

Vincent verschluckte sich beinahe an seinem Espresso. »Du willst für das verfluchteste Stück der Welt vorsprechen?«

Ren zuckte mit den Schultern, eine Bewegung reinsten Nord-Londons. »Ich könnte als Bühnenarbeiterin durchgehen. Oder als Zweitbesetzung.«

Er schüttelte den Kopf. »Kult-Theaterleute können Außenstehende riechen. Wie Katzen, nur dass sie anfälliger für rituelle Opferungen sind.«

Ren grinste und zeigte die Art von Zähnen, die sie bei Leuten, die Smalltalk hassten, beliebt machten. »Du bist aber einer von ihnen. Du hast das Skript geschrieben.«

Er verzog das Gesicht. »Was bedeutet, dass ich die letzte Person bin, der sie trauen würden.«

Sie schnippte die Serviette nach ihm. »Du musst hingehen. Schau nach, wie weit sie sind. Wirf wenigstens einen Blick auf die neue Besetzung.«

Er spielte mit dem Stift und sah zu, wie die Tinte auf seine Finger sickerte. »Dir ist klar, dass das eine Falle ist, oder? Eröffnungsszenen, ich werde hineingezogen. Wendepunkt, jemand wird ermordet. Die letzte Szene –«

»Wir improvisieren«, sagte sie und beendete seinen Satz. »Das kannst du am besten.«

Dem konnte er nicht widersprechen. Er hatte seine Karriere auf Improvisation aufgebaut – wenn die Handlung auseinanderfiel, wenn das Geld ausging, wenn sich das letzte sichere Haus als Falle entpuppte. Sein Leben war eine Reihe von Kaltlesungen und verzweifelten Umschreibungen.

Er trank seinen Espresso aus und stellte die Tasse mit einer Endgültigkeit ab, die nur durch ihr Wackeln leicht untergraben wurde. »Schön«, sagte er. »Ich gehe hin. Aber wenn ich auf der Bühne lande, musst du versprechen, nicht zu buhen.«

Ren hob drei Finger, Pfadfinderehrenwort, und brach das Versprechen sofort, um dem Kellner für mehr Kaffee zuzuwinken.

Vincent starrte auf das kommentierte Theaterplakat, das Proben in den St. Martin's Crypts ankündigte, die rote Tinte sickerte in das alte Papier, die Worte vibrierten mit der Dringlichkeit einer Bedrohung, die nicht ganz real war, bis sie einen umbrachte. Die Lichter des Cafés flackerten, beruhigten sich und flackerten erneut. Ein Schauer lief ihm über den Rücken, aber es war der vertraute, fast tröstliche Schauer einer Geschichte, die zum Leben erwachte.

Er steckte die Serviette ein, stand auf und blickte hinaus in die Nacht. Der Regen hämmerte auf den Bürgersteig und wusch die Stadt für die nächste Ladung Sünder sauber.

Er drehte sich zu Ren um, die ihm mit ihrer Kaffeetasse zuprostete. »Hals- und Beinbruch«, sagte sie.

Er lächelte beinahe. »So fängt es immer an«, sagte er und ging hinaus in den Sturm.

Die St. Martin's Crypts standen an der Grenze zwischen Verfall und Abriss, ein viktorianisches Relikt, das durch Trägheit und kleinkarierte Bürokratie aufrechterhalten wurde. Ihre Steinfassade war übersät mit den Narben alter Proteste, neuem Vandalismus und einem denkwürdigen Versuch in den Sechzigern, das Gebäude niederzubrennen. Moos überwucherte die gemeißelten Gesimse. Regen strömte vom kaputten Dach und sammelte sich in Schlaglöchern, die groß genug waren, um die lokale Fauna zu verschlingen. Selbst die Stadtverwaltung hatte aufgegeben und den Eingang dem Rost und einem Begrenzungszaun überlassen, der »Betreten verboten« andeutete, dies aber eher mit einem Seufzer als mit einer Drohung tat.

Vincent umging den Haupteingang, seine Schuhe platschten durch eine Pfütze, die die Hälfte des Bürgersteigs erobert hatte. Er fand die Seitentür wie erwartet unverschlossen und duckte sich hinein. Die Dunkelheit war augenblicklich und absolut, bis auf den Lichtschlitz, der den Hauptkorridor hinabfilterte. Er konnte das Gebäude atmen hören: das Ausdehnen und Zusammenziehen von müdem Holz, das Tropfen und Spritzen von Wasser, das sich seinen Weg vom Dach in den Keller bahnte, das brüchige Zittern von Spinnweben, die von nichts weiter als der Erinnerung an Bewegung gestört wurden.

Er bewegte sich mit bedächtiger Stille. Seine Sinne streckten sich aus und fingen das leise Summen von Stimmen aus dem Versammlungsraum auf – eine Mischung aus gewöhnlichem menschlichem Murmeln und etwas, das knapp darüber lag, eine Harmonik, die in der Höhlung seines Schädels vibrierte. Es war das Geräusch von Leuten, die versuchten, leise zu sein und daran scheiterten, von Geheimnissen, die im Flüsterton geprobt wurden.

Der Korridor öffnete sich zur Haupthalle, einer rechteckigen Höhle, gesäumt von rissigen Säulen und den Geistern vieler Hunderter Toter und Begrabener. Die Decke, bemalt mit einer Allegorie eines idyllischen Jenseits, weinte nun braune Tränen auf den Parkettboden. Die provisorische Bühne am anderen Ende war mit behelfsmäßigen Vorhängen geschmückt – Bettlaken, die in einem verstörenden Rot gefärbt waren – und wurde von einer bunten Ansammlung von Kerzen und etwas, das wie ein Paar batteriebetriebener Flutlichter aussah, beleuchtet, von denen eines kurz vor dem Exitus stand.

Auf der Bühne stand ein Halbkreis von Gestalten in purpurroten Masken. Sie trugen Straßenkleidung unter dem Kostüm, aber der Effekt war beunruhigend: eine Armee aus leeren Gesichtern, die Münder in einem permanenten Grinsen erstarrt. In der Mitte ein junger Mann in einem marineblauen Anzug, barfuß, die Maske mit etwas eingefasst, das wie Blattgold aussah. Er hielt ein Skript, aber als er sprach, las er nicht. Er trug vor.

Vincent erkannte den Monolog vor dem zweiten Wort. Er hatte ihn als Witz geschrieben, ein Stück selbstgefälligen Pastiches, um eine langweilige Expositionsszene aufzufüllen. Hier wurden die Worte zu Waffen. Die Kadenzen waren schärfer, jede Phrase schnitt durch die Stille und nistete sich an einem unangenehmen Ort ein.

»Blut ist ein Skript«, intonierte der junge Mann, »und alle sind in seinen Schatten geworfen. Wir werden als Publikum geboren, aber sterben als Schauspieler, ertränkt von einem Applaus, der nicht für uns ist.«

Die anderen stimmten als Chor aus den hintersten Seiten von Vincents Gedächtnis mit ein:

»Lasst die Tinte fließen. Lasst die Ader sich öffnen. Lasst die Geschichte sich nähren.«

Da spürte er es, eine Kälte, die ihm das Rückgrat hinablief und sich in seinen Füßen festsetzte. Die Luft in der Halle wurde dünner. Die Kerzen flackerten und zogen lange, unmögliche Schatten hinter jedes maskierte Gesicht. Die Worte waren nicht mehr nur Worte. Man hatte ihnen Zähne gegeben.

Der Monolog baute sich auf, schraubte sich in die Höhe und wand sich in sich selbst zurück. Vincent sah, wie die Hände des jungen Mannes zu zittern begannen, das Papier im Takt seiner Stimme bebte. Die Maske bekam einen Riss, nur einen kleinen, an der Ecke. Schweiß verdunkelte den Stoff über seinem Mund. Der Rest der Truppe rückte näher, ihre eigenen Zeilen hallten wider, überlappten sich, ein Chor, der die Bedeutung zu einem Rhythmus verschwimmen ließ.

Dann erreichte der Junge die letzte Zeile. Er spuckte sie aus, nicht auf das Publikum – von dem es, zumindest offenkundig, nur Vincent gab –, sondern in den leeren Raum über der Bühne.

»Die Geschichte endet, wenn man sie ausbluten lässt!«

Die Luft schimmerte, als hätte der Klang einen Riss in der Welt aufgerissen. Für eine Sekunde sah Vincent, wie sich die Decke verzog und das himmlische Wandgemälde sich in etwas Obszönes und Hungriges verwandelte. Die Kerzen brannten für einen Herzschlag blau und schnappten dann wieder zu Orange zurück.

Vincent krallte sich mit weißen Knöcheln an der Wand fest. Er hatte an tausend Ritualen teilgenommen, hundert Aderlässe erlitten, aber noch nie hatte er die Macht so roh gefühlt, so vollkommen gleichgültig gegenüber den Menschen, die sie ausübten.

Ihm wurde mit etwas, das Ehrfurcht und noch viel mehr Angst ähnelte, bewusst, dass dies keine Kultisten im alten Sinne waren. Sie waren Fans. Die Aufführung war das Ritual. Jede Zeile, jede Bühnenanweisung war ein Zauber, getarnt als Skript.

Auf der Bühne löste die Truppe ihren Kreis auf. Der junge Mann sackte in sich zusammen, die Maske saß schief, aber seine Augen waren hell und lebendig und starrten direkt auf Vincent. Um ihn herum arrangierten die anderen den Raum neu – stellten einen Stuhl auf, einen Requisitenschädel, etwas, das wie eine Punschschale von zweifelhafter Herkunft aussah. Sie bewegten sich mit der Effizienz von Leuten, die dies schon hundertmal geübt hatten, die wussten, dass sie beobachtet wurden.

Aus den Kulissen trat eine neue Gestalt hervor. Maskiert, aber die Maske war schwarz, nicht rot, und der Anzug, den sie trug, war mit einer Extravaganz geschneidert, die an Satire grenzte. Die Gestalt hielt inne und wandte ihr Gesicht Vincent zu. Sie verbeugte sich – langsam, spöttisch, absichtlich. Vincent schnürte es die Kehle zu.

Er kannte diese Verbeugung. Er hatte sie auf alten Fotos gesehen, in Erinnerungen, die nicht sterben wollten, selbst wenn man ihnen einen Pflock durchs Herz trieb. Er hatte sie erfunden.

Die Gestalt richtete sich auf und verschwand dann hinter der Bühne.

Vincent traf eine blitzschnelle Entscheidung: Er ging vor dem Schlussapplaus.

Der Korridor war plötzlich eiskalt. Er spürte die statische Aufladung auf seiner Haut, die Art, wie die Worte wie Feuchtigkeit an ihm klebten. Er erwartete halb, dass das Moos an den Außenwänden warten würde, um ihn bei seiner Flucht zu umarmen.

Er stolperte hinaus auf den Parkplatz. Der Regen war jetzt biblisch, ein Angriff aus allen Richtungen. Rens ramponierter Peugeot stand mit laufendem Motor am Bordstein, die Scheibenwischer verloren den Kampf. Sie saß am Steuer, der Motor lief, die Kapuze gegen die Kälte hochgezogen. Sie sah ihn, blendete mit dem Fernlicht auf und bedeutete ihm mit einem Nicken, einzusteigen.

Er ließ sich auf den Beifahrersitz gleiten und schlug die Tür zu. Die Wärme im Inneren war eine sofortige Erleichterung, aber die Erinnerung an die Halle hing ihm wie eine durchnässte Decke über den Schultern.

Ren sah ihn an, ihre Hände umklammerten das Lenkrad. »Na?«

Er schwieg einen Moment lang und beobachtete, wie der Regen auf der Windschutzscheibe Perlen bildete und herunterrann. Die nasse Stadt glühte in verschmierten Reflexionen, Straßenlaternen verliefen wie frische Wunden.

»Sie proben kein Stück«, sagte Vincent, seine Stimme leise, gleichmäßig.

Sie wartete.

»Sie proben eine Apokalypse.«

Sie saßen im Auto und lauschten dem Motor, dem Regen, der sterbenden Welt da draußen. Keiner von beiden sprach, denn es gab nichts mehr zu sagen.

In der Ferne, irgendwo jenseits des Sturms, atmeten die alten Krypten Kerzenrauch und Triumph aus.

Die Geschichte war ausnahmsweise genau im Zeitplan.

SIEBZEHN

Vincent wachte zwanzig Minuten früher auf, als ihm lieb gewesen wäre, weil jemand Papier unter seiner Haustür durchschob. Nicht im übertragenen Sinne (obwohl das Universum wie immer seine eigene Liste von Beschwerden zusammenstellte), sondern mit einem buchstäblichen Kratzen und Seufzen am Holz, das so berechnet war, dass es sich direkt an seiner Wirbelsäule entlang fortpflanzte und ihn an die Matratze fesselte.

Er lag vollkommen still da und lauschte dem abendlichen Zyklus der Stadt: den Sirenen, die mit dem Flussnebel stritten, den Büroangestellten, die nach einem schnellen Bier nach Hause gingen, und nun der verstohlenen Bewegung eines Boten, der eine sehr entschiedene Meinung zu Briefpapier hatte. Vincent widerstand dem Drang, die Lampe einzuschalten. Seine Augen – nie ganz menschlich – waren dafür gemacht. Die pechschwarze Dunkelheit der Wohnung war für ihn ein milchiges Dämmerlicht; die schwächste Straßenlaterne, das leiseste LED-Leuchten eines vergessenen Geräts sammelten gerade genug Photonen, damit seine Pupillen den gesamten Raum in spukhaften Umrissen wahrnehmen konnten.

Er lauschte auf Schritte im Korridor. Nichts. Wer auch immer den Umschlag zugestellt hatte, war entweder ein Schleicher auf olympischem Niveau oder hatte sich einfach in einen Schatten aufgelöst, was in seiner Branche nicht so unwahrscheinlich war, wie man hoffen mochte. Er rollte sich aus dem Bett, seine Füße landeten auf den kalten Dielen, und er tappte mit den gemessenen Schritten eines Mannes zur Tür, der einmal um drei Uhr morgens eine druckempfindliche Glyphe ausgelöst und gelernt hatte, diese Erfahrung niemals, wirklich niemals zu wiederholen.

Der Umschlag, den er aufhob, war schwerer als er aussah – dickes, cremefarbenes Papier, ein Stoff, der wahrscheinlich einen Stammbaum über fünf Generationen und einen Treuhandfonds besaß. Er war mit Wachs versiegelt, das so dunkelrot war, dass es fast schwarz wirkte, und mit einem Siegel versehen, das er zuletzt auf dem Hinterkopf eines abgetrennten Kopfes gesehen hatte.

Vincent hielt ihn hoch und drehte ihn im schwachen Licht, das aus der Küche kam. Das Siegel war eine dreifache Mondsichel, überlagert von einer dornigen Schrift, die sich wie der prätentiöseste Stacheldraht der Welt hinein- und hinauswand. Er widerstand dem Drang, es mit den Zähnen aufzubrechen.

Hinter ihm ächzte das Sofa mit einem Geräusch, das nur durch das sich verlagernde Gewicht eines erwachsenen Menschen erzeugt werden konnte, und einen Augenblick später schlurfte Ren in den Flur, eingewickelt in eine Decke und in eine moralische Entrüstung, die nur Menschen mit einem noch funktionierenden Stoffwechsel vorbehalten war. Ihre Haare waren ein reinstes Chaos, auf der einen Seite platt gedrückt und auf der anderen schwebend, und ihr Gesicht trug die Falten von jemandem, der mit dem Handy an die Wange gepresst geschlafen hatte.

Sie betrachtete den Umschlag, dann Vincent, dann wieder den Umschlag. »Also«, sagte sie mit schlafgetrübter Stimme, »ist das der Teil, wo du wegen Verbrechen gegen die Post von Hogwarts verwiesen wirst?«

Vincent wedelte mit dem Umschlag. »Sonderzustellung. Keine Unterschrift nötig.«

Ren beugte sich vor und kniff die Augen zusammen, um das Wachs zu betrachten. »Nett. Sehr auf die ›Wir wissen, wo du wohnst‹-Tour.«

Er knackte das Siegel mit dem Daumennagel und zog die Karte heraus. Der Inhalt war einfach – ein einzelnes Rechteck aus elfenbeinfarbenem Karton mit einer Handschrift, so makellos, dass sie wahrscheinlich von einer Maschine stammte, die darauf programmiert worden war, Wahnsinn zu simulieren. Die Nachricht lautete: »Sie sind herzlich vorgeladen« – das ›herzlich‹ zweimal unterstrichen, vermutlich aus Ironie – »ins Orpheum Theatre«. Es gab keine Zeit, kein Datum, nicht einmal eine Kleiderordnung.

Ren spähte über seine Schulter und stellte sich auf die Zehenspitzen, um einen besseren Blick zu erhaschen. »Das ist eine Falle«, gähnte sie und machte den Effekt sofort zunichte, indem sie noch einmal gähnte.

Vincent hielt die Karte auf Armeslänge von sich, dann schnippte er mit dem Finger dagegen, sodass sie sich wie eine Tarotkarte drehend auf den Küchentisch legte. »Wenigstens tun sie nicht mehr so, als ob. Das ist doch ein Fortschritt.«

Ren fischte eine Tasse aus dem Abtropfgestell, schenkte sich eine großzügige Portion des gestrigen Kaffees ein und nippte daran mit der Tapferkeit eines Bergarbeiters, der in einen überfluteten Schacht blickt. »Wirst du hingehen?«, fragte sie, ohne ihm ganz in die Augen zu sehen.

Er zuckte mit den Schultern und versuchte, es herunterzuspielen, aber die Bewegung war zu scharf. »Wenn Verrückte einen in ihre Höhle beschwören, taucht man auf. Das gehört zur grundlegenden Vampir-Etikette.«

Ren dachte darüber nach und nickte dann. »Brauchst du

Verstärkung? Ich kann bedrohlich sein. Oder dich abholen, wenn du schnell wegmusst.«

Vincent schüttelte den Kopf. »Wenn es das ist, wofür ich es halte, wollen sie mich allein. Du würdest nur als Kollateralschaden enden.« Er wurde einen Deut weicher. »Aber wenn ich bei Sonnenaufgang nicht zurück bin, ruf Mrs Barley an. Sag ihr, sie soll die Bude abfackeln.«

Ren grinste, machte es aber kaputt, indem sie Kaffee auf ihren Morgenmantel verschüttete. »So was sagt man nicht zu jemandem mit pyromanischen Tendenzen.«

Er beobachtete sie, wie sie sich mit dem Fleck beschäftigte, wie sie so tat, als wäre es ihr egal. »Willst du wirklich mitkommen?«, fragte er.

Rens Blick war pure Ungläubigkeit. »Ich lasse mir nicht die Chance entgehen, zu sehen, wie du einen ganzen Vampirkult in Verlegenheit bringst.«

Vincent lächelte, ein verkrampftes, nach innen gekehrtes Lächeln. »Gut. Ich würde ungern ohne ein dankbares Publikum erfolgreich sein.«

Er warf einen erneuten Blick auf die Karte. Das Orpheum Theatre. Es war seit den Neunzigern heruntergekommen – geschlossen nach einem verpfuschten Exorzismus und einer Reihe unglücklicher Wasserschäden. Gerüchten zufolge war seit 1973 jede Aufführung mit mindestens einer leichten Besessenheit geendet, und der Geist eines gescheiterten Illusionisten spukte immer noch auf den Laufstegen und warf aus beruflichem Neid gelegentlich mit Sandsäcken nach den Lebenden. Vincent war einmal angeheuert worden, um die Archive des Theaters zu katalogisieren, hatte den Gestank der Nostalgie aber selbst für seine Verhältnisse als überwältigend empfunden.

Ren leerte ihre Tasse und griff nach ihrem Handy. »Soll ich das Orpheum googeln, oder gehen wir einfach davon aus, dass die ganze Nacht verflucht ist?«

Vincent zögerte. »Verflucht ist vorhersehbar. Ich hoffe auf bloß tödlich.«

Sie tippte ein paar Sekunden auf ihrem Handy herum und hielt es ihm dann hin, damit er es sehen konnte. »Orpheum Theatre. Immer noch abbruchreif. Aber die Kritiken sind spektakulär.« Sie scrollte. »›Hab hier eine alternative Inszenierung vom Phantom der Oper gesehen. Phantom war echt. Vier Sterne.‹ ›Schöner Veranstaltungsort, würde ich Schreckhaften nicht empfehlen.‹ ›Beste Todesfalle in Shoreditch.‹«

Vincent kniff die Augen zusammen, als er die Adresse betrachtete. »Das ist der Hintereingang. Die alte Künstlertür.«

Ren nickte. »Soll ich ein Brecheisen mitbringen?«

Er dachte darüber nach und schüttelte dann den Kopf. »Wenn man ein Brecheisen braucht, ist der Plan bereits gescheitert.«

Sie gähnte erneut, brach dann auf dem Sofa zusammen und ließ die Decke sich wie ein Kokon um sie wickeln. »Soll ich wenigstens fahren?«

Er überlegte. »Ja. Wenn das hier schiefgeht, bist du mein Fluchtweg.«

Ren salutierte, eine übertriebene und, angesichts des Zustands ihres Pyjamas, leicht obszöne Bewegung. »Aye, aye, Käpt'n.«

Vincent beobachtete sie einen Moment lang und wandte sich dann wieder dem Umschlag zu. Er strich mit dem Finger über das gebrochene Wachs, die schwache Vertiefung, die das Siegel hinterlassen hatte. Er konnte seine Form in seinem Geist spüren, so wie man einen blauen Fleck von innen spüren konnte. Es war nicht nur eine Vorladung. Es war ein Anspruch.

Er ließ die Karte auf dem Tisch liegen, holte ein sauberes Hemd aus dem Wäschehaufen (das, was er am ehesten als Abendgarderobe bezeichnen konnte) und begann, sich mit der resignierten Effizienz eines Mannes, der das Besteck für seine eigene Totenwache auslegt, auf den Abend vorzubereiten. Er hatte es schon mit Schlimmerem als Theaterkultisten zu tun gehabt, aber selten mit leerem Magen und so wenigen Informationen.

Im Flur hielt er inne. Die Wohnung war wieder still, bis auf das mechanische Summen des Kühlschranks und das leise, unrhythmische Schnarchen vom Sofa. Er blickte auf die geschlossene Tür, den Umschlag, die Art und Weise, wie sich die Nacht am Fenster in Bahnen aus flüssiger Dunkelheit sammelte.

Vincent überlegte, Mrs Barley eine Notiz zu hinterlassen, nur für den Fall. Etwas Kerniges, wie »Bin kurz ermordet werden, zurück im Morgengrauen«, entschied sich aber dagegen. Sie würde es wissen. Das tat sie immer.

Er zog seinen Mantel an, knöpfte ihn gegen die Kühle vor der Dämmerung zu und schlüpfte mit dem Umschlag in der Tasche, dessen Wachssiegel kalt an seiner Handfläche lag, aus der Tür.

Auf dem Weg die Treppe hinunter überprüfte er sein Handy. Keine neuen Nachrichten. Nichts vom Orden. Keine panischen Anrufe von Zara oder aus dem Archiv. Die Stille war auf ihre eigene Art furchteinflößender als jeder Fluch.

Auf der Straße wartete Ren, in eine Decke gehüllt und aß einen Apfel, als wäre es eine Herausforderung. Sie warf ihm die Autoschlüssel zu, kletterte dann auf den Beifahrersitz und legte die Füße auf das Armaturenbrett. »Du fährst. Ich navigiere. Wenn wir eine Umleitung nehmen, dann weil das Navi besessen ist.«

Vincent startete den Motor. Er erwachte knurrend und zitterte protestierend. Das Auto roch nach nasser Wolle und Red Bull. Er setzte aus der Parklücke zurück, die Reifen quietschten auf dem feuchten Asphalt, und richtete die Motorhaube mit der grimmigen Entschlossenheit eines Mannes, der schon einmal gestorben war und nicht vorhatte, es noch einmal zu tun, nach Shoreditch.

»Letzte Worte?«, fragte Ren mit von der Decke gedämpfter Stimme.

Vincent dachte darüber nach. »Wenn ich es nicht schaffe, sag

Mrs Barley, dass ich ihr noch die Reinigung vom letzten Monat schulde. Und dass sie in meinem Testament steht.«

Ren grinste, während sich ihre Augen bereits schlossen und die Lichter der Stadt verschwammen. »Notiert.«

Sie fuhren schweigend, während die Welt jenseits der Windschutzscheibe zu einem Durcheinander aus Neon und Nacht verschmolz. Vincent ließ sich von der Straße treiben, das Gewicht der Einladung drückte gegen seine Brust, und er fragte sich, was für ein Monster sich so viel Mühe für einen Mann machen würde, der das Theater hasste.

Aber dann, dachte er, brauchten Monster selten einen Vorwand.

Das Orpheum wartete, seine Türen so schwarz wie die Lücke zwischen den Sekunden, und Vincent fuhr weiter, während sich die Stadt hinter ihm schloss wie ein Publikum, das nach seinem Eröffnungsakt hungert.

Das Orpheum war aus zwei Blocks Entfernung sichtbar, was beeindruckend war, wenn man bedachte, dass es die letzten dreißig Jahre damit verbracht hatte, langsam in seine eigene Legende zu zerfallen. Sein Mauerwerk, einst spätviktorianischer Stolz, war in tektonische Platten gespalten, die drohten, abzuscheren und den nächsten Instagrammer mit einer Vorliebe für städtischen Verfall zu erschlagen. Die Fenster waren von nikotinverfärbtem Plastik vergilbt, und die Steinstufen am Eingang waren von Moos und den Geistern hunderter erfolgloser Sanierungsvorhaben der Stadtverwaltung besiedelt. Ein verblasstes »Abriss bevorstehend«-Banner hing wie eine Wimpelkette vom verrosteten Balkon.

Vincent parkte seitlich, halb auf dem Bordstein, und ließ den

Motor im Leerlauf laufen. Er saß einen Moment da, beäugte das Gebäude und atmete aus. Der Umschlag in seiner Tasche strahlte die Art von Energie aus, die normalerweise radioaktiven Isotopen und der Art von Hassbriefen vorbehalten war, die mit einer eigenen einstweiligen Verfügung geliefert wurden.

Ren, die Decke immer noch wie ein Superheldenumhang über sich drapiert, beobachtete ihn vom Beifahrersitz aus mit einer einstudierten Gleichgültigkeit. »Brauchst du eine Motivationsrede?«, bot sie mit einem Ton an, der so neutral war wie die Schweiz.

Er überlegte. »Außer du hast eine Anleitung für selbstmörderische Diplomatie.«

Sie zeigte auf das Theater. »Geh rein, stirb nicht, schreib eine Nachricht, wenn du Verstärkung brauchst. Wenn du anfängst zu monologisieren, gebe ich dir eine halbe Stunde, bevor ich die Party stürme.«

Vincent lächelte. »Du bist ein nationaler Schatz, Ren.«

Sie grinste und zeigte alle Zähne. »Hals- und Beinbruch. Oder die von jemand anderem, wenn du die Chance dazu bekommst.«

Er ließ sie dort zurück, ihre Augen schlossen sich, als sie das Radio auf irgendeinen blechernen Late-Night-R&B einstellte, und joggte die unkrautüberwucherte Dienstgasse zur Rückseite des Orpheum hinauf. Die Bühnentür stand da, wo sie immer gewesen war, mit einem Vorhängeschloss am Griff, aber, wie es die Tradition verlangte, mit einem halben Dutzend anderer, unverschlossener Eingänge für den Fall von Feuer, Ratten oder Schauspielern mit einer Todesangst vor Pünktlichkeit.

Er schlüpfte hinein, seine Stiefel quietschten auf dem feuchten Linoleum. Drinnen war es schlimmer als draußen. Der größte Teil der Beleuchtung war vor Jahren für Kupfer ausgebaut worden und hatte nur Schatten und die eine oder andere mondbeschienene Pfütze zurückgelassen. Die Luft stank nach altem Wachs, Moder und dem langen, langsamen Ausatmen versagender Architektur. Der Korridor hinter der Bühne führte zum grünen Raum, der immer noch in einer Farbe gestrichen war, die nur »Institutionelle Angst« hätte heißen können, und dann in die Kulissen.

Hier hielt er inne und ließ seine Augen sich anpassen. Jenseits des Spalts in den Vorhängen gähnte die Hauptbühne, nur von Kerzen und dem Restglühen der drei uralten, batteriebetriebenen Scheinwerfer beleuchtet, die er bei Proben gesehen hatte. Auf den Brettern stand ein Dutzend Gestalten in einer Halbmondformation, mit dem Rücken zu den Zuschauerreihen, der Dunkelheit zugewandt, aus der Vincent sie nun beobachtete.

Jeder von ihnen trug eine Maske. Nicht die billige Halloween-Variante, sondern Vollgesichtsmasken, handbemalt, wie sie in Produktionen verwendet wurden, in denen das Publikum sowohl verängstigt als auch emotional manipuliert werden sollte. Die Masken schimmerten – Porzellan, Lack, einige aus Leder; jede ein anderer, blumiger Ausdruck von Hunger, Ekstase oder Trauer, als hätte der Casting-Direktor die persönlichen Gegenstände von hundert toten Schauspielern geplündert.

In der Mitte stand die große Frau im blutroten Umhang, ihre Maske eine venezianische Angelegenheit mit schwarzen Glasaugen und einem Mund, der in einem ständigen, lippenlosen Lächeln erstarrt war. Das Bühnenbild hinter ihr war minimalistisch: nur ein einziges eisernes Rednerpult, ein mit weißen Rosenblättern übersäter Boden und ein fadenscheiniger Vorhang, der vergeblich versuchte, Grandeur zu suggerieren.

Vincent trat aus den Kulissen hervor und ließ seinen Schatten lang über die Bühne fallen. Die Gestalten bewegten sich nicht. Die Stille war vollkommen, bis auf das leise Zischen von Kerzenwachs und das Grollen des Verkehrs draußen.

Er ging zur Bühnenmitte und achtete darauf, nicht über die verzogenen Bretter zu stolpern. Die maskierten Gestalten bewegten sich wie ein Mann, drehten sich zu ihm um, die Bewegung synchronisiert und übertrieben fließend.

Die Frau im Umhang sprach, ihre Stimme durch den Raum verstärkt und verzerrt. »Blutbard«, sagte sie, der Titel wurde mit solchem Genuss ausgesprochen, dass es ihm im Nacken juckte. »Sie sind gekommen.«

Vincent nickte und gab sich eine Lässigkeit, die er nicht fühlte. »Ihnen ist schon klar, dass ich betrunken war, als ich den größten Teil des Drehbuchs geschrieben habe.«

Die Frau im Umhang ignorierte ihn und trat vor. Aus der Nähe waren die Augenlöcher der Maske pechschwarz; was auch immer dahinter lag, spiegelte die Kerzen nicht wider. »Ihre Worte haben uns hierher gebracht. Ihre Vision wird das Ritual leiten.«

Er blickte an ihr vorbei zu der maskierten Versammlung, die in den Zuschauerreihen saß. Es war volles Haus. »Haben Sie alle eine Wette verloren, oder ist das eine Art immersives Dinner-Theater?«

Das Publikum lachte nicht, aber ein paar bewegten sich, eine Welle ging durch den Halbkreis, als ob der gleiche Gedanke sie alle auf einmal gestreift hätte.

»Sind Sie bereit zu beginnen?«, fragte die Frau im Umhang.

Vincent überlegte, einen Witz zu machen, aber sein Mund war trocken und eine frische, eisige Furcht lag ihm jetzt unter der Haut. »Falls Sie einen Monolog erwarten, ich habe die Zeilen nicht auswendig gelernt.«

Die Frau im Umhang wandte sich an ihre Anhänger und machte eine Geste. Zwei lösten sich aus der Formation und verschwanden in den Kulissen. Augenblicke später kehrten sie zurück und zogen eine uralte, ramponierte und eisenbeschlagene Truhe zwischen sich her, von der Art, die Brände und, was noch beunruhigender war, Amateur-Theatertourneen durch Osteuropa überlebte. Sie wuchteten sie in die Mitte der Bühne.

»Ihre Arbeit«, intonierte die Frau im Umhang, »ist nicht verloren.« Sie schnippte mit den Fingern; eine der maskierten Gestalten sprang die Truhe mit einem Brecheisen auf.

Der Deckel fiel zurück, und Vincents Herz blieb stehen. Im Inneren lagen Hunderte von Seiten – einige gebunden, die meisten lose – in fleckigen, prekären Stapeln. Er erkannte das Drehbuch sofort, nicht nur die Schnörkel, Bearbeitungen und durchgestrichenen Zeilen, sondern die tatsächliche Textur des Papiers. Sein Papier, das gute, die Charge, von der er geglaubt hatte, er hätte sie 1947 nach dem Lyon-Zwischenfall verbrannt. Die oberste Schicht war vergilbt, die Ränder gekräuselt, aber darunter sah er saubere, weiße Blätter, als hätte jemand lange weitergeschrieben, nachdem er aufgehört hatte.

Er bückte sich, um eine Seite aufzuheben, überlegte es sich dann aber anders.

Die Frau im Umhang trat näher. »Das Ritual ist unvollständig, Blutbard. Sie müssen die Geschichte beenden.«

Vincent tat so, als würde er das Drehbuch untersuchen. »Das letzte Mal, als jemand versucht hat, das aufzuführen, ist die gesamte Besetzung explodiert. Wollen Sie wirklich eine Fortsetzung?«

Sie legte den Kopf schief. »Sie haben es falsch beendet. Dem Chor wurde verwehrt. Das Gefäß nicht gefüllt.«

Er ließ die Worte in seinem Schädel kreisen. Es waren dieselben Phrasen, die der Kultist in Prag benutzt hatte, dieselben wie der Kopf im Kühlschrank. Die Geschichte hatte sich verbreitet, war mutiert, hatte sich entwickelt, aber immer derselbe Kern: Beende das Ritual, vollende das Stück, gib dem Publikum, was es will.

Vincent blickte zur Galerie hinauf. Er konnte sie jetzt spüren – nicht nur die maskierten Schauspieler, sondern auch andere, im Dunkeln. Mehr Masken. Mehr Beobachter. Einige menschlich, andere nicht. Die Akustik des Orpheum trug ihren Atem bis zur Bühne hinunter, ein Flüstern der Erwartung.

Er hob eine Seite auf. Seine eigene Handschrift starrte ihn giftig an. Er las die oberste Zeile, und sein Magen sackte ab. Das war nicht sein Entwurf. Es waren seine schlimmsten Ideen, die Fragmente und verworfenen Flüche, zusammengenäht von jemandem, der ihn genug hasste, um es richtig zu machen. Die nächste Seite war schlimmer: eine Anrufung, die er gekritzelt und dann geschworen hatte, sie nie zu wiederholen, hier in perfekter, akribischer Schrift niedergeschrieben.

Er behielt ein neutrales Gesicht. »Sie haben all das für eine Leseprobe veranstaltet?«

Die Frau im Umhang blinzelte nicht. »Heute Nacht beenden wir, was begonnen wurde.«

Sie deutete auf die Truhe. »Lesen Sie.«

Vincent blickte zum Publikum, dann zurück zu ihr. »Keine Pause?«

Sie ignorierte den Seitenhieb. Die anderen maskierten Gestalten bildeten nun einen vollständigen Kreis, der ihn mit der Truhe einschloss, ihre kerzenbeleuchteten Gesichter grinsten auf ihn herab wie Zuschauer bei einer Hinrichtung. Aus den Kulissen traten zwei weitere, die ein ramponiertes, altes Rednerpult und einen Kelch mit sich zogen, der aussah, als wäre er im 13. Jahrhundert aus einer Kathedrale gestohlen worden.

Vincent wog seine Optionen ab. Ren war draußen, aber es gab keine Chance, dass sie den Eröffnungsmonolog überleben würde, wenn sie versuchte, sich gewaltsam Zutritt zu verschaffen. Er sah sich die Seiten wieder an. Wenn er sich weigerte, würden sie ihn töten; wenn er nachgab, würden sie ihn wahrscheinlich trotzdem töten, aber mit besseren Produktionswerten.

Er blätterte zur markierten Seite und begann zu lesen.

Zuerst fühlten sich die Worte unbeholfen an – Selbstparodie, schlechte Poesie, die Art von Zeug, das er in einem Wutanfall zerrissen hätte. Aber als er sprach, veränderte sich der Raum. Die Luft wurde dicker, die Kerzenflammen bogen sich nach innen, und jedes maskierte Gesicht schien sich näher zu beugen. Die Worte wurden schwerer, jedes einzelne fiel in die Grube seines Magens und leuchtete mit einem alten, unwillkommenen Feuer auf.

Er konnte spüren, wie das Theater reagierte. Die Risse in den Wänden bogen sich, die abblätternde Farbe schien zu seufzen, und irgendwo oben auf den Rängen stellte eine geisterhafte Hand eine Falle für den Vorhang. Er las weiter.

Die Frau im Umhang begann, seine Worte wie ein Echo zu wiederholen und sie zu verstärken. Die anderen stimmten chorartig mit ein, der Klang schwoll an, bis er eine Wand aus überlappenden Stimmen war, unmöglich, eine von der anderen zu unterscheiden. Vincent versuchte aufzuhören, aber das Drehbuch ließ ihn nicht – seine Zunge stolperte über sich selbst, sein Mund formte Silben, die er nie hatte schreiben wollen, geschweige denn vor Zeugen aussprechen.

Er versuchte, die Seite fallen zu lassen, aber seine Finger waren wie verriegelt, jeder Muskel in seinem Arm mit der Aufführung verbunden. Um ihn herum wiegten sich die maskierten Kultisten, die Arme erhoben, und der Kreis begann sich weiter zu schließen. Er sah jetzt, dass ihre Masken nicht starr waren – sie bewegten sich ein wenig, die Ausdrücke verzerrten sich mit jeder Zeile, die Zähne verlängerten sich, die Augen öffneten oder verengten sich je nach Wort. Die Gesichter veränderten sich mit der Geschichte.

Vincent würgte die letzte Zeile hervor. »Lass das Herz sich öffnen, lass das Gefäß sich füllen. Die Geschichte endet, wenn das Blut frei fließt.«

Die Frau im Umhang kreischte, ein Geräusch, das als Freude begann und als reiner, zerreißender Schmerz endete. Der maskierte Chor schrie mit ihr, brach aber den Kreis nicht auf. Stattdessen faltete sich der Schrei in sich zusammen, wurde leiser, wurde zu einem Summen.

Er taumelte zurück, die Seite fiel ihm endlich aus der Hand. Die Truhe bewegte sich, die Seiten darin rührten sich, blätterten, zerknitterten, als ob sie von innen von etwas zerfressen würden, das begierig darauf war zu entkommen.

Die Frau im Umhang bückte sich, hob die Seite auf und hielt sie an die Kerze. Das Papier ging mit einem Zischen in Flammen auf, und jede einzelne Maske im Raum drehte sich um, um es brennen zu sehen. Die Augen dahinter waren nun sichtbar – rot, schwarz, einige reinweiß. Einige waren nur Löcher.

»Es ist vollbracht«, intonierte die Frau im Umhang mit einer um eine volle Oktave tieferen Stimme. »Nun, Blutbard, werden Sie die Bühne betreten.«

Sie riss ihre Maske ab. Das Gesicht darunter war merkmallos, leer wie ein neues Blatt Papier, bis auf einen Mund – einen perfekten, senkrechten Schlitz, der sich weitete, und weitete, und weitete. Sie stürzte sich auf ihn, ihre Arme waren unmöglich lang, der Umhang entfaltete sich zu einem Schatten, der das Kerzenlicht verschlang.

Vincent taumelte, stolperte gegen die Truhe und spürte Hände – Dutzende, Hunderte –, die nach ihm griffen und ihn in die Masse der Seiten hinabzogen. Er versuchte zu schreien, aber die Worte blieben ihm im Hals stecken und erstickten ihn mit dem Geschmack von Tinte und Salz und alten, schlechten Erinnerungen.

Die Bühne verblasste. Das Publikum wurde schwarz. Er fiel durch Worte, durch die Zeit, durch die endlose, hungrige Stille einer Geschichte, die nicht enden wollte.

ACHTZEHN

Vincent kannte Theaterinszenierungen und er kannte die Realität. Beides überschnitt sich selten, doch heute Nacht war der Unterschied rein akademisch. Vincent erwachte und fand sich an einem ramponierten Tresteltisch auf der Bühne des Orpheum wieder.

Das maskierte Ensemble hatte eine nüchterne Herangehensweise an das Ritual, mehr Konvention als Hexenzirkel. Sie traten ein, ein halbes Dutzend an der Zahl, die Gesichter hinter denselben Porzellanmasken verborgen, die er zuvor auf der Bühne gesehen hatte – einige blass und glatt wie Seife, andere mit Schnörkeln und dem einen oder anderen geschmackvollen Blutfleck lackiert. Keiner von ihnen gab mehr als die nötigsten Geräusche von sich, und keiner würdigte ihn auch nur eines Blickes. Er hätte eine Requisite sein können oder ein Opfer oder (wahrscheinlicher) ein notwendiges Ärgernis im Ablaufplan. Sie bewegten sich vorsichtig und choreografiert um ihn herum.

Die Frau im Umhang, die Regisseurin dieses speziellen Melodramas, stand am Kopfende des Tisches und hatte die Hände über dem Bauch gefaltet. Der Umhang fiel in steifen Falten, die Kapuze beschattete ihr Gesicht so vollständig, dass sie vielleicht gar keines besaß. Als sie sprach, tat sie es ohne Umschweife. »Wir haben Ihr Werk in seine reine Form zurückversetzt. Sie werden das Skript heute Nacht vollenden.«

Vincent blickte auf die Anordnung vor ihm: ein Stapel seiner alten Entwürfe, die trotz seiner Bemühungen sauber unverbrannt waren; ein Tintenfass, in dessen Hals eine Feder steckte; ein Silberkelch mit Deckel, an dessen Rand Dampf kondensierte. Er nickte dem Tableau langsam zu, als würde er im Geiste Punkte für die Mühe vergeben.

Er sagte: »Ihnen ist schon klar, dass ich seit Jahrzehnten kein einziges Wort ohne Vorschuss geschrieben habe?«

Die Frau im Umhang antwortete nicht, aber einer aus dem Chor schob den Kelch einen Zentimeter näher an seine rechte Hand. Die Bewegung war einstudiert, die Neigung des Handgelenks verriet einen Hauch von Lampenfieber. Ein anderer stieß den Federkiel an, bis er, perfekt auf die Narbe auf Vincents Zeigefinger ausgerichtet, zum Liegen kam.

Er ignorierte das Blut demonstrativ. »Etwas früh am Abend für Erfrischungen, nicht wahr?«

Er hob den Deckel des Kelches an, erwartete eine Gabe billigen Shirazes oder bestenfalls einen theatralischen Sirup. Stattdessen verdichtete sich die Luft abrupt mit dem Geruch von frischem Menschenblut – jung, warm, von der Sorte, die noch keinen Einbalsamierer oder eine Leichenhalle gesehen hatte. Vincents Reißzähne, immer schlummernd, aber nie verschwunden, pulsierten warnend unter seinem Zahnfleisch. Er ließ den Deckel zuschnappen, in der Hoffnung, dass niemand das Zittern seiner Finger bemerkte.

Die Stimme der Frau im Umhang folgte der Bewegung wie ein Raubtier, das seine Beute verfolgt. »Der Akt muss in Geist und Körper vollzogen werden. Alles andere ist Theater.«

Vincent sah auf die Skripte und tat gelangweilt, während seine

Augen über die oberste Seite huschten. Er nahm sich einen Moment, um das Papier zu studieren – gutes Hadernpapier, nicht dieser »handwerkliche« Scheiß von Amazon – und ließ dann seinen Blick über die Worte wandern.

Die vertrauten Zeilen seiner eigenen Handschrift starrten ihn an – nur waren diese nicht ganz die Seinen. Die Ränder wimmelten von einer Handschrift, die nicht seine eigene war, Anmerkungen und Durchstreichungen in Rot, Glyphen- und Runenblöcke, die in die Maserung des Papiers gepresst waren, als wären sie mit einem Lötkolben aufgetragen worden. Es gab auch Anweisungen, aber sie bewegten sich, wenn er versuchte, sie zu lesen, wie ein Nachrichtenticker aus Insekten.

Er leckte sich über die Lippen, schmeckte Kupfer und Galle. »Ich sehe schon, Sie haben sich Mühe gegeben. Also: Ist der Dresscode immer ›Blutopfer-Chic‹ oder nur für mich?«

Eine Welle durchlief die Kultisten, aber keiner biss an. Die Glühbirne über ihm schwang weiter aus und beleuchtete die Gesichter stroboskopartig in einer Abfolge von Maske, Schatten, Maske, Schatten. Sie sahen zu, aber nur mit der Geduld von Raubtieren, die darauf warten, dass ein sterbendes Tier aufhört zu zucken. Selbst die Geister des Orpheum hinter der Bühne schienen den Abend ausfallen gelassen zu haben, als wären sie sich bewusst, dass diese Vorstellung eine Alles-oder-Nichts-Klausel im Vertrag hatte.

Vincent sah die Frau im Umhang an. »Wenn ich das tue, was geschieht dann mit mir?«

»Ihre Rolle ist es, das Werk zu beenden. Danach werden Sie keine Rolle mehr spielen«, sagte sie, und es hatte die beruhigende Kadenz eines Rituals.

Er öffnete das Tintenfass und roch daran. Billiges Zeug, aber wenigstens war es nicht rot. Er nahm die Kappe vom Füller, setzte ihn über dem Skript an und ließ dann seine Hand schweben. Jeder Muskel in seinem Arm wollte rebellieren, aber die Luft war schwer von einer Erwartungshaltung, wie sie nur Kulte und Verlage aufbringen konnten.

Er blickte auf, seine Augen fingen die Reflexion der Glühbirne in einem halben Dutzend Masken auf. »Nur damit wir uns verstehen: Sie sind doch alle des Lesens mächtig, oder? Ich fände es schade, wenn das hier Zeitverschwendung wäre, weil niemand das Ende lesen kann.«

Immer noch nichts. Er vermutete, dass sie alle ein Schweigegelübde abgelegt hatten, oder vielleicht war es nur eine Nebenwirkung davon, so sehr in Cosplay zu investieren.

Vincent holte tief Luft und blätterte dann durch den Stapel. Die Worte verschoben sich unter seinem Blick, Zeilen, die eigentlich nur beiläufige Poesie sein sollten, strotzten vor neuer Absicht. Die Randnotizen begnügten sich nicht mehr damit, am Rand zu stehen: Sie bluteten in den Haupttext, krümmten sich über die Kanten und schlangen sich auf eine Weise um die Buchstaben, die definitiv nicht typografisch war. Er hatte schon früher Zauber geschrieben – absichtlich, aus Versehen und in mindestens einer bedauerlichen Fanfiction –, aber dies war das erste Mal, dass er das Gefühl hatte, das Skript würde ihn im Gegenzug schreiben.

Er sagte: »Wenn Sie wollen, dass das authentisch wird, müssen Sie mich improvisieren lassen. So funktioniert das.«

Die Frau im Umhang neigte den Kopf, das langsame Nicken einer Inspizientin, die bereits die Versicherung für Feuer und Flut abgeschlossen hat.

Vincent tunkte den Federkiel in die Tinte. Das Kratzen der Feder auf dem Papier war sofort alarmierend laut. Er zögerte, dann schrieb er:

Der Autor sitzt da, umgeben von Masken und dem Versprechen von Gewalt. Er kennt das Ende, aber er schreibt es trotzdem.

Eine physische Welle durchlief die Kultisten – kaum wahrnehmbar, aber unverkennbar. Die Luft um ihn herum verdichtete sich, das Summen der Glühbirne wechselte von einem Wimmern zu einem Bass. Sogar der Regen, der auf das Dach fiel, verstummte für einen Moment, als hielte die Stadt selbst den Atem an.

Die Frau im Umhang stand an seiner linken Schulter, die Hände adrett gefaltet, im Stil einer alten Dame, die ein Erschießungskommando vorbereitet. Ihre Maske war neu: nicht das venezianische Stück von vorhin, sondern ein einfacher Lappen aus rohem Leinen, befleckt mit der Art von Mustern, die man bekommt, wenn man jahrelang mit Rotwein und anderen, weniger gesellschaftsfähigen Flüssigkeiten hantiert. Sie sah ihm nie ganz in die Augen; das konnte Vincent respektieren. Um sie herum lungerte das maskierte Ensemble in einem Halbkreis, jeder mit seinem eigenen privaten Drama: die Eidechse (eine Maske aus Schuppen und Lack, am Kinn von zu vielen Kopfstößen abgesplittert), die Zwillinge (an der Schläfe durch ein schwarzes Seidenband verbunden), der Poet (der Mund mit Silberfaden zugenäht, die Augen mit Kajal umrandet). Es gab noch mehr, natürlich, aber ihm waren die kreativen Beleidigungen ausgegangen, als er bei der »Pointe« angekommen war (dem Kleinsten, dessen Maske wie ein buchstäblicher Clown bemalt war und der aus irgendeinem Grund eine Aura unmittelbarer Gewalt ausstrahlte).

Sie waren still, bis auf das Atmen, das in synkopierten Stößen kam – einatmen, ausatmen, Pause, wiederholen – wie ein Chor, der die Melodie verloren hatte, aber entschlossen war, den Takt zu halten.

Vincent ließ seine Hand spielen, drückte den Füller nach unten und begann zu schreiben.

Ren hatte es in der Stunde, seit Vincent hineingegangen war, geschafft, die Autobatterie, die Hälfte ihrer Würde und eine Jumbo-Packung Fruit Adventure Tic Tacs zu killen. Die Nacht war nicht so sehr kalt als vielmehr raubtierhaft, eine feuchte West-London-Kälte, die sich durch die Nähte ihres Mantels schlich und ihr wie eine Schnecke mit Grenzverletzungsproblemen den Nacken hochkroch. Die Uhr am Armaturenbrett starrte ihr ein unheilvolles 02:07 entgegen, während die einzige funktionierende Straßenlaterne der Gasse das Innere des Peugeot in die Farbe von nassem Karton und Verzweiflung tauchte.

Sie checkte zum zehnten Mal in ebenso vielen Minuten ihr Handy. Keine SMS, keine Anrufe, nicht einmal ein passiv-aggressives »bin noch am Leben« von Vincent. Sie schaltete den Bildschirm aus und starrte auf die Windschutzscheibe, beobachtete, wie ihr Atem klebrige Spiralen in das Kondenswasser zeichnete. Irgendwann hatte sie versucht, es mit dem Ärmel ihres Hoodies freizuwischen, aber der Effekt ähnelte eher venezianischem Glas nach einem Erdbeben.

Ren hätte das Orpheum stürmen können, aber sie hatte ihre Mittel inventarisiert und war zu dem Schluss gekommen, dass es nicht reichte. Sie hatte nur noch ein Schweizer Taschenmesser, eine Dose »Premium«-Energydrink vom Discounter und die Art von Selbstverteidigungstechniken für die Straße, die am besten funktionierten, wenn der Gegner nicht tatsächlich Jahrhunderte damit verbracht hatte, seine eigene Mord-Choreografie zu perfektionieren. Sie kam zu dem Schluss, dass, wenn Vincent Rettung bräuchte, es die klügste Wette wäre, dass er eine SMS schicken würde.

Stattdessen griff sie in den Fußraum nach ihrem Laptop. Es war eines dieser Modelle, die an »kreative Profis« vermarktet wurden, was eine höfliche Umschreibung dafür war, dass es heißer lief als die Hölle und eine Akkulaufzeit hatte, die in »Folgen von *Das große Backen*« gemessen wurde. Das Ding ratterte unter schreienden Lüftern zum Leben, als Ren sich mit dem WLAN des nahegelegenen Pret verband und sich mit der

Verzweiflung einer Person, die wirklich nicht nur dasitzen und Trübsal blasen wollte, in die Recherche stürzte.

Zuerst: das Orpheum. Die Grundlagen hatte sie schon erledigt – altes Theater, seit Jahrzehnten geschlossen, ein Magnet für Geisterjäger und Leute, die »ästhetisch« mit der maximalen Anzahl von Silben aussprachen. Aber sie hatte die Tiefenrecherche übersprungen, die Art von Recherche, bei der Dinge zutage kamen, die selbst Vincent nicht wusste. Sie begann mit den Grundbucheinträgen des Stadtrats, die so navigierbar waren wie die Sargassosee, aber mit mehr versunkenen Hoffnungen.

Innerhalb von Minuten fand sie, wonach sie suchte: Vor zwei Jahren war der Pachtvertrag für das Orpheum still und leise von einem Unternehmen namens Orbis Malvorn Ltd. erworben worden. Registriert auf den Kanalinseln, wie sollte es auch anders sein. Die Direktoren waren anonym, aber die Papierspur war leicht schlampig – genug, um zu zeigen, dass jemand versucht hatte, hinter sich aufzuräumen, aber nicht mit der Überzeugung eines wahren Paranoikers. Sie glich die Adresse mit Vincents alten Notizen ab, fand drei Treffer und spürte, wie ihr Herz einen zusätzlichen Schlag machte.

Sie grub tiefer. Orbis Malvorn war mit einer Kette von Holdinggesellschaften verbunden, die alle auf die Namen toter Dichter oder unbedeutender katholischer Heiliger lauteten. Es war die Art von Hütchenspiel, das Vincent geschätzt hätte, und sei es nur für die Hingabe an das Thema. Ren klickte sich durch Dokument um Dokument, ihr Blick wurde glasig, bis eine Unterschrift sie abrupt innehalten ließ.

Bartholomew Archer. Firmensekretär.

Ren lehnte sich zurück, der feuchte Sitz sog die Wärme durch ihre Jeans. Sie blinzelte zweimal, sicher, dass sie sich verlesen hatte. Aber der Name war da, in digitaler Beständigkeit eingeprägt.

Sie kannte ihn, nicht aus ihrem eigenen Leben, sondern aus

Vincents: Bartholomew, der Renfield, der Mann für den Tag, die erste Person, der Vincent nach Carmine vertraut hatte. Der Mann, der Vincent einst davor bewahrt hatte, in einer Absteige in Soho gepfählt zu werden, nur um ein paar Jahre später zu verschwinden. Sie hatten nie über ihn gesprochen, nicht im Detail. Aber Vincents Reaktion auf den Namen – als Mrs. Barley ihn betrunken und im Halbschlaf in der toten Zone zwischen Mitternacht und Sonnenaufgang erwähnt hatte – war der einzige Beweis, den sie gebraucht hatte, dass er von Bedeutung war.

Sie scrollte zurück, las die Zeilen noch einmal. Es gab keinen Zweifel.

Bartholomew war am Leben. Und er leitete den Kult.

Ren klappte den Laptop zu, ihr Atem gefror in der Luft. Sie verspürte den Drang, sich zu übergeben oder etwas zu schlagen oder vielleicht einfach Vincent anzurufen und ihn anzuschreien. Aber stattdessen saß sie regungslos da und ließ das Wissen um sich herum gefrieren wie der Winter.

Sie wusste nicht, was das für Vincent oder für sie selbst bedeutete. Aber sie wusste, dass der nächste Zug nicht seiner sein würde.

Ren blickte auf das Theater, dessen rissige Fassade sich nun im orangen Natriumlicht abzeichnete, als hielte das ganze Gebäude den Atem an. Sie nahm ihr Handy, öffnete eine neue Nachricht und begann mit tauben Fingern zu tippen.

Drinnen hatte sich die Geschichte verändert. Und sie war die Einzige, die die Fußnoten gelesen hatte.

Sie drückte auf Senden und wartete darauf, dass Vincent herauskam.

Am Ende tat er das immer.

NEUNZEHN

Vincent begann mit dem Erwarteten zu schreiben: *SZENE XII: Die Maske fällt.*

Dann, mit dem Schwung eines Mannes, der im Begriff war, seine eigene Karriere zu ruinieren, fügte er eine Notiz am Rand hinzu: *Director's Cut: Alle Regieanweisungen sind mit äußerstem Argwohn zu lesen.* Wenn er schon der Schreiber des Kultes sein musste, wollte er wenigstens sein Saboteur sein.

Er schrieb gezielt, aber jede Zeile, die er kritzelte, fühlte sich falsch an, als würde er Graffiti in seinen eigenen Grabstein meißeln. Das Ritual verlangte Präzision – das alte Latein, die Siegel, den idiotischen jambischen Pentameter –, doch Vincent spickte es mit Tretminen: widersprüchliche Regieanweisungen, Klammerbemerkungen, die sich im Kreis drehten, Dialoge, die so überspitzt waren, dass sie einen spontanen gotischen Kollaps riskierten.

Er spürte beinahe sofort, wie die Magie einsetzte. Es war, als befände man sich in einem Aufzug mit schlechter Verkabelung und einem noch schlechteren Soundtrack: Die Welt schwankte, die Lichter wurden schwächer, und irgendwo in den Leitungen schrie ein Überdruckventil auf. Die Kerzen flackerten auf, jede Flamme eine gierige Zunge. Die Luft wurde feucht, dann trocken, dann wieder feucht. Vincent sah auf und erwartete halb Applaus, doch das Publikum schaute nur zu, ihr kollektiver Hunger spannte sich wie ein sich aufpumpender Fahrradschlauch um seinen Schädel.

Die Frau im Umhang nutzte den Moment. »Sehr gut«, schnurrte sie, ihre Stimme hell wie Glasscherben. »Sie spüren die Resonanz, ja? Der Chor regt sich.«

Vincent brachte ein schiefes Lächeln zustande. »Ein Publikum, das mitgeht, wusste ich schon immer zu schätzen.«

»Schreiben Sie weiter«, sagte sie, und für einen kurzen Moment erhaschte er den Rand ihres wahren Mundes – ein roter Strich hinter dem Leinen.

Also schrieb er, schneller, rücksichtsloser, und ließ die Feder bluten. Er webte Witze ein, die nur ein siebenhundert Jahre alter Nihilist verstehen konnte. Er streute Anspielungen auf gescheiterte Revolutionen, billiges Lagerbier, Reality-TV und das gesamte gesammelte Werk von Sir Terry Pratchett ein. Er schrieb Zeilen, die man nicht aussprechen konnte, und Regieanweisungen, die nur auf dem Kopf stehend und unter ultraviolettem Licht Sinn ergaben. Und nur um zu sehen, ob das Universum aufpasste, fügte er den Satz ein: »*Möge der letzte Vorhang ein Fallbeil sein und der Autor nur in den Fußnoten überleben.*«

Die Magie reagierte wie ein verwundetes Tier. Der Raum wurde eiskalt, dann sengend heiß. Die Eulenschädel klapperten, und die Bühnenlichter begannen, passend zur emotionalen Intensität des Geschriebenen, dunkler und heller zu werden. Die maskierten Kultisten begannen zu summen, eine tiefe Vibration, die Vincent in seinen Backenzähnen spürte. Das Blatt unter seiner Hand bockte wie ein lebendes Ding, aber er drückte sie nieder und zwang die Worte hindurch.

Eine Minute verging. Dann noch eine. Das Summen steigerte sich zu einem Fieberwahn.

Und dann, mit der Präzision eines Hammers, der auf einen Daumen niedersaust, schlug eine Hand auf die Tischplatte.

Die Schockwelle riss Vincent beinahe die Feder aus der Hand. Er blinzelte und blickte auf. Über ihm ragte die Echse auf, die Maske an der Kieferpartie gespalten, ihr Atem heiß und feucht auf seinem Gesicht. Die Hand – lang, geädert, in ihrer Zartheit beinahe reptilienhaft – lag breit auf seinem Entwurf und drückte das Blatt nieder.

»Das ist nicht die Zeile«, krächzte die Echse. Die Stimme war tiefer als zuvor, in der Mitte gebrochen wie Glas, das man in einem Hagelsturm draußen gelassen hatte.

Vincent wog seine Optionen ab, fand keine davon zufriedenstellend und beschloss, sich eine neue zu schaffen. Er erwiderte den Blick der Echse – oder zumindest die glänzend schwarzen Höhlen, in denen eines Tages ein Blick installiert werden könnte.

»Jetzt schon«, sagte Vincent, die Ruhe selbst.

Die Finger der Echse gruben sich ins Papier, die Klauen drohten, es in der Mitte zu zerreißen. »Der Ritus duldet keine Falschheit«, warnte sie. Das war kein Komitee, das war die Stimme des blutgetränkten Es, der Teil eines jeden Kultes, der einfach nur die Welt brennen sehen und die Asche zum Nachtisch essen wollte.

Er beugte sich vor, nah genug, um sein eigenes Gesicht gespiegelt im grünen Glanz der Maske zu sehen. »Ich auch nicht«, sagte er.

Ein angespannter Moment hing zäh wie Klebstoff in der Luft. Vincent machte sich auf Gewalt gefasst – einen geworfenen Kelch, einen zeremoniellen Dolch, ein spontanes Entzündungsereignis. Stattdessen bekam die Maske der Echse einen Riss, und zwar buchstäblich: Ein feines Haarrissnetz breitete sich von der linken Schläfe aus, und der entweichende Atem hatte einen metallischen, süßlichen Beigeschmack.

Die Frau im Umhang griff ein. Ihre Hand landete mit der Weichheit eines Staubwedels und der Gewissheit eines Fallbeils auf Vincents Schulter. »Der Blutbarde wird seine Stimme finden«, verkündete sie dem Publikum in gespieltem Trost. »Das tut er am Ende immer.«

Ein Murmeln ging durch die Menge, halb widerstrebend, halb religiös. Vincent erfasste die Stimmung: Die eine Hälfte wollte ihn scheitern sehen, die andere wollte sehen, wie weit er gehen konnte, bevor er sich selbst in Brand steckte.

Er leckte sich die Mundwinkel, wo sich Schweiß oder Blut gesammelt hatte. »Bei dieser Truppe darf man nicht improvisieren?«, fragte er in gespielter Beiläufigkeit in den Raum.

Der Poet, dessen Mund zugenäht war, weinte eine einzelne Tintenträne. Die Zwillinge wechselten einen Blick und zuckten im Gleichklang mit den Schultern. Die Pointe stieß einen Laut aus, der irgendwo zwischen einem Kichern und einem Todesröcheln lag.

Die Finger der Frau im Umhang kneteten Vincents Schulter, und für einen Moment stellte er sich vor, sie könnte seinen Kopf abreißen wie eine Pusteblume. Stattdessen beugte sie sich tief, ihre Leinenmaske streifte sein Ohr.

»Beenden Sie die letzte Szene«, flüsterte sie. »Heute Nacht öffnen wir die Tore.«

Vincents Feder zögerte. Er blickte nach unten, auf die zitternde Seite, auf das wachsende Chaos in seiner eigenen Handschrift, und dachte an all die Male, die er eine Lesung für einen billigen Lacher sabotiert hatte. Das hier war anders: Der Einsatz war echt, und die Magie auch.

Er schrieb:

Vorhang. Maske fällt. Chor, ratlos.

Die Seite reagierte mit einem Flackern, die Tinte wand sich eine Sekunde lang, bevor sie zur Ruhe kam. Er riskierte einen Blick auf die Echse, die immer noch über ihm lauerte, aber nun unsicher schien, ob sie Vincent die Kehle herausreißen oder ihn um ein signiertes Exemplar bitten sollte.

Vincent versuchte, nicht auf den Blutkelch zu schauen, aber der Geruch war aufdringlich und stieg durch den chemischen Gestank der Tinte auf. Er fragte sich kurz, ob das alles einen metaphorischen Sinn hatte oder ob das Universum nur einen ausgeklügelten, gemeinen Witz auf seine Kosten spielte.

Er schrieb eine weitere Zeile:

Der Chor schließt seinen Kreis. Das Skript ist fast fertig.

Der Raum stöhnte, ein Geräusch aus den Dielen oder den Steinen darunter. Die Frau im Umhang blieb hinter ihm, so nah, dass er die Kälte spürte, die von ihr ausstrahlte. Er schrieb weiter, in der Hoffnung, dass die Pointe umso schneller käme, je schneller er war, und er wieder so tun konnte, als hätte seine Existenz einen gewissen Grad an Autonomie.

Er versuchte einen weiteren Witz. »Wissen Sie, die meisten Verlage verlangen nur ein Exposé und ein Probekapitel. Das hier ist ein wenig ... intensiv.«

Er blickte zurück und sah endlich ihr Gesicht – nur dass da kein Gesicht war, sondern nur eine Maske hinter der Maske, so oft geschichtet, dass die Vorstellung eines Originals lächerlich war. In der Mitte der Augenlöcher erblickte er ein feuchtes, glänzendes Rot, als ob etwas darauf wartete, beim richtigen Stichwort hervorzuquellen.

Er schrieb:

Die Tinte rinnt. Das Blut füllt den Kelch. Die Geschichte nährt sich.

Die Glühbirne über ihm flackerte, dann stabilisierte sie sich. Die Frau im Umhang legte ihre Hand wieder auf seine Schulter – kalt, aber nicht tot – und drückte einmal zu, eine Geste, die sowohl Ermutigung als auch Endgültigkeit war.

Er schrieb die letzte Zeile:

Das Gefäß leert sich. Die Maske fällt. Der Hunger ist nicht gestillt, nur geteilt. Licht aus.

Er hielt inne, die Feder schwebte über dem Papier. Das Skript war fertig, aber die Energie im Raum hatte einen Siedepunkt erreicht. Die Kultisten begannen einen leisen, wortlosen Gesang, eine Vibration, die sich durch Vincents Zähne bohrte und seinen Kieferknochen erschütterte. Die Seiten vor ihm schimmerten, die Tinte verlief auf dem Papier, bis die Buchstaben frei schwebten und Muster bildeten, die sich im Dämmerlicht lebendig bewegten.

Er lehnte sich zurück, jeder Nerv summte vor Adrenalin und Furcht. Die Luft war elektrisch, geladen mit einer Art von Macht, die er nicht mehr gespürt hatte, seit er das letzte Mal versucht hatte, einen Fluch aufzuheben, indem er ihn rückwärts aufschrieb.

Die Frau im Umhang beugte sich vor, ihre Stimme plötzlich sanft und nah. »Trinken Sie.«

Er blickte auf den Kelch, das Blut darin noch warm und in der kalten Luft dampfend. Jede Zelle in seinem Körper schrie danach, sich zu weigern, aber Vincent war, wenn überhaupt, ein Sklave des Rituals. Er hob den Kelch, das Silber bereits glitschig vom Kondenswasser, und trank.

Das Blut war süß und leuchtend und unvorstellbar lebendig. Es rann ihm die Kehle hinab und in seine Adern, und mit ihm kam die Erinnerung an jedes Wort, das er je geschrieben hatte, jede Zeile des Skripts, die ihren Sprecher überlebt hatte. Der Raum drehte sich, das Nachbild der Glühbirne brannte sich in seine Netzhaut.

Der Gesang des Chors schwoll an und verstummte dann abrupt.

Vincent ließ den Kelch fallen. Er klirrte auf dem Boden, rollte, bis er sich unter dem Tisch verkeilte, außer Sichtweite.

Er schnappte nach Luft, sein Atem war unregelmäßig, und blickte auf das fertige Skript.

Er sackte nach vorne, seine Stirn schlug mit einem hörbaren dumpfen Geräusch gegen die Tischkante.

Die Frau im Umhang ließ seine Schulter los, und als ihre Berührung verschwand, schoss die Temperatur im Raum in die Höhe, der Schweiß auf Vincents Gesicht wurde augenblicklich kalt.

Vincent saß regungslos da, bis sich das Blut in seinem Magen gesetzt hatte und der metallische Geschmack aus seinem Mund verschwunden war.

Er blickte zu der Frau im Umhang auf. »Fertig. Wollen Sie es vorgelesen haben, oder soll ich es einfach an Ihr nächstes Opfer heften?«

»Sie werden es aufführen«, sagte sie. »Auf der Bühne.«

Vincent unterdrückte ein Seufzen. »Natürlich werde ich das.«

Vincent spürte die Störung in seiner Garderobe, bevor er sie hörte – die Luft verdichtete sich, der Geschmack alter Geheimnisse erwachte aus dem Staub in den Vorhängen. Der Backstagebereich des Orpheum hatte seinen ganz eigenen Rhythmus, aber dies war etwas Importiertes: ein Takt aus einem anderen Jahrhundert, gleichmäßig wie ein Metronom und doppelt so unbarmherzig. Die maskierten Gestalten reagierten wie auf den stillen Einsatz eines Dirigenten und teilten sich mit synchronisierter Sparsamkeit zu beiden Seiten des Korridors. Sogar die Frau im Umhang, unerschütterlich in ihrem Leichentuch von Kultführer-Chic, richtete sich mit einem Ruck auf, verschränkte die Hände hinter dem Rücken und nahm die Haltung eines Nachwuchs-Platzanweisers an, der die Ankunft eines Schulinspektors erwartet.

Bartholomew Archer trat ein, als gehöre ihm der Laden, was er im Grunde genommen auch tat. Er hatte seinen bevorzugten knochenweißen Anzug gegen einen schwarzen getauscht, der so perfekt saß, dass er die Savile Row in eine Vertrauenskrise gestürzt hätte, aber der Effekt war derselbe: Er sah aus wie ein Bänker auf dem Weg, das Jenseits zu pfänden. Das Alter war nicht besonders grausam zu ihm gewesen, aber es hatte seine Züge geschärft und Stahl in die Linien seines Kiefers gelegt. Sein Haar war von metallgrau zu schlohweiß gewechselt, im gleichen geometrischen Muster zurückgegelt, an das sich Vincent aus den Zwanzigern erinnerte, und seine Augen – oh, die Augen – waren immer noch zwei perfekt gearbeitete Löcher, um Licht hineinzugießen und einem die Absichten auszuwringen.

Er hielt kurz vor Vincents Schminktisch an und fuhr mit einer behandschuhten Fingerspitze über die losen Seiten mit Dialogen und Regieanweisungen aus der neu verfassten Schlussszene. Die Berührung war beinahe zärtlich, als würde er sich mit einem Haustier wieder vertraut machen, das er einst am Straßenrand zurückgelassen hatte. Die Stille dehnte sich, brüchig und beabsichtigt, bis Bartholomew aufsah und sagte: »Vincent. Oder sollte ich sagen, Blutbarde. Es ist ... was? Neunzig Jahre her? Wie ich sehe, haben Sie die Wangenknochen behalten.«

Vincent widerstand dem Drang, die Zähne zu fletschen. »Und Sie haben sich die Angewohnheit bewahrt, meine Arbeit zu stehlen.«

»Nicht stehlen«, sagte Bartholomew, zog ein Bündel Papier unter seinem Arm hervor und fächerte es mit der Theatralik eines Magiers auf. »Perfektionieren.« Er tippte auf den Rand, wo das Skript mit präziser, roter Tinte kommentiert war. »Sie hatten nie die Geduld für Überarbeitungen, alter Freund. Oder für einen Abschluss.«

Ein subsonisches Rascheln ging durch die Kultisten, die im Korridor standen – Zustimmung oder vielleicht Hunger. Vincent bemerkte die Bewegung: die Zwillinge, die sich vorbeugten, die

Zunge der Echse, die an einem abgebrochenen Eckzahn leckte, das aufgemalte Lächeln der Pointe, das sich nach oben kräuselte.

Bartholomew las die Stimmung im Raum und richtete dann die volle Wucht seiner Aufmerksamkeit auf Vincent. »Wir haben unser kleines Projekt nie beendet. Aber ich denke, Sie werden feststellen, dass das Publikum heute Abend etwas ... hingebungsvoller ist als die übliche West-End-Meute.«

Vincent tat so, als würde er sich entspannen, und lümmelte sich in dem ramponierten Stuhl. »Wenn Sie ein Wiedersehen wollten, Bart, hätten Sie einfach einen Kurier schicken können. Vorzugsweise einen ohne die Mörder-Penner-Garderobe.«

Bartholomew legte das Skript vor ihm ab, die Seiten wie eine Handvoll Karten gefächert. »Sie dachten schon immer, alles wäre ein Witz. Vielleicht haben Sie deshalb nie verstanden, was auf dem Spiel steht.« Er nickte der Frau im Umhang zu, die vortrat. »Das Ritual liegt jetzt in Ihren Händen. Und das im wahrsten Sinne des Wortes.«

Er blickte auf die maskierte Truppe, die alle auf ein Zeichen warteten, und sagte: »Bringt ihn auf die Bühne. Es ist Zeit.«

Vincent überlegte kurz, ob er sich widersetzen sollte. Er überschlug die Chancen – zwölf maskierte Psychopathen, die rechte Hand der Frau im Umhang, die sich bereits zum Zupacken anspannte, Bartholomew, der wahrscheinlich mehr als nur einen Sinn für den Anlass im Gepäck hatte – und entschied sich dagegen. Außerdem wollte er sehen, wie es ausging.

Die Zwillinge bewegten sich zuerst, jeder packte ein Handgelenk mit der kalten Zuversicht von Leuten, die das schon einmal getan hatten. Die anderen rückten näher, ein blutrotes Gedränge, ihre Roben zischten über die Dielen und ihre Masken knarrten wie alte Zähne. Die Echse zischte Vincent ins Ohr, ein feuchtes, reptilienhaftes Geräusch, das eine einzige, klare Warnung enthielt: kooperieren, oder etwas Lebenswichtiges verlieren.

Er blickte über die Schulter, als die Frau im Umhang und

Bartholomew hinter ihnen gingen und zusahen wie ein Produzent und ein Regisseur, die endlich das Besetzungsproblem gelöst hatten. Der Korridor vor ihnen wurde bereits von flackernden Kerzen erhellt – jede einzelne buchstabierte in subtilen Schatten das Versprechen einer Aufführung, die sowohl an der Architektur als auch an der Seele Flecken hinterlassen würde.

Als sie ihn zur Bühne marschierten, erhaschte Vincent einen letzten Blick auf den Green Room: die Kostüme, die Eulenschädel, den Kreis der zurückgelassenen Masken. Er fragte sich kurz, ob sich jemand daran erinnern würde, was hier heute Nacht geschrieben worden war.

Er bezweifelte es. Aber andererseits hatte er Fußnoten schon immer dem Schlussapplaus vorgezogen.

ZWANZIG

Ren hatte mehr als genug vermasselte Observationen miterlebt – meistens vom Inneren genau dieses Peugeots aus oder einmal auf der Rückbank eines Mannschaftswagens, aus dem sie entkommen war, indem sie so überzeugend erbrach, dass der verhaftende Beamte beschloss, in den Ruhestand zu gehen. Aber das hier, beschloss sie, war ein neues Genre: ein paranormales Geduldsspiel, bei dem ihre Füße taub wurden und sie dabei zusah, wie das zweitschlechteste Theater der Stadt Stück für Stück starb, während ihr Boss versuchte, mittels eines interpretativen Rituals beruflichen Selbstmord zu begehen.

Sie überprüfte zum siebzehnten Mal ihr Handy, nur um sich zu vergewissern, dass die Zeit noch linear verlief und sie nicht tatsächlich in einer persönlichen Höllendimension feststeckte, in der nichts außer schlechtem R&B und Kondenswasser passierte. Vincent hatte nicht geschrieben. Die Uhr auf dem Armaturenbrett näherte sich drei Uhr morgens. Sie konnte fast die Stimme ihrer Mutter irgendwo in ihrem Hinterkopf hören, wie sie die genaue Anzahl der Lebensentscheidungen aufzählte, die sie dazu gebracht hatten, vor einem abbruchreifen Theater in einem

Viertel zu sitzen, in dem selbst die Füchse Messer bei sich trugen.

Genug war genug. Wenn Vincent nicht tot war, war zumindest eine Rettungsaktion überfällig. Sie zog den Reißverschluss ihres Kapuzenpullis hoch, zog die Kordeln so fest, dass sie durch den Mund atmen musste, und glitt aus dem Auto mit der leisen Effizienz von jemandem, der einmal eine Kirche ausgeraubt hatte (lange Geschichte, größtenteils legal, absolut verdient). Sie ging den Umkreis ab, ihre Stiefel schabten am Bordstein, und ließ die Hände in den Taschen – teils wegen der Wärme, hauptsächlich aber, damit es nicht so aussah, als würde sie die Bude auskundschaften, was sie, um fair zu sein, absolut tat.

Das Orpheum war weniger ein Gebäude als eine vertikale Mülldeponie mit Größenwahn. Jeder Zentimeter davon schrie »denkmalgeschützt«, so wie eine Leiche »ehemals bewohnt« schrie. Die Eingangstüren waren mit Ketten verschlossen und mit Warnhinweisen übersät: EINSTURZGEFAHR, ZUTRITT FÜR UNBEFUGTE VERBOTEN, VIDEOÜBERWACHT, was, wie Ren bemerkte, eine Lüge war. Sie zählte mindestens vier zugemauerte Fenster, drei Tauben und eine Spur von etwas, von dem sie aufrichtig hoffte, es sei Ketchup, die von der Haupttreppe zu einer Gosse voller nasser Zigarettenstummel führte.

Sie fand ihren Eingang an der Seite: eine verrostete stählerne Brandschutztür, mit einem Vorhängeschloss zugekettet, das einem Billig-Schlüsseldienst ein Aneurysma beschert hätte. Die Kette war jedoch durch einen Stahlring geschlungen, der eher dekorativ als funktional war, und Ren wusste aus Erfahrung, dass altes Metall unter der richtigen Art von Druck nachgab. Sie suchte die Gasse nach einem Hebel ab, fand ein Stück Bewehrungsstahl in einem Bauschuttcontainer und machte sich an die Arbeit.

Sie stemmte ihre Schulter dagegen, klemmte die Stange zwischen Kette und Rahmen und lehnte sich mit ihrem ganzen Gewicht hinein. Für einen Moment passierte nichts; dann, mit einem Ächzen und einem Spritzer Rost, riss der Ring ab und die Kette fiel mit der ganzen Subtilität eines fallengelassenen Ankers auf den Asphalt. Ren zuckte zusammen, sah sich nach Zeugen um und schlüpfte hinein.

Das Innere war ein Mausoleum: alles weiche Fäulnis, alter Samt und ein Geruch, der teils feucht war, teils nach Maus roch, teils nach der Art von Chemikalie, mit der man in den Fünfzigern Leichen konservierte. Das Foyer war dick mit Staub bedeckt, die Luft zitterte vom Echo jedes Schrittes. Auf dem Teppich waren Fußspuren, einige frisch, andere so alt, dass sie Teil des Musters geworden waren. Ren schaltete die Taschenlampe ihres Handys ein und sofort wieder aus – besser, keine Leuchtbake zu sein. Ihre Augen würden sich schon daran gewöhnen.

Sie bewegte sich langsam, ließ ihre Füße die Senken und Wölbungen des Bodens ertasten und strich an der Wand entlang, um sich zu orientieren. Je tiefer sie vordrang, desto mehr wurde ihr klar, dass der Ort überhaupt nicht verlassen war: Es gab frische Zigarettenstummel, eine Handvoll leerer Red-Bull-Dosen und, unheilvollerweise, den Saftkarton eines Kindes, der in die Vertiefung eines Heizkörpers geklemmt war. Hier waren Leute. Sie versteckten sich nur.

Der Hauptkorridor gabelte sich nach links und rechts. Von links kam ein leises Dröhnen – Musik vielleicht oder Gesang. Von rechts ein Klappern und ein kurzes, pfeifendes Zischen. Ren grinste, alte Instinkte meldeten sich. Sie ging nach rechts, folgte dem Geräusch, den Körper geduckt, jeder Nerv summte vor dem Nervenkitzel eines wirklich guten Hausfriedensbruchs.

Sie schlüpfte durch eine Tür mit der Aufschrift »Garderobe«, dann in ein Gewirr kleinerer Räume – Umkleiden, Perückenlager, die Art von fensterlosen Kabuffs, in denen einst eine gewisse Mildred vor dem zweiten Akt in ihren Gin geweint hatte. Der Boden hier war besser in Schuss. Die Fußspuren waren frischer. Ren hielt an, schloss die Augen und lauschte. Da: das feuchte

Klicken einer Zunge gegen die Zähne, ein Rascheln von Stoff, ein unterdrückter Husten. Jemand war gleich um die Ecke.

Sie riskierte einen Blick. Sah einen Lichtschlitz und darin einen Splitter eines Gesichts: weiß, unpersönlich, eine Maske aus bemaltem Porzellan mit einem schwarzen Schmierfleck, wo der Mund sein sollte. Die Maske verweilte, dann verschwand sie – lautlos, beunruhigend. Ren zog sich zurück, das Herz hämmerte. Sie wartete, zählte bis zwanzig, dann ging sie weiter.

Die Umkleide war leer, aber die Spiegel erzählten eine andere Geschichte. Jeder war gesprungen, als hätte jemand versucht, sein eigenes Spiegelbild zu zerschmettern, und sei gescheitert. Die Ablage war übersät mit Puder, Lippenstift und einem Wald aus leeren Ampullen. Die Luft war schwer von den Geistern von Haarspray und altem Schweiß.

Ren schlich zum nächstgelegenen Spiegel, fuhr mit dem Finger durch den Staub und sah die in das Glas geätzten Symbole: Kreise, Mondsicheln, das dreifache Glyphenzeichen, das sie auf Vincents Vorladung gesehen hatte. Jemand hatte sich die Mühe gemacht, sie auf jede verfügbare Oberfläche zu malen, sie über die Überreste alter Graffiti und neuerer, schärferer Messerspuren zu schichten.

Sie machte eine schnelle Bestandsaufnahme: kein Vincent, keine Anzeichen eines Kampfes. Sie ging weiter.

Ein paar Räume weiter fand sie eine Kiste mit der Aufschrift »Requisiten«. Darin: ein Stapel Masken, jede mit einem anderen Gesicht bemalt – tierisch, menschlich, cartoonhaft, sogar eine, die aussah, als wäre sie Vincents schlimmstem Kater nachempfunden worden. Es gab auch rote Umhänge, von der Art, die einem Hammer-Horrorfilm alle Ehre gemacht hätten, und ein ordentliches Bündel Drehbücher, alle identisch, jedes in der Ecke mit dem Karmin-Siegel gestempelt.

Sie fischte eines heraus, blätterte es durch. Es war eine Kopie von *Die Karmesinrote Maske*, oder zumindest die letzten paar

Szenen. Die Zeilen waren mit Anmerkungen versehen, die Seiten mit »BLUT« oder »CHOR« oder »SIEHE SEITE 8 FÜR RITUAL« markiert. Auf die letzte Seite hatte jemand gekritzelt: »DER BLUTBARD STIRBT HIER.« Die Handschrift sah verdächtig nach Vincents aus, nur schärfer, gemeiner.

Ren schoss ein paar Fotos mit ihrem Handy und verstaute das Drehbuch dann in ihrer Tasche. Wenn nichts anderes dabei herauskam, konnte Zara sich damit austoben.

Sie wollte gerade weitergehen, als sich die Luft veränderte. Ein Schritt im Flur, nicht ihrer. Ren duckte sich hinter die Kiste und hielt den Atem an.

Ein Schatten glitt über den Türrahmen, dann hielt er inne. Es gab eine Pause, ein langsames Einatmen, dann eine abgemessene Stimme, bedächtig und warm wie die eines Radiomoderators, der einem gleichzeitig Philosophie und Versicherungen verkaufen will.

»Unser Gast leistet Widerstand. Bereitet den Notfallplan vor.«

Der Schatten zog weiter. Ren atmete aus und versuchte, ihre eigene Stimme nicht zu einem Quietschen werden zu lassen. Der Satz blieb ihr im Kopf, ebenso der Akzent: alte Schule, vielleicht Eton, mit einem Hauch von der Art Nobel, die es nicht nötig hat, anzugeben. Es war die Art von Stimme, die nicht um Erlaubnis bat, nur um Ergebnisse.

Ren wartete, zählte bis sechzig, dann erhob sie sich und schwebte hinaus in den Flur. Sie schlich in die Richtung der Stimme und folgte den Echos, die von dem rissigen Putz zurückgeworfen wurden. Ein paar Biegungen, eine Treppe, und sie fand sich auf dem oberen Balkon wieder, mit Blick auf die Hauptbühne.

Unten war das Theater lebendig: Maskierte Gestalten bewegten sich im Orchestergraben, stellten Kerzen auf und malten Linien auf den Boden. Auf der Bühnenmitte war ein Tisch mit allen Insignien eines Albtraums gedeckt: Messer, Kelche, ein Buch, das pulsierte, wenn das Kerzenlicht flackerte. Am Bühnenrand stand eine Frau in einem langen roten Umhang, die Arme verschränkt, ihre Maske glänzte im Dunkeln.

Und neben ihr – Ren musste die Augen zusammenkneifen, aber als sich die Gestalt umdrehte, erhaschte sie den Rand seines Gesichts, den markanten Kiefer, das Haar, das in perfekter Serienmörder-Geometrie zurückgegelt war. Seine Maske war vorerst abgenommen. Er trug einen maßgeschneiderten Anzug, eine Anstecknadel am Revers, die verdächtig wie ein Freimaurersymbol aussah.

»Bartholomew Archer«, flüsterte Ren und hasste sich sofort dafür, es laut ausgesprochen zu haben.

Sie hatte den Namen nur beiläufig von Mrs. Barley gehört – nie direkt von Vincent. Er hatte ihn »den Vertrauten« oder »Bart« genannt, oder einmal »der Grund, warum ich niemandem traue, der Manschettenknöpfe trägt«. Sie hatte angenommen, er sei tot. Die meisten von Vincents Bekannten waren es.

Ren beobachtete, wie Bartholomew (es fühlte sich falsch an, ihn als »Bart« zu bezeichnen) sich vorbeugte, der Frau im Umhang etwas sagte und sich dann an den Bühnenrand bewegte. Seine Stimme rollte hinaus, ohne Eile:

»Der Blutbard hat die letzte Szene vollendet. Vorhang in fünfzehn Minuten.«

Die Kultisten antworteten mit einem kollektiven Zischen, nicht ganz Applaus, aber etwas Animalischeres. Bartholomew lächelte, drehte sich um und schritt von der Bühne, seine Schritte so leicht, dass sie auf den Dielen kaum zu hören waren.

Ren zog sich zurück, die Brust eng. Die Erkenntnis traf sie mit einer Übelkeit erregenden Klarheit: Dies war nicht nur eine Aufführung und es war nicht nur ein Ritual. Es war persönlich. Sie hatte gedacht, Vincent sei die Hauptfigur in einem Drama, das er für sich selbst geschrieben hatte, aber Bartholomew – Archer, wie auch immer – war Regisseur, Kritiker, Publikum und Henker in einem.

Sie musste sich beeilen. Schnell.

Ren ging ihre Schritte zurück, drückte sich an die Wände, jeder Sinn schrie sie an, dass sie beobachtet wurde. Auf der Treppe kam sie an einem Kultisten mit einer Fuchsmaske vorbei, der innehielt, den Kopf neigte und dann verschwand. Im Korridor duckte sie sich in einen Abstellraum, als sie Gelächter hörte – zwei Stimmen, beide verstellt, beide kichernd vor Vorfreude.

Sie wartete und überlegte.

Das Ritual stand kurz bevor, und Ren hatte in ihrer Tasche genau einen Satz Autoschlüssel, ein Handy mit fünfzehn Prozent Akku und ein gestohlenes Drehbuch. Keine Waffen, keine Verstärkung und – sie überprüfte, nur für den Fall – keine plötzliche Fähigkeit zu teleportieren.

Sie überlegte, Mrs. Barley anzurufen, wusste aber, dass es sinnlos wäre. Die alte Frau hätte ihr gesagt, sie solle es selbst regeln, und außerdem bezweifelte sie, dass jemand von außerhalb des Orpheums rechtzeitig dorthin gelangen könnte.

Sie musste etwas tun. Irgendetwas.

Ren schlüpfte aus dem Schrank, ging schnell, aber nicht so schnell, dass sie Aufmerksamkeit erregte. Sie bewegte sich durch das Orpheum wie ein Einbrecher in einem Haus, das schon zur Hälfte ausgeraubt war. Jeder Korridor war ein Hindernisparcours aus verrottetem Teppich und stolperdrahtartigen Verlängerungskabeln, aber sie kam besser voran, als sie gehofft hatte, das Echo des Applauses führte sie zur Handlung wie ein Leuchtturm für die todgeweiht Unklugen. Das Theater war ein Labyrinth; es war von Viktorianern entworfen worden, die glaubten, dass ein wirklich großartiger Veranstaltungsort den Schauspielern erlauben sollte, von überall her aufzutreten, einschließlich des Daches und möglicherweise der Unterwelt. Ren nutzte jede Abkürzung, an die sie sich von ihrem einzigen gescheiterten Versuch an der Schauspielschule erinnerte, und einige, die sie spontan erfand.

Sie hatte die Kapuze ihres Hoodies heruntergezogen, weil man darunter schlecht hören konnte, und trug ihr Haar unter einer Mütze, die einst einem Kleinkriminellen oder einem noch unbedeutenderen Dichter gehört haben mochte. Ihr Atem blieb flach, ihre Schritte abgemessen, ihr Puls irgendwo zwischen dem Rhythmus eines Nachtclubs und dem Todesröcheln eines sterbenden Geräts.

Sie erreichte den großen Vorhang – ein Stoff, der dick genug war, um eine kleinkalibrige Kugel oder zumindest einen Hagel Popcorn aufzuhalten – und schob ihren Kopf vorsichtig um die Kante, gerade als Vincent auf die Bühne geführt wurde. Zwei Kultisten flankierten ihn, Zwillinge, vermutete sie, nach den identischen Leck-mich-am-Arsch-Winkeln ihrer Ellbogen zu urteilen. Hinter ihnen, ganz in der Rolle des Zeremonienmeisters, stand Bartholomew. Er hatte ein rotes Seidenhalstuch und eine einzelne weiße Rose im Knopfloch hinzugefügt, als ob er andeuten wollte, der Abend würde entweder in einem Duell oder einer Beerdigung gipfeln.

Ren fischte ihr Handy aus der Gesäßtasche, schaltete die Kamera auf Video und begann zu filmen.

Sie blieb tief geduckt, nutzte die Dunkelheit der Kulissen als Deckung und zoomte heran. Die Aufnahme war ein bisschen Blair Witch – wackelig, die Hälfte des Bildes vom schimmeligen Brokat des Vorhangs verdeckt –, aber sie bekam das Wesentliche drauf: Vincent, ganz eckige Resignation, das Haar klebte ihm am Schädel, durch etwas, das verdächtig nach Blut aussah. Sein Gesicht war gefasst, in diesem »Ich wäre lieber überall sonst, aber besonders nicht hier«-Modus. Die Kultisten sahen schlimmer aus:

einige in maßgeschneiderter Horrorkleidung, andere in einer Art postapokalyptischer Secondhandladen-Couture, allesamt gekrönt von diesen grotesken Masken.

Sie schwenkte über das Publikum – jeder Platz besetzt, jeder Gönner maskiert und in Roben gehüllt, die Hände in Erwartung gefaltet. Die Saalbeleuchtung war auf »Serienmörder-Dokumentation« gedimmt. Auf der Bühne markierte ein Kreis aus Salz oder etwas Weißerem den Aufführungsbereich. Das Herzstück war natürlich der ramponierte Schreibtisch mit Vincents Drehbuch; darüber war die Kulisse mit einer groben Kopie des dreifachen Mondsichel-Siegels bemalt.

Ren filmte weiter, aber ihr Daumen schwebte bereits über dem Upload-Button. Wenn es sein musste, würde sie das ganze verdammte Ding an jedes Kult-Forum und jeden übernatürlichen Subreddit in Europa streamen.

Bartholomew trat an den vorderen Bühnenrand, das wahre Scheinwerferlicht nun auf ihn gerichtet. Er hob die Hände, die folgende Stille war so präzise wie ein Scharfschützenschuss. »Meine Damen und Herren«, sagte er, »heute erwecken wir mehr als nur Kunst zu neuem Leben. Heute beschwören wir die ursprüngliche Stimme, das wahrste Wort. Heute Nacht –« und hier grinste er, mit diesem wölfischen Bogen seiner Augenbrauen »– wird der Blutbard den letzten Akt offenbaren.«

Eine Runde Applaus. Ein paar Zischer. Jemand in der ersten Reihe machte ein Handzeichen, das Ren nicht erkannte, aber sie merkte es sich für zukünftige Paranoia.

Sie zoomte auf Vincents Gesicht. Er verdrehte die Augen. Klassiker.

Ren zog sich vom Vorhang zurück und blinzelte das Nachbild des Handys aus ihrer Netzhaut. Wenn es ein Blutbad geben sollte, würde sie es nicht auf einem Handy aufzeichnen, das für Katzenvideos und wackeliges WLAN gebaut war. Sie brauchte einen Vorteil. Eine Waffe. Irgendetwas. Sie huschte in die Kulissen und suchte im Chaos nach allem, was sie als Abschreckungsmittel umfunktionieren konnte.

Der Requisitentisch war eine Drogenfantasie an Möglichkeiten: Bühnendolche (stumpf, aber wahrscheinlich effektiv, wenn man jemanden überraschte), echte Dolche (zwischen den Fälschungen versteckt, für maximale Verwirrung), eine Rolle Plastikkette, zwei grelle Clownperücken, ein Stück Klavierdraht und – Wunder über Wunder – ein antiker Revolver, von der Sorte, die aussah, als käme sie mit einem eigenen Abschiedsbrief. Sie ließ den Revolver in ihrer Hand verschwinden, überprüfte die Trommel (voll geladen, denn warum auch nicht) und schob ihn sich in den Hosenbund. Zur Schau nahm sie den schärfsten der Dolche und steckte ihn sich in den Ärmel.

Sie überprüfte erneut das Handy. Nahm immer noch auf. lud immer noch hoch. Ihr Signal sprang zwischen zwei Balken und einer Erklärung »Nur Notrufe« hin und her, aber das Video war jetzt da draußen. Wenn sie es nicht schaffte, wüsste zumindest das Internet, wen es verspotten sollte.

Eine frische Applauswelle lenkte ihre Aufmerksamkeit zurück auf die Bühne. Vincent war nach vorne geschoben worden, auf ein weißes X, das auf den Boden geklebt war. Er blinzelte gegen das Licht. Die Frau im Umhang erschien rechts auf der Bühne und trug das Drehbuch wie eine Opfergabe in beiden Händen. Bartholomew verbeugte sich, nahm das Drehbuch und überreichte es Vincent mit der ganzen Zeremonie einer Papstkrönung.

Vincent nahm es, überflog die erste Seite und seufzte. Er blickte auf, fing Rens Blick durch die Düsternis auf, und für den Bruchteil einer Sekunde dachte sie, er könnte lachen. Stattdessen formte er mit den Lippen etwas – schwer zu sagen, aber es sah aus wie: »Ich hoffe, das wird aufgenommen.«

Ren gab ihm einen Daumen hoch und verwandelte ihn dann zum Glück in einen Mittelfinger.

Bartholomew räusperte sich. »Unser Autor wird nun die letzte Szene aufführen.«

Das maskierte Publikum kicherte, ein seltsam höfliches Geräusch, wie Rentner bei einem schmutzigen Witz in einem Gemeindesaal.

Vincent richtete sich auf, atmete tief durch und begann zu lesen.

Es begann einfach genug: das übliche Blut und Donner von Vincents frühen Entwürfen. Die Sprache war barocker, als Ren sie in der Küche gelesen zu haben erinnerte – entweder improvisierte Vincent, oder Bartholomew hatte das Drehbuch zur Selbstparodie überarbeitet. Die Luft im Theater veränderte sich jedoch; je weiter Vincent las, desto elektrischer wurde sie, als wäre jeder Konsonant ein Funke und jedes Wort eine Zündschnur. Das Publikum lehnte sich vor, die Kultisten schlossen den Kreis enger, die Saalbeleuchtung wurde grabesdunkel.

Vincents Stimme wurde lauter, selbstbewusster, ... unmenschlicher. Die Maske verrutschte, nur ein wenig. Seine Fangzähne – dezent, aber jetzt sichtbar – blitzten bei jeder Silbe auf. Er gestikulierte mit dem Drehbuch, und die Geste trug echtes Gewicht. Die Zwillinge flankierten ihn, aber selbst sie schienen vorsichtig zu sein.

Ren schlich näher an die Bühne heran und blieb tief hinter den Stapeln von Kulissen. Sie konnte den Bogen sehen, wohin das führte: Bartholomew würde das Ende erzwingen, Vincent würde widerstehen, und jemandem würde der Schädel eingeschlagen werden. Sie zählte die Schüsse im Revolver, überlegte, welche Kultisten am einfachsten niedergingen, und überprüfte die Fluchtwege. Es gab keine. Es war alles oder nichts.

Vincent erreichte die letzte Seite. Seine Hände zitterten – nicht vor Angst, sondern vor der Erwartung eines Mannes, der im Begriff war, das Pubquiz mit einer Fangfrage in die Luft zu jagen.

Er blickte zu Bartholomew, dann zum Publikum, dann – noch einmal – zu Ren.

Er las die letzte Zeile: »Das Gefäß leert sich. Die Maske fällt. *Der Hunger ist nicht gestillt, nur geteilt.*«

Ein Beben ging durch die Kultisten. Einige fielen auf die Knie, andere griffen nach ihren Masken, als hätten die Worte sie verbrüht. Das Publikum in den Rängen krümmte sich, eine wellenartige Bewegung von Körpern, die taumelten, als die Wirkung des Rituals über sie hinwegfegte.

Bartholomew taumelte, fing sich und starrte Vincent wütend an. »Was hast du getan?«, spie er, die Stimme ihrer Ruhe beraubt. »Das ist nicht das Ende.«

Vincent grinste, nur Zähne. »Jetzt schon.«

Die Zwillinge stürzten sich auf ihn, aber Vincent war bereit. Er drehte sich frei, schwang das zusammengerollte Drehbuch wie einen Knüppel und traf einen am Kiefer. Die Maske zerbrach, der Kultist heulte auf. Der andere griff nach Vincents Kehle, aber er biss zu – fest. Blut spritzte, dunkel und arteriell.

Ren stürzte sich mit gezogenem Revolver auf die Bühne. Sie richtete ihn auf Bartholomew, der zurückwich, die Hände erhoben. »Du glaubst, du kannst das aufhalten?«, zischte er, sein Gesicht war rot vor Wut.

Ren entsicherte die Waffe. »Einen Versuch ist es wert.«

Sie feuerte einen Schuss in die Decke – hauptsächlich zur Show – und schrie: »Keine Bewegung!« Die Wirkung war gemischt, aber sie kaufte ihr eine Sekunde.

Die Frau im Umhang erschien an Bartholomews Seite, ein Opferdolch glänzte in ihrer Hand. Sie bewegte sich schnell, aber Vincent war schneller: Er sprang über den Schreibtisch und riss sie zu Boden, aber nicht bevor sie das Messer nach Ren warf.

Der Griff des Messers traf Ren hart an der Schläfe, und ihr Körper sackte als Haufen zu Boden.

Vincent und die Frau im Umhang stürzten in einem Gewirr aus Samt und Eingeweiden zu Boden. Die Kultisten auf der Bühne und in den Rängen schrien, einige machten mit und traten nach, andere standen nur da und sahen zu, gebannt von dem Gemetzel.

Das Gerangel endete schlecht für Vincent. Die Frau im Umhang wand sich wie Rauch und glitt mit raubtierhafter Anmut auf ihn. Ihr Gewicht lastete schwer auf ihm, der Samt klebte blutgetränkt, während sie seinen Arm hinter seinen Rücken verdrehte. Er knurrte und zappelte, aber sie bewegte sich mit der unaufgeregten Sicherheit von jemandem, der das Ende bereits beschlossen hatte. Um sie herum löste sich die Bühne in Chaos auf – Kultisten höhnten, andere gierten nach Blut, die Luft war dick vom Gestank von Schweiß und Kerzenrauch – doch auf den Brettern reduzierte es sich auf zwei Gestalten: Raubtier und Beute, und zum ersten Mal war Vincent nicht derjenige mit den Fangzähnen.

Die Frau im Umhang hatte ihn niedergerungen. Vincents Wange drückte fest gegen die Bühnenbretter, ihr Knie bohrte sich zwischen seine Schultern, eine samthandschuhbewehrte Hand riss sein Handgelenk zurück, bis die Gelenke knackten. Das Messer, das sie hielt, glänzte Zentimeter von seiner Kehle entfernt, eine theatralische Verhöhnung, die tödlich wurde. Bartholomew näherte sich mit dem ganzen trägen Triumph eines Mannes, der sich die Hauptrolle zurückerobert. Er blickte auf Vincent herab – seinen alten Arbeitgeber, das einst gefürchtete Alphatier – und ließ ein langsames Lächeln über sein Gesicht gleiten. »Wie sich das Blatt wendet«, säuselte er. »Einst hast du die Geschichte diktiert. Jetzt bist du nur noch eine weitere Zeile, die darauf wartet, gestrichen zu werden.«

Vincent knurrte und wand sich so heftig, dass er die Frau im Umhang aus dem Gleichgewicht brachte. Ihr Samtärmel riss in seinem Griff; sie zischte und verschwand wieder im Getümmel. Endlich frei, erhob sich Vincent in einer einzigen, brutalen Bewegung, die Augen auf Bartholomew gerichtet.

»Fußnote das«, knurrte Vincent, und mit einem plötzlichen Ausbruch wilder Kraft packte er den Kultführer an Kragen und Gürtel. Keuchen ging durch die Ränge, als Vincent Bartholomew leibhaftig von der Bühne schleuderte. Sein Schrei erstickte in einem knochenbrechenden Aufprall, als er im Orchestergraben verschwand.

Für einen glorreichen Moment stand Vincent aufrecht – blutverschmiert, wütend, fast triumphierend. Dann kam der dumpfe Schlag von Holz auf Schädel. Die Frau im Umhang, die mit theatralischer Geste ein Bühnenruder schwang, schlug es ihm gegen die Seite des Kopfes. Sterne explodierten hinter Vincents Augen; seine Knie gaben nach.

Die Bühne neigte sich, schwamm, als ob das ganze Theater ertrinken würde. Vincent fiel auf ein Knie und klammerte sich an die Bretter. Die Frau im Umhang ragte über ihm auf, ihr Schatten war lang, das Ruder wieder erhoben.

EINUNDZWANZIG

Für eine schrecklich plausible Sekunde war Vincent sich sicher, dass es so enden würde: kniend auf dem versengten Holz der Hauptbühne des Orpheums, umgeben von einem Aufruhr maskierter Kultisten, deren Messer und »magische« Clubabzeichen mit der Art von Vorfreude funkelten, die normalerweise serienmäßig Geschiedenen bei einer Hochzeit an einem Feiertag vorbehalten war. Er riskierte einen Seitenblick auf Ren, die wieder bei Bewusstsein war, aber an der Schläfe blutete und sich immer noch mit einem Optimismus an den antiken Revolver klammerte, den Vincent noch nie an ihr erlebt hatte. Sie erwiderte seinen Blick, ihre Augen weit aufgerissen und elektrisiert, und formte mit den Lippen: »Noch irgendwelche letzten Ideen?«

Vincent erwog kurz die Vorzüge eines rührenden Geständnisses, erinnerte sich dann aber daran, dass er nie die Energie für Aufrichtigkeit gehabt hatte.

»Verhandeln?«, flüsterte er.

Ren verzog das Gesicht. »Die sind nicht mal in der Gewerkschaft.«

Bevor Vincent eine Erwiderung formulieren konnte, schritt

die Frau im Umhang vor, die Hände in der universellen Geste von
»Seht her, ich bin im Begriff, etwas Bedauerliches zu sagen« erhoben. Die Maske, die sie trug, war neu, frisch von den letzten Seiten
eines Katalogs für chirurgischen Horror, der Mund zu einem
perfekten runden »O« verzogen, als wäre sie in permanenter
Überraschung gefangen.

»Blutbarde«, intonierte sie und projizierte ihre Stimme bis in
den klebrigen Oberrang, »kraft der mir durch die Charta der
Ewigen Finsternis verliehenen Autorität erkläre ich dich zum
Anathema, für obsolet und für kurz davor, in deine narrativen
Bestandteile recycelt zu werden.«

Vincent unterdrückte ein Seufzen. »Siehst du, womit ich es zu
tun habe?«, flüsterte er Ren auf der Bühne zu. »Sogar ihre Sprüche
sind bloß Kopieren und Einfügen.«

Ren nickte kaum merklich und machte sich dann auf den
Einschlag gefasst.

Die Kultisten schwärmten wie ein Mann aus, eine Lawine aus
Samt und gestohlener Bravour. Vincent spannte sich an, bereit,
mit mindestens einem der blumiger gekleideten zwischen den
Zähnen unterzugehen, als die Theatertüren mit einem Geräusch
aufgesprengt wurden, das die Luft zerriss.

Eine Silhouette füllte den Eingang, von dem Natriumdunst
der Stadt dahinter als Gegenlicht in Szene gesetzt. Sie war groß,
sie war zornig und sie trug eine vernünftige Strickjacke über
einem Hemd, das mit dem Wappen der Greater London Authority verziert war.

Mrs Barley trat ein und trug eine zerbeulte Aktentasche, einen
Regenschirm, der aussah, als könnte er als Rammbock benutzt
werden, und die Ausstrahlung einer Beamtin, die die überfälligen
Formulare gefunden hatte und sie einem nun an die Seele heften
würde.

An ihrer Seite, weniger gehend als gleitend, war Zara
Delacourt. Ihr Anzug war perfekt gebügelt, ihr Haar zurückge-

gelt und mit Silber durchzogen, ihr Gesichtsausdruck von absoluter, unverdünnter Missbilligung geprägt. Sie trug nichts als einen schmalen Band von etwas, das ein Gesetzbuch hätte sein können, aber sie funkelte mit der Intensität einer Frau, die Magie für eine bedauerliche Unterklausel der Realität hielt.

Die Kultisten hielten inne, mehrere stolperten über ihre eigenen Umhänge. Sogar die Frau im Umhang wich unwillkürlich einen Schritt zurück.

Mrs Barley überblickte das Gemetzel, den zerstörten Kronleuchter, Bartholomew, der sich im Orchestergraben immer noch zusammensetzte, und die rund zwanzig maskierten Vollstrecker, die bereit waren, mythisch unerfreuliche Taten zu begehen. Sie schnalzte missbilligend mit der Zunge und schritt mit der ganzen Subtilität einer Revision des Sozialamtes voran.

»Vollzug des Gemeinderats«, verkündete sie und ließ ein Schlüsselband aufblitzen, das vor fast zwanzig Jahren abgelaufen war. »Diese Versammlung verstößt gegen die örtliche Satzung 17B, Absatz 3 – Ruhestörung, rituelle Schlachtung und Versäumnis, eine öffentliche Veranstaltung beim Umwelt- und Gesundheitsamt anzumelden.«

Niemand rührte sich.

Mrs Barley ignorierte die Stille, stellte ihre Aktentasche auf einen umgestoßenen Stuhl, öffnete den Reißverschluss und holte eine verbeulte Blechdose mit der Aufschrift »Gemeindeeigenes Vampir-Befolgungsset« hervor. Sie öffnete sie mit geübter Präzision.

»Also dann«, sagte sie zu niemandem im Besonderen, »bringen wir diese Farce mal zu Ende.«

Der erste Kultist, der sich näherte, tat dies mit einer gewissen Vorsicht, der Art, die man für Politessen und nicht detonierte Sprengkörper reservierte. Er zog einen zeremoniellen Dolch. Mrs Barley begegnete ihm mit einem Lächeln, holte eine Knoblauchpastille aus der Dose und steckte sie sich mit einem Knacken in den Mund.

Der Kultist zögerte und stürzte sich dann nach vorne.

Mrs Barleys Reaktion war verschwommen: Sie stieß einen geschärften Regenschirmpfahl in seinen Oberschenkel, fing seine Maske auf, als sie herunterfiel, und dann, in einer einzigen, fließenden Bewegung, schnippte sie mit dem Handgelenk, sodass eine silberne Stricknadel zwischen ihren Fingern aufblitzte und sich im Ohr des Mannes verfing.

Er ging wimmernd zu Boden.

Mrs Barley verpasste ihm zur Sicherheit noch einen Schlag mit dem Regenschirm. »Ungebührliches Verhalten«, sagte sie. »Der Nächste.«

Vincent war wider seinen Willen beeindruckt. »Das ist … tatsächlich ziemlich gut«, murmelte er, als drei weitere Kultisten auf Mrs Barley zugingen.

Ren, stets die Pragmatikerin, nutzte die Ablenkung, um sich aufzurappeln und zwei Schüsse aus dem Revolver auf die nächste maskierte Gestalt abzufeuern. Eine Kugel streifte die Schulter des Mannes, die andere schlug durch seine Maske und hinterließ eine blühende rote Blume auf seinem Revers.

Im Theater brach Chaos aus. Die Kultisten fächerten aus, einige stürzten sich auf Mrs Barley, andere auf Vincent und Ren, wieder andere scharten sich um den Graben, wo Bartholomew sein eigenes Schultergelenk wieder zusammensetzte.

Inmitten der Gewalt erhaschte Vincent einen Blick auf Zara, die gelassen am Fuß der Bühne stand. Sie schlug ihr Buch auf, leckte sich einen Finger an und begann mit klarer, ruhiger Monotonie zu lesen. Ihre Stimme war nicht laut, aber das musste sie auch nicht sein; die Worte, die sie sprach, schienen die Luft selbst neu zu schreiben, und wo immer ihr Blick landete, gerieten die Bewegungen der Kultisten ins Stocken, als hätte jemand mitten im Tanz ihre Choreografie ausgetauscht.

Mrs Barleys Befolgungsset war ein Wunderwerk an wiederverwertetem Regierungsmaterial. Sie schwang eine Sprühflasche mit der Aufschrift »Geweihwasser – Nicht trinken« mit rücksichtsloser Effizienz, sprühte ihren Angreifern in die Augen und setzte mit einem Kugelschreiber an der Luftröhre nach. Eine maskierte Frau versuchte einen Fluch; Mrs Barley konterte, indem sie ihr mit einem verstärkten Lineal auf die Fingerknöchel schlug und ihre Hände dann mit einem Stück roten Klebebands mit der Aufschrift »BEWEISMITTEL – NICHT MANIPULIEREN« fesselte.

Ren, angetrieben von Adrenalin und der Wut einer Frau, die, ehrlich gesagt, genug von übernatürlichen Einmischungen in ihrem Leben hatte, kämpfte mit einer Wut, die selbst sie überraschte. Sie benutzte den Revolver als Totschläger, griff dann auf Beißen und Kratzen zurück und schleuderte in einem denkwürdigen Moment einen Feuerlöscher in eine Gruppe vorrückender Kultisten. Der Löscher ging beim Aufprall los und hüllte die Vollstrecker in einen Schneesturm aus weißem Schaum und sofortigem existenziellen Zweifel.

Vincent seinerseits entschied, dass Würde überbewertet wurde. Er duckte sich unter einem wilden Schwinger weg, packte eine Maske am Kinn, riss sie ab und enthüllte einen jungen Mann mit dem Gesicht von jemandem, der erwartet hatte, dass dies ein weitaus ungefährlicherer Abend im West End sein würde. Vincent stieß ihn in den Orchestergraben, drehte sich dann um und rammte dem nächsten Gegner seinen Ellbogen ins Gesicht.

Die Magie im Raum löste sich auf. Mit jeder Zeile, die Zara las, verschwammen die Grenzen zwischen Szene und Realität weiter. Die verbliebenen Kultisten begannen zu flackern – in einem Moment waren sie bedrohlich, im nächsten sahen sie verloren und unsicher aus, als wären sie zur falschen Probe gerufen worden. Ein paar standen regungslos da und rezitierten Zeilen aus Stücken, die völlig verschieden klangen. Einer, der eine

Maske trug, die ein tragisches Schwein darzustellen schien, brüllte: »Fort, verdammter Fleck!«, und brach dann in einem Haufen zusammen.

Bartholomew, der von seinem Sturz noch humpelte, betrachtete das Gemetzel mit wachsendem Entsetzen. Seine Maske war gesprungen und gab ein wildes Auge und einen so fest zusammengebissenen Kiefer frei, dass er zu zerbrechen drohte. Er machte eine letzte, verzweifelte Geste in Richtung der Frau im Umhang.

Sie trat vor, die Lippen bewegten sich hinter der Maske, und sie sang eine Phrase, die Brandspuren in der Luft hinterließ.

Zaras Kopf schnellte hoch. »Oh, um Himmels willen«, murmelte sie und blätterte ans Ende ihres Buches. »Vincent! Ducken!«

Er tat es, gerade als ein Blitz schwarzer Energie den Raum durchtrennte, den er eingenommen hatte. Die Wucht warf zwei Kultisten um und hinterließ eine rauchende Furche in den Dielenbrettern. Ren, die keine Gelegenheit ausließ, trat der Frau im Umhang in die Kniekehle und versetzte ihr dann einen rechten Haken, der ihre Mutter stolz gemacht hätte.

Mrs Barley, die sah, wie die Frau im Umhang fiel, ging direkt auf Bartholomew zu. Sie zog ein schweres, metallenes Klemmbrett aus ihrer Aktentasche, auf dem das Siegel der City of Westminster eingraviert war. Sie schwang es wie einen Streitkolben, traf Bartholomew in die Rippen und ließ ihn zu Boden stürzen.

»Unsachgemäße Nutzung von öffentlichem Eigentum«, erklärte Mrs Barley, die über ihm stand. »Ich fürchte, das geht nicht. Das geht ganz und gar nicht.«

Bartholomew versuchte zu sprechen, brachte aber nur ein ersticktes Gurgeln zustande.

Vincent, ramponiert, aber aufrecht, nutzte den Moment, um die Überlebenden zu versammeln. »Ren, Zara – rechts von der Bühne. Mrs Barley, decken Sie den Ausgang.«

Die vier versammelten sich in der Nähe des zerschmetterten

Hintergrunds und duckten sich hinter die Überreste eines Requisitenbogens. Mrs Barley tupfte sich die Stirn mit einem bestickten Taschentuch ab und begann dann, den Inhalt ihres Befolgungssets mit der Miene einer Frau neu zu ordnen, die nach einem Aufruhr Bücher wieder ins Regal stellt.

Zara sah zum ersten Mal müde aus. Sie blinzelte, ihre Augen fokussierten nur langsam wieder. »Das ist die Grenze dessen, was ich tun kann«, sagte sie mit heiserer, aber fester Stimme. »Ihre Realität ist ... jetzt zerbrechlich. Wenn Sie den Anführer stören können, sollte sich der Rest auflösen.«

Vincent spähte über den Bogen und erfasste den Zustand des Theaters. Die verbliebenen Kultisten, die als Gruppe nicht mehr zusammenhängend agierten, irrten verwirrt umher. Einige weinten, einige sangen, einige nahmen einfach ihre Masken ab und starrten auf ihre Hände, als erwarteten sie, in den Falten Antworten zu finden.

Bartholomew stand nun in der Mitte des Grabens. Er ließ seine Hände spielen und genoss die Aufmerksamkeit. Als er sprach, trug seine Stimme – weniger durch Klang als durch Absicht.

»Ist das alles?«, rief er, Verachtung ließ die Silben gerinnen. »Sind das die Champions dieses Zeitalters?«

Vincent spürte, wie sich die Worte in seinen Schädel bohrten; alte Gewohnheiten sterben schwer.

Er holte Luft und wandte sich dann an die anderen. »Ich nehme an«, sagte er, »es liegt an uns.«

Mrs Barley musterte ihn von oben bis unten, unbeeindruckt. »Wenn Sie damit fertig sind, alles vollzubluten, haben wir eine Arbeit zu beenden.«

Ren spannte den Hahn des Revolvers, obwohl er, um ehrlich zu sein, effektiver war, wenn man ihn als Totschläger benutzte. »Nach dir, Kumpel.«

Zara nickte und flüsterte dann: »Versuchen Sie, ihn nicht monologisieren zu lassen. Das ermutigt nur die Toten.«

Vincent richtete seine Krawatte, wischte sich einen Blutfleck von der Lippe und trat auf die Bühne. Die anderen folgten und bildeten eine Reihe, die eher an eine Schulversammlung als an die Avengers erinnerte, aber er nahm, was er kriegen konnte.

Bartholomew betrachtete sie mit einem spöttischen Grinsen. »Ihr erdreistet euch, mich herauszufordern?«

Vincent zuckte mit den Schultern. »Ich hab nichts Besseres zu tun.«

Das Theater wurde still. Sogar die Stadt draußen schien innezuhalten.

Vincent blickte in die Gesichter neben sich: Ren, mit entschlossenem Kiefer, bereit zur Gewalt; Mrs Barley, die Knöchel weiß um ihren Regenschirm gekrallt, so ruhig wie eine Jurorin bei einem Kuchenwettbewerb; Zara, die Augen wie stromführende Drähte, die gegen die Erschöpfung ankämpfte, um den nächsten Zauber zu wirken.

Zara zwang sich aufrecht. Jeder Atemzug kam stoßweise, dick vom Kupfergeschmack des Sich-Ausbrennens, aber trotzdem hob sie die Hand, die Finger zitterten wie defekte Antennen. Das Kirchengestühl splitterte weiter, als Macht durch sie peitschte, ein knisternder Bogen aus violettem Licht, der über die Bühne riss.

Bartholomew zuckte nicht zusammen. Er hob Vincents Skript mit beiden Händen, die Seiten flatterten, und die Worte selbst erhoben sich, um ihren Schlag abzufangen. Sätze wanden sich wie Schlangen aus Tinte in der Luft, verbanden sich zu einer Mauer der Narration, die ihren Stoß auffing, ihn absorbierte und in harmlose Funken umschrieb. Er grinste höhnisch. »Seht ihr? Selbst eure Brillanz ist nichts, wenn sie sich dem Willen der Geschichte entgegenstellt.«

Zaras Kiefer spannte sich an. Sie spuckte Blut und schleuderte dann einen weiteren Zauber – härter, schärfer, ein Speer aus rohem Willen, der mit dem Schrei zerreißenden Papiers durch den Vorhang aus Worten schnitt. Bartholomew taumelte zurück, knallte gegen den Tisch in der Bühnenmitte, das Skript zerrissen und an den Rändern schwelend.

Sie hatte ihn. Für einen Herzschlag lang hatte sie ihn.

Aber ihr Körper versagte, halb fest, halb nicht. Sie schwankte, ihre Lungen verkrampften sich, ihre Silhouette flackerte wie eine schlechte Filmrolle. Der Todesstoß verpuffte in ihrer Handfläche und erstarb, bevor er sich formen konnte.

Und Bartholomew, die Augen von geliehenem Karminfeuer glühend, hob die Arme. Die Worte sprangen zurück an ihren Platz, jetzt keine Schild, sondern eine Waffe, zackige Linien, die mit der Kraft einer Peitsche nach vorne schnellten. »Ich bin dran«, sagte er und entfesselte den Fluch.

Vincent behauptete nie, ein Experte für Verlust zu sein, aber er kannte den Geschmack. Metallisch, aufdringlich, stundenlang nach dem Ereignis am Zahnfleisch haftend. Als Bartholomews Schlag also Zara traf und sie zurücktaumelte, als hätte sie bei einem Junggesellinnenabschied am Wochenende in Arenal zwölf Pornstar Martinis intus, erkannte er den Moment als das, was er war: eine fällige Rechnung.

Sie war halb da und halb nicht, eine Störung im Fleisch der Welt. Ihre Hand fuhr direkt durch das lackierte Geländer, flackerte dann wieder in die Existenz, die Nägel gruben Splitter, bevor ihre Handfläche wieder geisterhaft verschwand. Ihr Jackett verlor jegliche Definition und fiel zu einer sich wandelnden Silhouette zusammen, die die Revers der Bluse darunter enthüllte, dann die Erinnerung an Haut, dann nichts als Umrisse.

»Zara!«, zischte Ren und brach den Bann mit einem Schrei.

Sie bewegte sich, um Zara am Ellbogen zu packen, aber ihre Finger schlossen sich um nichts als Kälte.

Zaras Augen fanden Vincent. »Schon gut«, sagte sie. »Dauert nur ... eine Sekunde, um sich anzupassen.«

Vincent streckte die Hand aus, um sie zu stützen. Seine Hand fuhr glatt durch ihre Schulter, was sich anfühlte, als würde man in eine Tiefkühltruhe voller Geheimnisse und Bibliotheksstaub greifen. Er zog zitternd zurück.

Die Kultisten, die wenigen, die noch übrig waren, spürten die Veränderung und ergriffen die Flucht. Der Effekt war augenblicklich und vollständig – ein Dutzend maskierter Fanatiker, reduziert auf desorientierte Schauspielstudenten, die zu den Ausgängen rannten, als wäre die Polizei endlich aufgetaucht, um die Party aufzulösen. Bartholomew starrte Zara nur ungläubig an, als hätte er nie auch nur die Möglichkeit in Betracht gezogen, dass jemand auf eine neue und originelle Weise sterben könnte.

Zara blickte auf ihre Hände hinab, beugte sie und beobachtete, wie jeder Finger an der Spitze durchscheinend wurde und dann langsam wieder Farbe annahm.

Ren, immer noch zu schockiert für witzige Bemerkungen, sagte: »Bist du – bist du –?«

»Mitten in einer Neuklassifizierung«, sagte Zara und schaffte ein schwaches Grinsen. »Ich nehme nicht an, dass es hierfür ein Leistungspaket gibt.«

Mrs Barley beobachtete vom Bühnenrand aus mit ernstem Gesicht. Sie zog eine frische Stricknadel aus ihrem Ärmel, prüfte sie auf Geradheit und steckte sie dann mit einem entschlossenen Schnappen in ihr Befolgungsset. »Verdammt dummes Risiko«, sagte sie mit einer Stimme so trocken wie geschredderte Pappe. »Sie hätten uns warnen können.«

Zara schaffte eine Verbeugung, oder zumindest eine Andeutung davon; die obere Hälfte ihres Körpers folgte der Geste, die untere hinkte um einen Bruchteil hinterher, wie ein schlecht kodiertes animiertes GIF. »Ich musste improvisieren. Es gab keine Zeit für eine Sicherheitsbelehrung.«

Vincent schüttelte den Kopf und rang nach einem Ausdruck, der die Absurdität, den Horror und den leisen, säuerlichen Stolz einfangen würde. »Das wird unsere Kaffeekränzchen etwas seltsam gestalten«, sagte er.

Zara verblasste jetzt schneller. Ihre Füße verschwammen mit dem Boden, die Umrisse lösten sich von der Ferse bis zum Knie auf, als hätte jemand angefangen, sie von unten nach oben auszuradieren. Ihr Haar schwebte in einem silbergrauen Nimbus um ihren Kopf, jede Strähne einzeln detailliert, der Effekt irgendwie lebendiger als zuvor.

Ren versuchte erneut, sie zu erreichen, erzeugte aber nur ein leises Kräuseln in der Luft. »Was sollen wir tun?«, fragte sie, sich an Vincent und dann an Mrs Barley wendend. »Ist sie – können wir es reparieren?«

Mrs Barley zuckte mit den Schultern, die Geste eher formell als abweisend. »Sie ist nicht verloren. Nur –«, sie hielt inne und suchte nach dem Wort, »– unverankert.«

Zara lächelte, ihre Zähne waren nun das Solideste an ihr. »Es ist nicht so schlimm«, sagte sie, ihre Stimme trug seltsam – leiser, aber irgendwie in Stereo, als hätten alle Echos im Theater beschlossen, zu harmonisieren. »Der ganze Papierkram ist digital, und ich kann die Fußnoten in Echtzeit lesen.«

Vincent konnte nicht sagen, ob es ein Witz oder eine Warnung war. »Können Sie uns helfen?«

Zara nickte. »Mehr als zuvor, sogar.« Sie streckte ihre Arme aus, oder was davon übrig war. »Ich kann die Erzählung sehen. Wo sie schwach ist, wo sie geflickt ist. Ich kann Bartholomews Skript folgen und sogar darum herum editieren. Solange es euch nichts ausmacht, ein wenig heimgesucht zu werden.«

Ren schnaubte, was so nah an einem Segen war, wie sie ihn geben würde.

Der letzte der Kultisten war verschwunden und hatte nur fallengelassene Masken, leere Kelche und den Gestank der Enttäuschung zurückgelassen. Bartholomew, beflügelt vom Glückswechsel, machte einen letzten, halbherzigen Ausfall auf die Gruppe, fand seinen Weg aber durch Mrs Barleys Regenschirm blockiert, der nun mit einem schwachen blauen Schimmer leuchtete.

»Mit Ihnen bin ich noch nicht fertig, mein Bester«, sagte Mrs Barley zu ihm und schickte den Mistkerl mit einem einzigen, effizienten Stoß direkt zurück in den Bühnenvorhang.

Zara schwebte nun, Zentimeter über der Bühne, ihr Körper verströmte kleine Funken der Erinnerung – Fragmente alter Akten, unvollendeter Forschung, der Geist eines Bibliothekskatalogs. Sie schwankte, stabilisierte sich dann, eine perfekte geisterhafte Sekretärin, die selbst im Jenseits noch Notizen machte.

Ren setzte sich schwer auf den Rand der Bühne, die Hände zitterten gerade genug, um den Revolver in ihrem Griff klappern zu lassen. »Wenn du das nächste Mal beschließt zu sterben, sag uns vielleicht vorher Bescheid«, sagte sie.

Zaras Stimme kam von überall gleichzeitig, sanft wie das Flüstern einer Bibliothekarin. »Nächstes Mal mache ich es nach Vorschrift.«

Vincent blickte auf und traf Zaras Blick, oder welchen Sinn auch immer den Augenkontakt in ihrem neuen Zustand ersetzte.

»Bereit für den letzten Akt?«, fragte er.

Zara grinste, ein perfekter Halbmond aus Licht und Spott. »Nach Ihnen«, sagte sie, ihre Stimme verklang wie das Ende eines Satzes, den niemand beenden wollte.

Vincent straffte die Schultern und bedeutete den anderen, ihm zu folgen. »Bringen wir die Geschichte zu Ende«, sagte er.

Und irgendwo im Äther machte sich die Stadt auf das gefasst, was als Nächstes kommen würde.

ZWEIUNDZWANZIG

Die Hauptbühne des Orpheums war ein Schlachtfeld für Metaphern. Was nicht blutete, war zerbrochen, und was nicht zerbrochen war, war bereits zu einem Brei aus Samt, pulverisierter Farbe und der Art von Reue zertrampelt worden, die man nur mit Hochprozentigem und einem Zuschuss vom Kulturrat wieder wegbekommt. Inmitten dieser Ruine umkreisten sich zwei Monster mit der Zeremonielosigkeit, die man sonst nur für den Tag der Müllabfuhr in Hackney reservierte.

Bartholomew, der immer noch das trug, was von seinem Anzug übrig war (jetzt hauptsächlich Lumpen und böse Absichten), bewegte sich mit der kalten Konzentration von jemandem, der diesen besonderen Groll ein halbes Jahrhundert lang geprobt hatte. Vincent konnte sehen, wie die Hände des Mannes sich spannten, blutleer und blass, die Fingerspitzen geschwärzt von alten Ritualen oder einfach einem Übermaß an Nikotin. In einer besser beleuchteten Welt hätte er für einen pensionierten Bischof oder einen heruntergekommenen Kleinadligen gehalten werden können. Hier, umrahmt von Rauch und dem unregelmäßigen Flackern von Flammen, sah er aus wie ein Bösewicht, dessen einziges Bedauern es war, nicht noch effizienter gemordet zu haben.

Vincent seinerseits stand mit dem Rücken zu einem umgestürzten Lichtgestell und versuchte, nicht zu wanken. Sein Hemd war ruiniert, sein Jackett hatte er längst der Mechanik inszenierter Gewalt überlassen, und sein linker Arm war von »modisch blass« zu einem »besorgniserregenden Farbton viktorianischer Schwindsucht« übergegangen. Der Adrenalinschub war abgeklungen und hatte nur kalte Entschlossenheit und jene Art von philosophischer Klarheit zurückgelassen, die sich einstellt, wenn man weiß, dass jeder Fehler zur Kasse gebeten wird.

Bartholomew täuschte rechts an und verschwand dann vollständig – ein klassischer Schachzug, aber immer verdammt schwer zu kontern. Vincent spannte sich an, wartete und spürte – wie erwartet – den Aufprall an seiner Flanke, wo Bartholomew mit einem Flugtackle wieder aufgetaucht war, das auf jedem Fernsehsender, der etwas auf sich hielt, eine Zeitlupenwiederholung verdient hätte. Sie gingen beide hart zu Boden und schlitterten durch eine Pfütze aus geronnenem Kerzenwachs und etwas, von dem Vincent aufrichtig hoffte, dass es Theaterblut war.

Bartholomew war sofort über ihm, eine Hand um Vincents Kehle geklammert, die andere drückte sein Handgelenk mit übernatürlicher Kraft nieder. »Du hast nie gelernt, unten zu bleiben«, zischte er, der Akzent reines Internat, der Tonfall aber direkt aus der Gosse.

Vincent schnappte nach Luft, versuchte sich an einer witzigen Bemerkung und brachte nur ein Keuchen zustande. »Warum sollte ich, wo du das Aufstehen doch so unterhaltsam machst?«

Bartholomews Lippen verzogen sich und entblößten Zähne, die ungewohnt glänzten. Vincent brauchte eine Sekunde, um es zu verarbeiten: Der Mistkerl hatte Silberkronen. Jeder Eckzahn, jeder Prämolar – aus massivem Silber und spitz poliert. Es war sowohl grotesk als auch auf eine gewisse Weise zutiefst komisch.

»Hast du dir die Reißzähne in der Harley Street machen lassen oder warst du dafür kurz in der Türkei?«, würgte Vincent hervor und schaffte ein schwaches Grinsen.

Bartholomews Antwort war ein Knurren und ein Stoß nach unten. Der Biss landete knapp unter Vincents Ellenbogenbeuge, wo das Fleisch dünn war und die Nerven nahe an der Oberfläche lagen. Der Schmerz war unmittelbar und unübersehbar: weniger ein Einstich als vielmehr ein weißglühender Lötkolben, ein sich ausbreitender chemischer Schmerz, der Vincent nicht nur Sterne, sondern ganze, nicht genehmigte Sternbilder sehen ließ.

Er heulte auf, riss seinen Arm weg und schaffte es, Bartholomew ein Knie in die Rippen zu rammen. Der Ex-Renfield rollte sich ab, ließ den Griff aber nicht los, sondern verbiss sich mit der Hartnäckigkeit eines für schlechte Entscheidungen gezüchteten Hundes. Vincent drehte sich, schaffte es, Bartholomew den Handballen auf den Nasenrücken zu schlagen – nichts brach, aber der Kopf schnellte zurück, und das reichte.

Er stemmte sich auf die Beine, taumelte hoch und stützte sich gegen eine halb eingestürzte Bühnenerhöhung. Sein linker Arm war vom Bizeps bis zum Handgelenk taub, die Haut bereits blasig und gereizt. Das Blut, das hätte strömen sollen, sickerte stattdessen langsam und silbrig heraus, jeder Tropfen zischte, als er auf die Dielen traf.

Bartholomew leckte an der Wunde, die Augen rollten in momentaner Ekstase zurück. »Weißt du, wie lange ich darauf gewartet habe?«, fragte er, seine Stimme hallte durch die Trümmer.

Vincent wischte sich den Mund mit dem Handrücken ab und spuckte Blut auf das Parkett. »Deinem Haaransatz nach zu urteilen, mindestens zwei Weltkriege und den Tod der Ironie.«

Bartholomew stürmte erneut los, diesmal mit weniger Anmut, mehr roher Gewalt. Vincent wich aus, bekam einen fliegenden Ellenbogen in die Rippen ab und konterte mit einer Rechten, die mit einem befriedigenden Krachen auf Bartholomews Kiefer traf. Der andere Mann zuckte kaum. Stattdessen lächelte er, was durch das Blut, das sich am Zahnfleisch sammelte, und die Art, wie es die Silberzähne wie Kleingeld in einem Wunschbrunnen glänzen ließ, noch schauriger wirkte.

Sie lösten sich voneinander, umkreisten sich. Irgendwo auf dem Balkon über ihnen fing das Kristall des zerschmetterten Kronleuchters einen Luftzug ein und sang eine einzige, süße Note, bevor er mit einem Klirren der Verzweiflung zu Boden stürzte.

»Seien wir doch ehrlich«, sagte Vincent und versuchte, das Zittern aus seiner Stimme zu verbannen. »Du hättest das mit einem Anruf klären und die Reinigungsrechnung sparen können.«

Bartholomews Augen verengten sich. »Du konntest noch nie Verantwortung übernehmen, Vincent. Nicht für deine Worte. Nicht für deine Konsequenzen.« Er trat ein Stück Kulisse gegen Vincents Füße. »Du schreibst das Drehbuch, aber aufräumen muss immer ein anderer.«

Vincent bückte sich, hob ein scharfkantiges Stück Kantholz auf und wog es in seiner Handfläche. »Lass uns doch zu dem Teil springen, wo du mir sagst, dass ich mein eigener schlimmster Feind bin, ja?«

Bartholomew tat ihm den Gefallen und stürmte erneut auf ihn zu. Sie prallten aufeinander, Holz gegen Fleisch, und für einen Moment hatte Vincent die Oberhand – er erwischte Bartholomew mit der Planke unter dem Kinn und schleuderte ihn rückwärts in einen Stapel falscher Marmorsäulen, die von der letzten Macbeth-Aufführung des Theaters übrig geblieben waren. Der Aufprall war entsprechend theatralisch: Säulen stürzten um, die Kulisse brach in Zeitlupe zusammen, und Bartholomew verschwand unter der Lawine aus Sperrholz und Fiberglas.

Vincent stützte sich schwer atmend auf die Planke und wartete auf die Pointe.

Er wartete nicht lange. Bartholomew explodierte mit einem

Schrei aus den Trümmern, eine Hand schwang einen zersplitterten Geländerpfosten, die andere umklammerte einen Requisitenschädel. Er warf den Schädel zuerst – ein Klischee, aber wirkungsvoll. Vincent duckte sich, bekam den Pfosten gegen die Brust und ging mit einem dumpfen Aufprall zu Boden, der durch sein Brustbein bis in die Zahnwurzeln vibrierte.

Bartholomew setzte sich rittlings auf ihn, drückte den Splitter an Vincents Kehle und beugte sich so nah zu ihm herunter, dass Vincent die Mischung aus Rasierwasser und Mundgeruch riechen konnte. »So endet es immer«, flüsterte Bartholomew. »Mit dir, auf dem Rücken, darauf wartend, dass dir jemand anderes ein Ende schreibt.«

Vincent lächelte, oder versuchte es. »Du hättest wirklich aufhören sollen, als du noch im Vorteil warst, Bart.«

Mit letzter Kraft riss Vincent die Hüften hoch, brachte Bartholomew aus dem Gleichgewicht und stieß das zersplitterte Ende des Pfostens nach oben – er erwischte seinen Gegner in der Seite, knapp über der Niere. Bartholomew zischte, ließ aber nicht los. Stattdessen biss er sich fest, schlug seine Silberzähne in Vincents Schlüsselbein und drehte den Kopf.

Vincent schrie, krallte sich in Bartholomews Haare und schließlich, in einer Bewegung, die mehr aus Verzweiflung als aus Strategie geboren war, biss er zurück. Er schlug seine Reißzähne in das weiche Fleisch von Bartholomews Hals und biss zu, bis die Welt an den Rändern grau wurde.

Für einen Moment waren die beiden Männer in einer grotesken Parodie einer Liebesumarmung gefangen: beißend, reißend, verzweifelt darum bemüht, den anderen nicht loszulassen. Der Geschmack war Salz und Eisen und statische Entladung, ein Aroma, das drohte, Vincent von innen heraus aufzulösen.

Bartholomew riss sich los und ließ ein zerfetztes Stück Haut in Vincents Mund zurück. Vincent spuckte es aus, rollte sich weg und versuchte aufzustehen, aber seine Beine knickten ein und er sank auf ein Knie.

»Siehst du?«, krächzte Bartholomew, während er sich schwankend aufrichtete und eine Hand an seinen blutenden Hals presste. »Du bist nichts als Hunger und Bosheit mit einem überdurchschnittlich großen Wortschatz. Das warst du schon immer.«

Vincent schüttelte den Kopf, versuchte zu lachen und scheiterte. »Du sagst das, als wäre es etwas Schlechtes.«

Sie umkreisten sich wieder, diesmal langsamer. Der Kampf hatte sich zu einer Abfolge von Finten und Erschöpfung entwickelt, jeder Mann zu zerschlagen, um einen vollen Angriff zu riskieren, aber zu wütend, um wegzugehen. Jeder Atemzug, den Vincent nahm, war von Schmerz und dem kupfernen Geschmack seiner eigenen Sterblichkeit durchzogen. Er beobachtete Bartholomew auf jedes Anzeichen von Zögern, aber der Mann war jetzt pure Absicht – kein Platz für Geplänkel, kein Raum für Reue.

Sie gingen wieder aufeinander los, diesmal weniger spektakulär – nur ein grimmiges, verzweifeltes Ringen, Hände an Kehlen und Knie in Weichteile, beide nach der Oberhand strebend. Sie krachten durch ein Geländer, dessen Holz unter ihrem gemeinsamen Gewicht brach, und rollten auf die Dielen darunter, ineinander verkeilt wie ein paar Ratten, die sich in einer Mülltonne prügeln.

»Gib auf«, zischte Bartholomew, sein Atem heiß an Vincents Ohr. »Es ist schon vorbei.«

Vincent lachte, der Klang nass und rau. »Kann ich nicht. Das weißt du.«

Bartholomew holte aus und versetzte Vincent einen Schlag, der seine Zähne in ihren Höhlen klappern ließ. Vincent revanchierte sich mit einem Kopfstoß, dessen Wucht eine Schockwelle durch beide Schädel schickte und ihn mit dem Nachbild des Schmerzes halb blind zurückließ.

tribulations.

Der nächste Schlagabtausch war weniger ein Kampf als eine Zerstörung in Zeitlupe. Sie krallten, bissen und rissen mit Händen, die mehr Waffe als Gliedmaßen waren, und jeder landete Schläge, die ein geringeres Wesen gefällt hätten. Vincents Sicht verschwamm in Rot, und er erkannte geistesabwesend, dass es sein eigenes Blut war, das ihm in die Augen lief.

Er wischte es weg, sah Bartholomew vorrücken und bereitete sich auf den letzten, dummen Ansturm vor.

»Brauchst nächstes Mal einen besseren Zahnarzt«, murmelte Vincent mit gefletschten Zähnen.

Bartholomew grinste, und für eine Sekunde sah Vincent den Jungen, den er einst gefördert hatte, bevor der Ehrgeiz und die Fäulnis eingesetzt hatten. Es war fast genug, um ihn zögern zu lassen. Fast.

tribulations.

Sie prallten ein letztes Mal aufeinander, ihre Körper schlugen gegeneinander, und bei diesem Zusammenstoß gab etwas nach – ob es ein Knochen, ein Wille oder nur die Geduld des Universums war, war sich Vincent nicht sicher.

Als sie sich trennten, stand Vincent immer noch, gerade so, während Bartholomew zurücktaumelte und sich an den Geländerpfosten klammerte, der aus seiner Brust ragte. Die Wunde über dem Brustmuskel pulsierte, Blut quoll zwischen seinen Fingern hervor. Sein Gesicht verzog sich, zu gleichen Teilen Wut und Enttäuschung.

»Du denkst, das ist wichtig?«, keuchte Bartholomew, seine Stimme blubberte vor Flüssigkeit. »Du denkst, irgendetwas davon ist wichtig?«

Vincent stützte sich an einer zerbrochenen Säule ab und atmete durch den Schmerz hindurch. »Das ist ja der Punkt«, sagte er. »Nichts davon ist es. Es sei denn, du sorgst dafür.«

Bartholomews Knie gaben nach, aber er weigerte sich zu

fallen. »Du hast es nie verstanden. Du hast nie gesehen, was die Geschichte wirklich ist.«

Vincent machte einen Schritt nach vorn, seine Beine zitterten. »Und du hast das Ende nie kommen sehen, oder.«

tribulations.

Sie standen da, zwei ruinierte Titanen, im Herzen der schlimmsten Derniere der Welt.

Vincent wartete auf die Pointe, aber Bartholomew starrte ihn nur an, Hass brannte durch die Erschöpfung.

Es war ein Patt, von der Sorte, die immer nur mit einem Trick, einem Betrug oder einem Wunder endet.

Vincent hatte keine Wunder mehr auf Lager.

Er blickte sich in den Trümmern um und suchte nach etwas – irgendetwas –, das es beenden konnte.

Bartholomew, verblutend und immer noch ungebrochen, holte zitternd Luft und bereitete sich auf einen letzten Sprung vor.

Vincent spannte sich an, Blut sammelte sich zu seinen Füßen, und machte sich bereit zu improvisieren – denn das war, wenn nichts anderes, schon immer sein Talent gewesen.

Am Ende war es der Gestank, der den Ausschlag gab – ein Bouquet aus versengtem Samt, nasser Tinte und dem letzten Atemzug von tausend Kerzen. Vincents Kopf schwirrte von den Nachwirkungen, aber auch von dem Wissen, dass er etwas spektakulär Dummes tun musste, um die Sache zu beenden, falls Bartholomew nicht verblutete, bevor er angriff. Er hatte keine Waffen mehr, keine Luft mehr und – wenn er ehrlich war – keine guten Sprüche mehr auf Lager.

Er griff nach etwas, um sich abzustützen, und seine Hand schloss sich wie durch ein Wunder um einen schwarzen Schaft. Zuerst dachte er, es sei ein Stück zerstörter Kulisse, aber die Textur war falsch: zu leicht, zu kalt, zu überlegt. Er blickte nach unten und sah, dass es die Feder war, mit der er den letzten Akt des Stücks vollendet hatte. Sie war im früheren Chaos unter die Erhöhung gerollt und hatte sowohl den Kampf als auch die Dramaturgie aus reiner erzählerischer Perversität überlebt. Die Feder, die zu Asche verbrannt sein sollte, war intakt. Ihre Spitze, einst zeremoniell, schimmerte nun mit einem nassen Glanz, der nur frische Prophezeiungstinte sein konnte.

Vincent drehte sie in seiner Hand und beobachtete, wie die Oberfläche schimmerte. Das war die Art von Ding, die einen umbrachte oder, schlimmer noch, eine Klage von den Erben eines toten Dichters einbrachte. Trotzdem war es alles, was er hatte.

Er nahm Haltung an, machte einen taumelnden Anlauf und traf Bartholomew mit der Feder mitten in die Brust, knapp über dem Brustbein.

Der Effekt war augenblicklich. Bartholomews Körper zuckte, die Tinte sprang von der Feder auf seine Haut und blühte zu Schriftzeilen auf, die sich um seinen Rumpf, seine Arme und seinen Hals wickelten. Jeder Buchstabe brannte mit einem blau-schwarzen Feuer und kettete ihn nicht an die Welt, sondern an die Seite, an die Regeln der Geschichte selbst. Vincent spürte den Sog, das Gewicht der narrativen Schwerkraft – das war keine Gewalt, sondern eine redaktionelle Änderung.

tribulations.

Bartholomew heulte auf, der Klang stieg mit jeder neuen Fessel eine Oktave höher, bis seine Stimme völlig brach und er auf stumme Proteste reduziert war, während das Skript seinen Entwurf überschrieb. Seine Hände krallten sich in seine Brust, aber die Finger glitten durch seinen eigenen Brustkorb, als wäre er plötzlich zweidimensional geworden, ein Schurken-Abklatsch, zwischen Pergamentseiten gepresst.

Die Runen erreichten seine Augen, die erst weiß, dann

schwarz rollten und dann ganz verschwanden. Bartholomews Umrisse flackerten und fielen dann zu einer Wolke aus losen Satzzeichen zusammen, die sanft zu Boden schwebte und mit einem leichten Geruch nach alter Bibliothek und verpassten Abgabeterminen verdampfte.

Vincent stand über der leeren Stelle, die Feder noch in der Hand, und wartete darauf, dass seine Sicht den Rest von ihm einholte.

Er schaffte drei Atemzüge, bevor die Welt ihm einen Schlag in die Magengrube verpasste. Blut durchtränkte sein Hemd an einem halben Dutzend Stellen, jede sickerte im Takt eines Pulses, der seinen Streit mit der Entropie rapide verlor. Die Taubheit in seinem linken Arm war zu einem toten Gewicht geworden, und seine Beine »standen« nicht so sehr, als dass sie sich »daran erinnerten, wie man steht«.

Er taumelte rückwärts, sackte auf die nächstbeste flache Oberfläche (eine Truhe mit der Aufschrift »EIGENTUM DES ORPHEUMS – NICHT SETZEN«) und versuchte, eine Bestandsaufnahme zu machen.

Er hatte es getan. Er hatte das Ende geschrieben.

Es fühlte sich beschissen an.

Die Kälte kroch nun seinen Rücken hinauf, mehr eine Ahnung als eine Drohung, aber absolut in ihrer Absicht. Vincent schloss die Augen, ließ die Bühnenlichter orangefarbene Abdrücke auf seine Lider brennen und bereitete sich auf die traditionelle Parade der Reue vor. Er kam nicht weit.

Ein Paar Hände, warm und unsicher, umfassten sein Kinn. Ren war da, irgendwie – die Kleider zerrissen, ein Auge schwoll zu, aber lebendiger, als sie seit Beginn dieser ganzen traurigen Inszenierung ausgesehen hatte.

»Jesus Christus«, sagte sie mit zitternder Stimme, »du siehst aus, als wärst du durch einen Mixer gejagt worden.«

Vincent versuchte zu lächeln, schaffte stattdessen ein Zucken.

»Dafür würde ich extra bezahlen, aber man sagt ja, man kann die Klassiker nicht verbessern.«

Sie ignorierte ihn, kauerte sich nieder und untersuchte die Wunden. Ihre Finger waren sanft und fuhren den Rand des Schlüsselbeins nach, wo Bartholomew am tiefsten zugebissen hatte.

»Du stirbst«, sagte sie todernst.

Vincent blickte auf den Strom von Blut, der sich auf der Bühne sammelte. »Ich hatte schon schlimmere Kater.«

Ren schnaubte, aber ihre Augen waren feucht. »Du musst trinken.«

Er schüttelte den Kopf, oder versuchte es. »Ich werde mich nicht nähren. Nicht von dir.«

Sie lachte – ein einziger, explosiver Laut, halb Freude, halb Wut. »Du absoluter Mistkerl. Nach all dem willst du jetzt den Edelmütigen spielen?«

Er schloss wieder die Augen und spürte, wie die Ränder seines Bewusstseins ausfransten. »Das ist kein Edelmut. Das ist Angst. Ich könnte nicht aufhören. Ich würde dich mit mir reißen.«

Sie setzte sich neben ihn, ihr Oberschenkel presste sich fest an seinen. »Dafür ist es zu spät. Das hast du schon längst getan.«

Sie saßen schweigend da, während sich die zerstörte Bühne um sie herum senkte wie die Nachwehen einer sehr teuren Beerdigung. Irgendwo hinter der Kulisse sprang endlich die veraltete Sprinkleranlage an und versprühte einen halbherzigen Regen, der nichts zur Atmosphäre beitrug, aber allem einen Geruch von feuchten Bandagen und Chlor verlieh.

Ren zog ein Taschenmesser aus ihrem Stiefel, klappte es auf und drückte die Klinge auf ihre eigene Handfläche. Der Schnitt war sauber, knapp unter dem Daumen, und das Blut quoll sofort hervor.

Sie drückte ihre Hand gegen Vincents Mund.

»Trink«, sagte sie. »Ich lasse dich nicht sterben, nicht nach all dem Mist, den du mir eingebrockt hast.«

Vincent versuchte, sich wegzudrehen, aber sie war jetzt stärker als er. »Ich meine es ernst«, sagte sie und drückte fester, »ich werde dir den verdammten Kiefer brechen, wenn du es nicht tust.«

Er öffnete den Mund, schmeckte ihr Blut – scharf, neu, ein Ansturm von Leben, so intensiv, dass es sein Herz beinahe ganz zum Stillstand brachte. Er sog, nur einmal, dann zuckte er zurück, entsetzt über den Geschmack von ihr, darüber, was es bedeuten würde, wenn er die Kontrolle verlöre.

Sie hielt ihn dort fest. »Vertrau mir«, flüsterte sie, und die Worte waren intimer als jeder Zauberspruch oder jedes Geständnis.

Vincent trank.

Das Gefühl war nichts im Vergleich zu der barocken Erotik, für die er jahrzehntelang als Ghostwriter gearbeitet hatte. Es war Hunger, aber auch Trauer, Wut, Erinnerung – alles roh und unfertig, es strömte in ihn hinein, bis er nicht mehr sicher war, wo er aufhörte und sie anfing. Ihr Puls schlug gegen seine Lippen, und er versuchte, ihn zu dosieren, zu rationieren, aber das Blut erzählte seine eigene Geschichte und weigerte sich, langsamer zu werden.

Als sie ihre Hand wegzog, zitterte ihr Handgelenk und ihr Gesicht war blass, aber sie lächelte. »Alles gut?«, fragte sie.

Er nickte, traute seiner Stimme không.

Sie sackte gegen ihn, einen Arm in der überzeugendsten Umarmung der Welt über seine Schulter geworfen. »Du bist eine Plage«, sagte sie. »Aber du bist meine Plage.«

Vincent sah sie an, sah die ungeschminkte Wahrheit in der Erschöpfung, dem Schmutz, dem Blut. Er versuchte, etwas Tiefgründiges zu sagen, aber was herauskam, war: »Ich glaube, ich habe diese Kleidung ruiniert.«

Sie lachte wieder, und der Klang war genug.

Der Regen aus den Sprinklern war kalt geworden und wusch das Blut weg, aber không die Erinnerung. Sie saßen zusammen, Vincents Kopf an Rens Schulter, ihre Hand immer noch auf die Wunde gedrückt, und warteten auf die nächste Katastrophe.

Keiner von beiden sagte es, aber die Geschichte hatte sich geändert.

Diesmal hatten sie beide das letzte Wort.

DREIUNDZWANZIG

Mrs Barley hatte schon immer die Art verabscheut, wie Prophezeiungen es sich an einem Ort gemütlich machten. Sie konnte sich noch an den beißenden Nachgeschmack der letzten erinnern, die sie ausgetrieben hatte: eine mittelmäßige apokalyptische Angelegenheit, die hinter den Stromzählern im Camden Civic eingeklemmt war und deren einziger erkennbarer Effekt darin bestand, den abendlichen Sherry des Hausmeisters in Batteriesäure zu verwandeln. Diese hier – was auch immer Bartholemew und die Frau im Umhang heraufbeschworen hatten – war weitaus schlimmer. Selbst die zerstörte Hülle des Orpheums, bis hin zu den schwelenden Polstern und dem Gestank nach Lampenfieber, schien den Atem anzuhalten.

Mrs Barley musterte das Theater mit professionellem Blick und nahm die Trümmer mit der langmütigen Nachsicht einer Haushälterin zur Kenntnis, die hinter Kleinkindern aufräumt. Zerrissene Samtvorhänge hingen aus dem Schnürboden herab wie die Zungen sterbender Tiere; der Kronleuchter, zuletzt in Einzelteilen gesehen, war nun nur noch eine bittere Erinnerung und eine Ansammlung von gläsernen Zähnen auf dem Boden des Orchestergrabens. Kerzen, die in ungleichmäßigen Reihen flackerten, spendeten die einzige Beleuchtung, die wiederum die Silhouette der Frau im Umhang auf den Gips warf wie der schlimmste Rorschachtest der Stadt.

Die Frau im Umhang rappelte sich vom Parkett auf, zunächst langsam, und trat an den Rand der Bühne, die Arme weit ausgebreitet, der Umhang in voller Pracht. Schatten kräuselten sich um sie herum, belebt von einer Intelligenz, die Mrs Barley von jeder unüberlegten Séance und jedem Ouija-Experiment wiedererkannte, das sie seit '76 aufgeräumt hatte. Aber es waren die Worte – tatsächliche Worte, Textfetzen, die aus tausend vergessenen Geschichten gerissen waren –, die sie am meisten beunruhigten. Sie schwebten sichtbar, leuchtend und nervös, um den Kopf der Frau im Umhang wie Motten mit einer Vorliebe für Satzzeichen.

Vincent und Ren kauerten in der ersten Reihe zusammen, Opfer ihres eigenen Plans, aber immer noch zu lebendig, um die Klappe zu halten. Ren umklammerte einen behelfsmäßigen Druckverband um Vincents Arm mit der grimmigen Intensität von jemandem, der Erste Hilfe aus einer YouTube-Playlist namens »Reparier deine Kumpel bei 'nem Aufstand« gelernt hatte. Vincent seinerseits trug wenig mehr als bissige Kommentare und gelegentliches Tröpfeln von Blut bei. Sie sahen aus, dachte Mrs Barley, wie das Werbeplakat für eine sehr unlizenzierte Bühnenadaption von *Trainspotting*.

»So, Sie da«, sagte Mrs Barley mit einer Stimme, die selbst jetzt keinen Widerspruch duldete.

Sie öffnete ihre Tasche – ramponiert, mit Monogramm und technisch gesehen ein Artefakt der Abteilung für Störungsbeseitigung der Greater London Authority – und holte ihre Einsatzausrüstung hervor. Die Ausrüstung hatte ihr Leben als übertechnisierter Arztkoffer begonnen, aber Jahre notdürftiger

Aufrüstungen hatten sie in ein Museum für schnelle Lösungen und rechtlich fragwürdige Waffen verwandelt. Sie zog ein Fläschchen Knoblauchspray, einen verstärkten Regenschirm mit geschärfter Spitze und – ihr persönlicher Favorit – drei versilberte Stricknadeln der Größe 10 hervor.

Mrs Barley schritt auf die Bühne. Die Frau im Umhang beobachtete sie ungerührt hinter ihrer Maske.

»Glauben Sie wirklich«, fragte Mrs Barley, »dass irgendjemand von diesem Theater beeindruckt ist? Ich habe schon bessere Aufführungen in der örtlichen Grundschule gesehen.«

Die Frau im Umhang neigte den Kopf, die geschnitzten Lippen der Maske verzogen sich zu einem Grinsen.

»Sie haben keine Ahnung, alte Mutter, was auf dem Spiel steht«, sagte sie. Ihre Stimme war weniger eine Stimme als ein Chor, jede Silbe verdoppelt mit der Resonanz von etwas, das zu oft für bare Münze geprobt worden war. »Das ist eine Prophezeiung. Nicht Ihre behördliche Beschäftigungstherapie.«

Mrs Barley schnalzte mit der Zunge und startete ihren ersten Angriff.

Der einhändig geführte Regenschirm war weniger eine Waffe als vielmehr eine Absichtserklärung. Sie stieß ihn schnell und chirurgisch präzise auf die Brust der Frau im Umhang. Die Spitze traf auf den Umhang und wurde abgelenkt, aber Mrs Barley hatte das vorausgesehen, drehte sich und ließ eine Wolke Knoblauchspray direkt in die Schlitze der Maske der Schurkin folgen. Die Frau im Umhang taumelte oder gab zumindest eine passable Vorstellung von jemandem, der auf versprühtes Alium unvorbereitet war.

»Behördenstandard«, bemerkte Mrs Barley mit einer Stimme, trocken wie ein Vortrag. »In allen gut sortierten Materialschränken erhältlich.«

Die Frau im Umhang schlug mit einer Schattenklaue aus, aber Mrs Barley schlug sie mit dem Regenschirm beiseite und schleuderte in derselben Bewegung eine Stricknadel in die Schulter der Frau. Sie blieb stecken, direkt unter der Naht; eine Linie schwarzroten Ichors quoll um sie herum hervor und gefror dann zu Perlen, die in der Luft schwebten.

»Jesus. Die ist gut«, jubelte Ren aus dem Parkett.

Die Frau im Umhang ließ die zur Schau gestellte Gelassenheit fallen. Ihre nächste Bewegung war reine Wut: Sie schnippte mit den Händen, und eine Salve von Prophezeiungsfragmenten schoss wie Schrapnelle nach außen. Jedes war eine Textzeile, gezackt und leuchtend, die sich selbst rezitierte, während sie flog.

Mrs Barley duckte sich unter dem ersten hindurch, ließ das zweite einen Strich über ihre Jacke ziehen und blockte das dritte mit dem Regenschirm ab. Es hinterließ ein qualmendes Brandmal im Stoff, aber nicht viel mehr.

Sie verringerte den Abstand. Eine weitere Nadel – diesmal von unten, direkt auf die Rippen gezielt. Die Frau im Umhang wich seitlich aus, aber Mrs Barley hatte sich bereits gedreht und landete einen Hieb mit dem Regenschirm über die Kniekehlen. Die Schurkin sank auf ein Knie, der Umhang bauschte sich in einer dramatischen Pfütze.

»Ist es das, was Sie wirklich wollten?«, fragte Mrs Barley. »All dieses Drama wofür? Für eine Kostümparty und schlechte Gedichte?«

Die Augen der Frau im Umhang verengten sich hinter der Maske. Sie klatschte einmal in die Hände. Der Bühnenboden antwortete und riss mit einem Geräusch wie reißendes Pergament weit auf.

Aus dem neuen Abgrund strömte mehr Prophezeiung hervor – Dutzende, vielleicht Hunderte von Erzählfetzen, jeder in einem anderen glühenden Farbton. Sie sammelten sich um die Frau im Umhang, speisten sich in ihre Umrisse ein und machten sie größer, breiter, mehr als sie einen Moment zuvor gewesen war.

Mrs Barley stemmte sich dagegen, den Regenschirm nun beidhändig haltend, aber sie konnte das Gewicht der Magie spüren, das gegen ihren Willen drückte, die Luft, die mit jeder rezitierten Zeile dicker wurde.

»Bleiben Sie zurück«, rief sie über ihre Schulter. »Es eskaliert.«

Ren versuchte aufzustehen, schaffte es bis zum Bühnenrand, aber die Schatten drückten sie nieder, als hätte sich die Schwerkraft verdoppelt. Auch Vincent versuchte sich zu erheben, aber sein linkes Bein versagte ihm den Dienst, und er sackte zurück in seinen Sitz in der ersten Reihe und murmelte eine Litanei von Flüchen oder vielleicht nur Auszügen aus unvollendeten Manuskripten.

Die Frau im Umhang – jetzt fast zwei Meter groß und in einen Kokon aus lebender Prophezeiung gehüllt – ragte über Barley auf, die Arme siegreich erhoben.

»Das ist nicht Ihre Geschichte, Haushälterin«, intonierte sie. »Das ist die Abrechnung der Stadt. Das Stück muss zu Ende gespielt werden.«

Mrs Barley fletschte die Zähne. »Versuchen Sie es doch.«

Der nächste Angriff war weniger elegant: ein breiter, hämmernder Schattenhieb, der darauf abzielte, sie plattzumachen. Mrs Barley wich seitlich aus, aber die Ränder erwischten sie und schickten einen Stich Taubheit durch ihre linke Seite. Sie kompensierte, schlug mit dem Regenschirm aus und schaffte es, den Knöchel der Frau im Umhang zu treffen.

Barleys Bewegungen waren jetzt langsamer, der Regenschirm fühlte sich schwerer an, ihre Sicht verengte sich zum Tunnelblick. Schweißperlen bildeten sich an ihren Schläfen. Sie biss die Zähne zusammen und zwang sich, bei jedem Einatmen laut zu zählen – eins, zwei, drei.

Die Frau im Umhang nutzte ihren Vorteil und ließ einen

Hagel von Prophezeiungssplittern niederprasseln. Jeder einzelne stach, einige zogen Blut, andere verletzten nur den Willen.

Aus der Peripherie drang Rens Stimme: »Sie schaffen das, Mrs Barley!«

»Achtung, links!«, warnte Vincent.

Mrs Barley rollte unter dem nächsten Hieb hindurch, kam auf den Knien hoch und schleuderte – mit ihrer letzten Stricknadel – diese von unten in den Oberschenkel der Frau im Umhang.

Es gab eine Pause. Dann heulte die Schurkin auf.

Die Prophezeiungsfragmente erzitterten, ihre Umlaufbahn verlor an Zusammenhalt. Für einen kurzen, wunderschönen Moment konnte Mrs Barley die Frau unter dem Umhang sehen: ein verkniffenes Gesicht, wilde Augen, das Haar kurz geschnitten und vom Schweiß an die Kopfhaut geklebt. Sie war jünger, als Mrs Barley erwartet hatte. Keine wahre Unsterbliche, nur eine Bürokratin des Schicksals mit Ambitionen, die ihre Stellung überstiegen.

Mrs Barley stellte die Füße fest auf, packte den Regenschirm wie eine Hellebarde und stieß zu. Die Spitze traf die Frau im Umhang in den Solarplexus. Für eine Sekunde standen beide Frauen wie erstarrt da.

»Wissen Sie«, zischte Mrs Barley, ihre Stimme zitterte vor Anstrengung, »wenn Sie nur halb so viel Mühe in bürgerschaftliches Engagement gesteckt hätten, hätten Sie diese Stadt regieren können.«

Die Maske der Frau im Umhang zuckte. »Sie können nicht aufhalten, was geschrieben wurde.«

Mrs Barley stieß den Regenschirm tiefer. »Dann schreibe ich eben ein neues Ende.«

Die Welt erzitterte.

Etwas in der Frau im Umhang gab nach. Die Prophezeiungsfragmente verloren ihre Struktur und flatterten davon wie aufgeschreckte Stare. Sie taumelte rückwärts und umklammerte den Regenschirm, der immer noch in ihrer Mitte steckte.

Mrs Barley drängte vorwärts, einen Schritt nach dem anderen, ihre Stiefel rutschten auf dem Cocktail aus Wachs, Blut und verflüssigter Erzählung, der die Bretter bedeckte. Die Frau im Umhang versuchte, ein weiteres Fragment heraufzubeschwören, aber ihre Stimme versagte. Alles, was herauskam, war ein ersticktes Keuchen und ein Wust halbgeformter Sätze.

Mit einer letzten, entscheidenden Bewegung drehte Mrs Barley den Regenschirm frei und stieß ihn in die Schulter der Schurkin, um sie an den Proszeniumsbogen zu heften.

Die Wirkung war augenblicklich. Die Prophezeiung, ihres Wirts beraubt, explodierte in einer Schockwelle reiner, unvermittelter Geschichte nach außen. Für den Bruchteil einer Sekunde war Mrs Barley überall – jeder Moment, den sie je gelebt hatte, jedes Bedauern, jede Erinnerung, die sie in den Jahren seit der Auflösung der alten Ordnung durch den Stadtrat weggesperrt hatte. Dann war es vorbei, und sie war wieder sie selbst, stand über einer besiegten Feindin und fühlte ausnahmsweise nichts als kalte Genugtuung.

Die Frau im Umhang rutschte am Bogen hinunter, ihr Umhang verfing sich um ihre Knie. Sie blickte zu Mrs Barley auf, das Gesicht blass und die Lippen zu einem Knurren verzogen.

»Haushälterin«, spie sie aus.

Mrs Barley nickte. »Ganz genau.«

Sie wandte sich an Ren und Vincent, die es beide geschafft hatten, auf den Bühnenrand zu krabbeln. Ren und die geisterhafte Zara schafften ein schwaches Klatschen. Vincent keuchte nur und gab ihr einen Daumen hoch.

Mrs Barley richtete ihre Jacke, sammelte ihre Stricknadeln ein und wischte das Schlimmste der Prophezeiung von ihrem Regenschirm.

»Bringen wir Sie beide hier raus«, sagte sie, ihre Stimme so energisch und klar wie der Morgen danach.

Sie schafften vier Schritte, bevor sich der Boden unter ihnen auftat, Schatten nach ihnen griffen, Mrs Barleys Knöchel umschlangen und sie von den Füßen rissen.

Ren schrie und stürzte sich ihr nach, aber die Dunkelheit war zu schnell. Mrs Barleys letzter Anblick, bevor sie ins Schwarze gezogen wurde, war Vincents Gesicht, der Mund zu einer Warnung geöffnet, die sie nicht ganz hören konnte, und die Maske der Frau im Umhang, die sie immer noch mit einem Blick absoluter, unbezwingbarer Verachtung fixierte.

Dann klappte die Welt zu, und Mrs Barley war verschwunden.

Mrs Barley tauchte mit der widerwilligen Klarheit einer Frau, die zu spät zu ihrer eigenen Beerdigung kommt, in der Leere auf. Die Welt war ohne Farbe und Geräusch: eine leere Bühne, kein Publikum, der Staub machte sich nicht einmal die Mühe, sich zu setzen. Sie machte eine Bestandsaufnahme. Beide Beine waren in Schattenbänder gehüllt, kalt wie Eis und doppelt so unnachgiebig; ihre Arme waren hinter dem Rücken gefesselt, die Handgelenke durch dasselbe Material miteinander verschweißt. Sie schmeckte Metall und – weniger willkommen – eine ferne Süße wie brennendes Plastik.

Die Frau im Umhang schwebte über ihr, in jeder Hinsicht die Hohepriesterin der Katastrophen anderer Leute. Ihre Maske, nun mit ihrem Gesicht verschmolzen, glänzte mit einem feuchten, unblinzelnden Schimmer. Um sie herum kreisten die Prophezeiungssplitter, hungrig nach einer Auflösung.

Mrs Barley reckte den Hals und erhaschte einen Blick auf ihre

Welt auf der anderen Seite des Schleiers: Ren und Zara standen über Vincent, der seitwärts dalag, während Blut einen Heiligenschein auf dem Theaterboden bildete. Sie sah, wie Ren mit dem Griff der Pistole auf den Bühnenboden einschlug, versuchte, durchzubrechen und weiterzukämpfen, und empfand einen Anflug von perversem Stolz über die Weigerung des Mädchens, sich geschlagen zu geben. Die Frau im Umhang bemerkte es nicht einmal. Ihre Aufmerksamkeit galt Mrs Barley und der Geschichte, die zu Ende erzählt werden musste.

»Sie sind ein störrisches Relikt«, sagte die Schurkin, ihre Stimme klang mit der Autorität jeder abgelehnten Stimme und jedes gescheiterten Ratsantrags. »Sie sind irrelevant. Die Prophezeiung wird sich nähren, und ich –«, sie zögerte, die Maske zuckte, »– ich werde zu dem werden, was ich immer sein sollte.«

Mrs Barley bewegte sich, spürte, wie der Schmerz in ihren Schultern aufblühte und nachließ, ersetzt durch eine kalte Entschlossenheit.

»›Irrelevant‹ sagten sie auch, als sie die Bibliotheken schlossen«, erwiderte Mrs Barley, ihre Stimme erstaunlich fest für jemanden, der in einer feindseligen Fußnote gefesselt war. »Hat mich nicht aufgehalten. Wird mich auch jetzt nicht aufhalten.«

Die Frau im Umhang beugte sich vor, die Augen funkelten hinter der Maske. »Sie sind bereits ausgelöscht. Ich habe in den Aufzeichnungen nach Ihnen gesucht und nur geschwärzte Zeilen gefunden.«

Mrs Barley fletschte die Zähne zu etwas, das nicht ganz ein Lächeln war. »Sie hätten in die Randnotizen schauen sollen.«

Der Druck wuchs, die Schatten um sie herum verdichteten sich, pressten Luft und Gedanken zu einer einzigen, gezackten Linie zusammen. Mrs Barley spürte, wie ihre eigene Geschichte von der Prophezeiung gelesen wurde – Seite für Seite, Absatz für Absatz. Sie spürte die Änderungen, die Auslassungen, die

Momente, in denen ihr Name per bürokratischem Erlass durchgestrichen worden war.

Wenn sie ihre Auslöschung wollten, würde sie sie ihnen geben.

Sie schloss die Augen und ließ ihre Gedanken schweifen, nicht zu den glorreichen Tagen des Ordens oder dem Stolz eines perfekt abgestimmten Teeservices, sondern zu den Momenten, die sie gelöscht hatten: die übergangenen Geburtstage, die Briefe, die mit »Empfänger unbekannt« zurückkamen, die Gesichter, die sie am Ende nie »Mama« oder »Schwester« oder auch nur »Freundin« nannten. Da waren leere Kalender und Jahrbücher mit verschwommenen Fotos und eine einzelne Kiste mit Dokumenten hinten in einem verschlossenen Büro, jede Akte dreifach als »irrelevant« gestempelt.

Sie rief diese Dinge eines nach dem anderen hervor und breitete sie im Schwarz aus. Die Prophezeiungsfragmente zögerten, schwebten und wirbelten dann in einem Strudel um dieses neue Angebot.

Die Frau im Umhang schrie, der Klang roh und animalisch. »Nein. Sie können es nicht mit Nichts füttern. Das ist unmöglich —«

Mrs Barleys Lippen zuckten. »Es ist nicht nichts. Es ist das, was Sie zurückgelassen haben.«

Die Prophezeiung – hungrig, selbstkorrigierend, verzweifelt nach einem Abschluss – biss an. Sie schlürfte die gelöschten Geburtstage, die geschwärzten Unterschriften, die geschredderten Ratsvermerke auf. Je mehr sie nahm, desto mehr wankte die Frau im Umhang, ihre Umrisse wurden dünner, die Schatten verloren an Festigkeit.

»Sie werden leer sterben«, spie die Schurkin aus, Panik überflutete ihren Ton.

Mrs Barley schüttelte den Kopf. »Ich werde so sterben, wie ich gelebt habe: mit erledigtem Papierkram, abgewaschenen Tellern auf dem Abtropfgestell und der Mülltonne am richtigen Tag draußen.«

Die Prophezeiungsfragmente, vollgestopft mit Auslöschung, wurden hell und heiß, dann kollabierten sie in sich selbst. Sie umkreisten Mrs Barley in einem perfekten Ring und schnitten sie von den Schatten frei. Sie rollte sich auf die Füße – ungelenk, ungeübt, aber aufrecht – und trat der Schurkin gegenüber, die sich nun an ihre Brust klammerte, als versuchte sie, ihre Geschichte festzuhalten.

Mrs Barley spürte, wie die Leere an ihr nagte – jede Erinnerung, jede Errungenschaft, jedes Mal, wenn jemand ihren Namen in einem Satz benutzt hatte. Sie kannte den Preis, und er war in Ordnung. Er war mehr als in Ordnung: Er war es zum ersten Mal in ihrem langen, beruflich anonymen Leben wert.

Sie trat an die Frau im Umhang heran und schlug ihr mit zwei Fingern die Maske vom Gesicht. Sie zerschellte am Boden und ließ nichts darunter zurück. Der Körper der Schurkin, ohne eine Geschichte, die ihn zusammenhielt, flackerte, dann brach er in sich zusammen, faltete sich immer wieder, bis er die Größe eines Daumenabdrucks hatte und dann weniger als das, das Nachbild eines Seufzers.

Mrs Barley drehte sich um, der Prophezeiungsring wirbelte noch immer, und verließ die Leere. Mit jedem Schritt ließ sie weniger von sich zurück. Als sie das Licht erreichte, war sie um viele Dinge leichter – Bedauern, Ehrgeiz, all das Gewicht ungenutzten Vermächtnisses – aber sie ging immer noch.

Sie fand sich wieder im Orpheum, auf der Bühne, Ren starrte sie an, als wäre sie eine Erscheinung, Vincent erhob sich unsicher hinter ihr.

Mrs Barley öffnete den Mund, um zu sprechen, fand ihre Stimme leiser, einen Hauch dünner. Sie hustete einmal und versuchte es erneut.

»So«, sagte sie. »Räumen wir diesen Ort auf, bevor die Behörden eintreffen. Wer möchte eine Tasse Tee?«

Ren grinste, ihre Augen glänzten vor Tränen. Vincent, der immer noch an mehreren Stellen blutete, salutierte mit zwei Fingern.

Mrs Barley lächelte zurück, nicht ganz sicher, was es sonst zu tun gab.

Sie drückte eine Hand an ihre Kehle und spürte die Leere, wo ihre Stimme früher mehr Gewicht gehabt hatte. Es würde ihr gut gehen. Oder zumindest würde sie genügen.

Das Orpheum sah aus wie die Nachwirkungen einer besonders boshaften Inszenierung von *Titus Andronicus*: Alles war klebrig, nichts stand mehr aufrecht und die Luft war so dick von Rauch und loser Magie, dass man sie hätte in Flaschen abfüllen und an unzufriedene Teenager verkaufen können. Draußen war die Stadt unheimlich still geworden, doch im Inneren des Theaters zankten sich Geschichte und Prophezeiung noch immer darum, wer die Rechnung bezahlte.

Ren, die in einer Krise noch nie untätig war, war die Erste, die begann, die Trümmer zu durchsuchen. Sie watete mit einem Müllsack und einem Paar Latexhandschuhen, die sie aus dem behelfsmäßigen Erste-Hilfe-Kasten der Johanniter-Unfall-Hilfe stibitzt hatte, den Mrs. Barley in ihrer Tasche aufbewahrte, in das Gemetzel. Sie schaufelte Handvoll Pergament, von dem das meiste noch mit Resttinte flackerte, und warf sie in die Mitte der Bühne, wo eine zeremonielle Feuerschale (die wahrscheinlich zuletzt zum Rösten von Kastanien für eine Weihnachtspantomime verwendet worden war) zu einem Lagerfeuer umfunktioniert worden war. Die Flammen waren bereits hungrig, knisterten mit einer blaugrünen Zunge und einem Geruch, der es schaffte, zugleich berauschend und zutiefst falsch zu sein.

Vincent saß auf den Stufen der Vorbühne, umklammerte seinen linken Arm und beobachtete das Feuer mit der besonderen Faszination eines Mannes, der vermutete, dass es persönlich auf ihn Appetit haben könnte. Sein Anzug war bis zum Futter durchgeblutet, und das helle Hemd darunter war selbst für seine Maßstäbe modischer Vernachlässigung nicht mehr zu retten. Hin und wieder zupfte er eine Seite von dem Stapel neben sich, las eine Zeile in einer spöttischen Predigt laut vor und übergab sie dann mit übertriebener Dramatik den Flammen.

»›Die Stadt wird sich erheben, gekleidet in ihre eigene Asche ...‹«, intonierte er und schnippte den Fetzen dann ins Feuer. »Hoffen wir mal, dass uns der Stil steht.«

Mrs. Barley, die durch den Rhythmus der Aufräumarbeiten wieder einen Anschein professioneller Gelassenheit erlangt hatte, schritt mit Kehrschaufel und Besen durch die Gänge, zischte tadelnd über das Chaos und murmelte etwas über ordnungsgemäße Entsorgungsprotokolle. Jedes Mal, wenn sie ein herausgerissenes Stück Prophezeiung fand, untersuchte sie es, schürzte die Lippen, als wöge sie dessen Bedrohung für die öffentliche Ordnung ab, knickte es dann in der Mitte und reichte es Ren zur Verbrennung. Manchmal wehrten sich die zerrissenen Stücke, versuchten, sich an ihren Fingern festzukleben oder winzige Reißzähne wachsen zu lassen, die an ihren Ärmeln knabberten. Mrs. Barley verzog keine Miene, sondern stach ihnen nur kurz mit einer wiedergefundenen Stricknadel zu und ging weiter.

Zara, die späte und anscheinend posthume Ergänzung des Teams, schwebte über der Bühne wie die wertendste Beleuchtungstechnikerin der Welt. Sie trieb durch die Dachsparren, durchscheinend und von einem Heiligenschein aus statischer Elektrizität umgeben, und streckte gelegentlich den Kopf herunter, um auf einen übersehenen Fetzen oder einmal auf ein sich windendes Stück Prophezeiung hinzuweisen, das versucht hatte, sich als durchgebrannte Sicherung zu tarnen. Ihre Stimme drang auf die unheimliche Weise derer, die nicht von Fleisch belastet sind, doch ihr Sinn für Sarkasmus war durch den Tod, wenn überhaupt, nur noch geschärft worden.

»Links, Vincent«, rief sie. »Bei deinem Knie. Das da ist ein lebendiges.«

Vincent bückte sich, zuckte zusammen und hob eine zerfetzte Ecke Pergament auf. Es wand sich in seiner Hand und versuchte, seinen Ärmel hochzuschlängeln, aber er schüttelte es mit einer schwungvollen Geste ab. »Meine Heldin«, sagte er. »Du hattest schon immer ein Händchen dafür, die Teile zu erwischen, die alle anderen übersehen haben.«

Zaras geisterhafte Braue hob sich. »Man nennt das Liebe zum Detail. Einige von uns haben den Papierkram tatsächlich erledigt.«

Ren warf Vincent einen Blick zu. »Schaffst du es, weiterzumachen? Ich kann das auch allein, wenn du eine Weile nutzlos sein und das Opfer spielen willst.«

Er stieß einen theatralischen Seufzer aus und warf einen weiteren Fetzen ins Feuer. »Wenn ich aufhöre, werde ich steif«, sagte er. »Und außerdem hoffe ich, dass der Rauch etwas Wichtiges kauterisiert.«

»Wenn Sie nicht aufpassen, wird er Ihnen den Sinn für die Perspektive ausbrennen«, sagte Mrs. Barley, die immer noch methodisch die Ränge fegte. »Einige dieser Fragmente sind noch aktiv. Versuchen Sie, sie nicht einzuatmen.«

Vincent dachte darüber nach und zuckte dann mit den Schultern. »Könnte schlimmer sein. Wenigstens ist es kein Glitzer.«

Eine Zeit lang arbeiteten sie in etwas, das einer Harmonie nahekam. Die Prophezeiung brannte mit boshafter Gier, jede Seite entzündete sich in einem Schwall grünen Feuers oder einem Heulen aufgestauten Bedauerns. Die Feuerschale füllte das

Theater mit einem wechselnden Licht, das die Gestalten auf der Bühne je nach Flackern der Flammen als Riesen oder Schatten erscheinen ließ. Sogar die alten Dielen schienen bei jeder Seite, die zu Glut verkohlt wurde, erleichtert zu erzittern.

Aber nach einer halben Stunde bemerkte die Prophezeiung, was geschah.

Das erste Anzeichen war das Geräusch: nicht das Knistern von brennendem Pergament, sondern das leise Flüstern von Papier, das sich aus eigener Kraft bewegte. Ein Luftzug, vielleicht, oder die Erinnerung an einen Luftzug, löste lose Seiten aus den Ecken des Raumes. Sie glitten über den Boden, ritten auf den Strömungen ihrer eigenen Unvermeidlichkeit und sammelten sich am Fuß der Bühne wie ein Publikum, das nicht nach Hause gehen wollte. Ren bemerkte es als Erste.

»Mrs. Barley«, rief sie. »Wir haben Gesellschaft.«

Mrs. Barley richtete sich auf und blinzelte in die Dunkelheit. »Nur Papier«, sagte sie. »Weiter verbrennen.«

Aber die Seiten vermehrten sich. Einige flatterten vom zerstörten Balkon herab und ließen Tinte wie Schuppen rieseln. Andere fielen vom Schnürboden, wo Zara sie auf ihrer Runde übersehen hatte. Wieder andere krochen unter den Sitzen hervor, jede einzelne mit Zeile für Zeile von Carmines schlimmsten und seltsamsten Vorhersagen bestickt.

Vincent sah zu, wie ein Dutzend Seiten zu seinen Füßen zusammenflossen und sich dann langsam zu einer groben Nachbildung eines Mannes zusammensetzten. Die Papierfigur schwankte aufrecht, die Arme ruderten, und versuchte dann, nach seinem Knöchel zu greifen.

Vincent zögerte nicht. Er trampelte das Ding platt und warf die Fetzen in die Feuerschale, wo sie mit einem einzigen, zischenden Fluch verschwanden.

Ren, unbeeindruckt von der zunehmenden Seltsamkeit, begann, Seiten beidhändig ins Feuer zu stopfen. Sie arbeitete mit der Intensität von jemandem, der versucht, einer Frist davonzulaufen, und die Prophezeiung beantwortete ihre Aggression mit mehr von ihrer eigenen: Seiten sprangen ihr ins Gesicht, versuchten, sich zwischen ihre Lippen zu zwängen, schlangen sich ihre Ärmel hoch, um sie von innen zu tätowieren.

Mrs. Barley ließ die Kehrschaufel fallen und stürzte sich ins Getümmel, wobei sie ihren Regenschirm wie einen Gummiknüppel schwang. Sie schlug die schlimmsten Übeltäter auf einen wachsenden Haufen und übergoss sie dann mit einem abgemessenen Schuss Weihwasser aus ihrem Flachmann. Die Flüssigkeit zischte und dampfte, aber die Seiten wurden nur noch verzweifelter und verschmolzen zu einer einzigen, sich windenden Masse, die auf das Feuer zukroch.

»Zara!«, rief Mrs. Barley. »Können Sie etwas tun?«

Zara, die das Chaos von oben beobachtet hatte, schüttelte geisterhaft bestürzt den Kopf. »Ich bin körperlos, erinnern Sie sich? Außerdem scheint es Ihnen allen Spaß zu machen.«

Vincent blickte auf, das Haar zerzaust und die Augen vom Rauch gerötet. »Wir werden gleich unter einer Prophezeiung begraben, und du kommentierst das alles?«

»Management«, erwiderte Zara und dann mit plötzlicher Intensität: »Mrs. Barley, hinter Ihnen!«

Mrs. Barley wirbelte herum. Ein Stück Pergament, dicker als die anderen, hatte sich um den Schaft ihres Regenschirms gewickelt und kletterte zu ihrer Hand empor. Sie stach mit einer Stricknadel darauf ein, aber die Nadel zerbrach in zwei Hälften, das Metall löste sich mit einem Kreischen auf.

Ren riss das Ding mit bloßen Händen weg und schleuderte es in die Feuerschale. Das Feuer reagierte, als hätte man ihm Raketentreibstoff gegeben: Die grünen Flammen explodierten nach außen und überzogen die Bühne mit einem Impuls aus Licht und Schall, der alle von den Füßen riss.

Einen Herzschlag lang wurde es im Theater still. Dann, wie

auf ein Kommando, zitterte jeder einzelne lose Fetzen Prophezeiung im Raum und erhob sich in die Luft.

Es war, wie Vincent überlegte, die unwillkommenste Konfettiparade der Welt. Die Luft füllte sich mit zerfetzten Zeilen und blutenden Runen, jedes Fragment umkreiste die Mitte der Bühne in einer enger werdenden Spirale. Die Worte selbst begannen zu sprechen, ein Chor aus sich überschneidenden Stimmen, die abwechselnd bettelten, drohten und sich in Echtzeit selbst plagiierten.

Ren bedeckte fluchend ihren Kopf. Vincent, der mit einem funktionierenden Arm nicht viel ausrichten konnte, duckte sich hinter Mrs. Barley, die in eine Verteidigungshaltung gegangen war und mit den Überresten ihres Regenschirms nach dem fliegenden Papier schlug.

Zara, jetzt ein wirbelndes Gespenst im Herzen des Wirbels, begann, Zeilen im Kontrapunkt zu rezitieren. »Lasst euch nicht von ihnen berühren«, warnte sie. »Sie werden eure Erinnerungen umschreiben, wenn sie können.«

Mrs. Barley biss die Zähne zusammen. »Nun, dann werden sie gleich die Konsequenzen meiner Archivierungspolitik zu spüren bekommen.«

Die nächsten Minuten verschwammen: Mrs. Barley und Ren schnappten nach Seiten, rissen sie aus der Luft und fütterten sie in die gefräßige Feuerschale. Vincent, der Mühe hatte, bei Bewusstsein zu bleiben, improvisierte, indem er ein verbranntes Stuhlbein als behelfsmäßiges Paddel benutzte und die hartnäckigeren Fragmente in die Flammen schlug.

Die Prophezeiung, die ihr nahendes Verderben spürte, eskalierte. Die Seiten verschmolzen zu Formen – eine Schlange, die einen Vorhang hinunterschlängelte, ein Wolfskopf, der nach Mrs. Barleys Hand schnappte, ein Schwarm schwarz-roter Schmetterlinge, die sich an Rens Haaren festhielten und sich nicht abschütteln ließen. Jede Kreatur starb mit einem Kreischen oder einem

Fluch, immer mit Carmines Stimme, immer mit einer neuen Schicht Melodramatik.

Zara, die in den Wirbel hinein- und wieder hinaustauchte, begann, die Fragmente selbst zu sammeln – ihre geisterhaften Hände fuhren durch das Papier, zogen aber irgendwie die Worte in ihre Umrisse. Sie pulsierte jedes Mal mit neuem Licht, ihre Augen knisterten vor gestohlener Elektrizität.

»Zara!«, rief Vincent. »Bist du ...?«

Sie drehte sich um, ihr Lächeln war brüchig. »Alles gut. Ich wollte schon immer eine wandelnde Bibliothek sein.«

Die letzte, wütende Welle traf ein, als die Prophezeiung sich zu einem letzten Widerstand sammelte. Jeder überlebende Fetzen im Theater verdrehte sich zu einem Turm aus Seiten, der über der Feuerschale aufragte. An seiner Spitze starrte eine grobe Papiermaske von Carmines eigenem Gesicht auf sie herab, die Lippen zuckten vor wiederverwerteter Bedrohung.

Vincent, der sich aufrichtete, erwiderte den Blick der Maske. »Du bist überschrieben, alter Freund«, sagte er und schleuderte mit letzter Kraft das Stuhlbein gegen die Basis des Turms.

Der Schlag stürzte die gesamte Struktur ins Feuer. Die Maske schrie – ein Geräusch, das sich aus jedem wütenden Ablehnungsschreiben zusammensetzte, das Vincent je erhalten hatte – und zerfiel dann in einem Wirbelsturm aus blauer Flamme.

Als Vincent wieder hören konnte, war die Bühne bis auf ein paar schwebende Glutnester leer. Die Prophezeiung hatte zum ersten Mal seit Jahrhunderten nichts mehr zu sagen.

Ren setzte sich als Erste auf und rieb sich den Kopf. »Sind wir endlich fertig?«, fragte sie mit hohler Stimme.

Mrs. Barley überprüfte die Umgebung und staubte sich dann die Hände ab. »Fertig«, sagte sie.

Zara, jetzt in ihrer Körperlosigkeit völlig körperlich, schwebte über den Überresten der Feuerschale. »Ihr macht eine höllische

Sauerei«, sagte sie. »Das Echo davon werde ich noch zehn Jahre lang aufräumen.«

Vincent, der sich schwer auf die zerstörten Stufen stützte, schaffte ein schwaches Lächeln. »Wir können uns damit abwechseln, die Nächsten heimzusuchen.«

Sie saßen einen Moment da und ließen die Erleichterung einsickern. Das Orpheum, immer noch ramponiert und blutend, fühlte sich leichter an als seit Jahren.

Vincent sah sich seinen unwahrscheinlichen Zirkel an und stellte fest, dass ihm ausnahmsweise nichts Geistreiches einfiel.

Der Frieden hielt gerade lange genug an, damit das Orpheum sich an seine eigene strukturelle Integrität erinnerte. Die erste Warnung war ein Stöhnen von oben, gefolgt vom Fall von Gipsstaub, der sanft auf ihre Köpfe schneite und allen einen letzten Hauch von Pantomime verlieh.

Dann, mit dem perversen Zeitgefühl, das nur ein abbruchreifes Gebäude aufbringen konnte, löste sich der gesamte obere Balkon aus seinen Verankerungen und stürzte nach innen ein, wobei er drei Reihen roter Samtsitze mit einem Geräusch platt machte, als würden tausend Schreibmaschinen in die Themse geworfen.

Ren sprang mit aufgerissenen Augen auf die Füße. »Das ist unser Stichwort.«

Vincent versuchte aufzustehen, aber sein linkes Bein meuterte bei dem Vorschlag. »Muss Ihnen leider mitteilen, dass meine dramatischen Abgänge ausschließlich auf den Notlaufmodus beschränkt sind«, sagte er.

Mrs. Barley war bereits in Bewegung, getrieben von einer tief sitzenden Weigerung, jemals die Letzte bei der Feuerübung zu sein. Sie packte Vincents gesunden Arm und zog ihn mit der Kompetenz von jemandem, der dreißig Jahre lang älteren Verwandten über vereiste Kirchentreppen geholfen hatte. »Raus. Sofort. Ren, nehmen Sie seine andere Seite.«

Ren legte Vincents Arm über ihre Schulter. Er sackte gegen sie und schenkte ihr ein mattes Lächeln. »Weißt du, genau so habe ich mir unseren ersten Tanz vorgestellt.«

Sie stieß ihn sanft mit dem Ellbogen in die Rippen. »Du wiegst eine Tonne und riechst nach Lagerfeuer.«

»Geschmeichelt«, keuchte er, während er halb mitgeschleift wurde und der Staub dicker wurde.

Zara schwebte hinterher und zog einen Schauer blau-weißer Funken nach sich. »Ich würde ja helfen, aber, du weißt schon – es fehlt die körperliche Berührung.« Sie zischte voraus, ihr Nachbild tanzte im Rauch. »Hier entlang. Und beeilt euch.«

Das Quartett hetzte (oder humpelte, in Vincents Fall) den Mittelgang hinauf, während die Decke über ihnen in einer Sprache stöhnte, die nur tragende Wände sprechen konnten. Brocken von bemaltem Gips regneten herab, die Putten und Musen vom Proszeniumsbogen zerschellten zu Pulver auf dem Teppich. Jeder Schritt drohte sie in den Keller zu stürzen, wo die Flut des Flusses gurgelte und die unhygienischsten Ratten der Stadt auf eine Zugabe warteten.

Ein Kronleuchter, der zuletzt glitzernd über den Rängen zu sehen war, wählte diesen Moment, um sich zu lösen und mit dem Zischen von zerbrochenem Glas und der Musikalität eines rückwärts abgespielten Heavy-Metal-Albums zur Erde zu stürzen. Er landete genau in der Mitte und verfehlte Mrs. Barleys Kopf um einen Abstand, der normalerweise gesetzlichen Promillegrenzen vorbehalten ist.

Ren fluchte und verdoppelte ihr Tempo. Vincent versuchte,

mit seinem gesunden Bein mitzuhelfen, aber die Anstrengung ließ eine frische rote Welle durch sein ruiniertes Hemd blühen. »Ich fürchte, schneller zu gehen, gehört im Moment wirklich nicht zu meinem Repertoire«, keuchte er.

Mrs. Barley, unbeeindruckt, schnappte: »In einem einstürzenden Theater zu sterben auch nicht, also bewegen Sie sich.«

Zara rief aus der Lobby: »Kommt schon!«

Sie schwenkten durch das große Vestibül, das sich bereits mit Rauch füllte. Das Glas in den Eingangstüren war nach innen zersplittert, die Bleiglasscheiben lagen nun verstreut wie nach dem Wutanfall eines Juweliers. Ren trat die letzte Tür auf, und gemeinsam stolperten sie auf die rissigen Steinstufen hinaus.

Die Nachtluft traf sie mit der Erleichterung eines kalten Biers nach einer Beerdigung. Sie schluckten sie gierig und blinzelten in die plötzliche Stille.

Für einen Moment lief die Welt langsam.

Dann gab das Orpheum den Rest seines Lebenswillens auf. Die bemalte Kuppel, dieses kitschige Karussell engelhafter Enttäuschung, stürzte ein und schickte eine Fontäne grün-blauen Feuers himmelwärts. Der Lärm rollte in einer Druckwelle über sie hinweg, drückte die Hecken auf dem Platz flach und ließ Autoalarmanlagen in hemmungslose Hysterie ausbrechen.

Die nächste Katastrophe war persönlicher. Das Stück Theater, das die Ostfassade mit ihrem kunstvollen Wappen und den Worten »HORATIO'S ORPHEUM« in alter Schrift gebildet hatte, löste sich und stürzte direkt auf Rens geliebten Peugeot. Das Auto, das drei Beziehungen, zwei TÜV-Prüfungen und einen Zusammenstoß mit einem Taxifahrer überlebt hatte, klappte zusammen wie nasser Karton.

Ren starrte mit einem perfekten O auf den Lippen auf das Wrack.

Vincent, der sich an einem Poller abstützte, überblickte das

Gemetzel. »Nun«, sagte er, »wenigstens war es nicht meine Kaution.«

Mrs. Barley, die ausländischen Autos nie getraut hatte, nickte kurz und zufrieden. »Das können Sie dem Stadtrat in Rechnung stellen«, sagte sie.

Zara schwebte an Rens Seite und gab ihr einen geisterhaften Klaps auf den Rücken. »Sieh es mal positiv. Das Parken ist für den Rest des Jahres kostenlos.«

Ren brachte ein Lachen zustande, aber es klang halb erstickt. »So funktioniert die Versicherung nicht«, sagte sie, während Tränen ihre Sicht verschwammen, als sie das letzte, würdevolle Piepen des Peugeot-Alarms verstummen sah.

Vincent drehte sich mit einer Frage in den Augen zu Mrs. Barley um.

Sie fing seinen Blick auf und warf ihm einen Blick zu, der es schaffte, Mitgefühl, mütterliche Verärgerung und ein unausgesprochenes Angebot für Tee zu vereinen. »Bringen wir Sie zum Flicken, bevor Sie den ganzen Gehweg volltropfen«, sagte sie. »Und Ren, wir bleiben heute Nacht alle an einem Ort. Keine Widerrede.«

Ren nickte nur und schlang die Arme um sich, als hätte sie Angst, ihre Organe könnten ebenfalls versuchen zu fliehen.

Sie humpelten von der schwelenden Ruine weg, eine Haushälterin, ein Vampir, ein Mensch und ein Geist, von denen keiner so recht in die Beschreibung auf seinem Namensschild passte. Hinter ihnen stürzte das Orpheum endgültig ein, die Flammen leckten mit einem zufriedenen Zischen die letzten Reste von Carmines Prophezeiung auf.

»Nächstes Mal«, sagte Mrs. Barley, richtete ihre angesengte Strickjacke und warf dem Himmel ihren besten bösen Blick zu, »verbrennen wir Prophezeiungen an einem Ort mit ordentlichen Notausgängen.«

Niemand widersprach.

Sie gingen weiter, in die Stille, die auf eine Katastrophe folgt, und stritten bereits darüber, wer mit dem Teekochen an der Reihe war und ob Zara für einen Stichentscheid zählte.

Die Stadt, wie immer, machte weiter.

FÜNFUNDZWANZIG

Drei Tage theoretischer Ruhe hatten Vincent Lupo in ein Schaustück wandelnder Morbidität verwandelt, sorgfältig auf dem ausklappbaren Tagesbett in Zaras von Büchern gesäumtem Salon arrangiert. Der Effekt war der eines geringeren Heiligen oder eines abgesetzten Potentaten, bis zum Kinn in Perkal und alte Krankenhausverbände gewickelt, sein Haar vom Fieber und der Genesung zurückgekämmt. Der einzige Beweis von Vitalität war der permanente, wenn auch verblasste Hauch von Sarkasmus, der an seiner Unterlippe klebte.

Mrs Barley, deren offizielle Haltung zur Palliativpflege darin bestand, dass sie zügig und, wenn möglich, mit genug Kraft verabreicht werden sollte, um Simulantentum auszutreiben, stand an seiner Seite. Sie schüttelte die Kissen mit einer Aggression auf, die normalerweise Wahlbetrug vorbehalten war, und beugte sich dann über ihn, in der Hand eine Tasse mit etwas, das nach Bovril, Jod und unerklärlicherweise nach Pimm's roch.

»Trink«, sagte sie, »oder ich schütte es dir rein. Nichts wächst richtig nach, wenn man es austrocknen lässt.« Sie sah zu, wie Vincent eine Show daraus machte, einen Schluck zu nehmen, und stellte die Tasse dann mit der ganzen Zeremonie eines Gefangenen ab, der seine Henkersmahlzeit ablehnt.

Ren beobachtete das Geschehen mit verschränkten Armen und angespanntem Kiefer vom Türrahmen aus. Während der Rest von Zaras Wohnung einer strengen, klinisch-minimalistischen Ästhetik folgte, war der Salon kaum als Wohnraum zu erkennen: vom Boden bis zur Decke mit Taschenbüchern vollgestopft, die Luft erfüllt vom warmen, trockenen Geruch alten Leims und kälteren, weniger geselligen Anklängen von Formaldehyd und Pflasterkleber. Jemand hatte die Vorhänge zugezogen, um das Tageslicht auszusperren, aber ein Heiligenschein aus städtischem Glühen sickerte durch den Stoff und ließ alles einen Tick weniger lebendig erscheinen, als es war.

»Was ist da drin?«, fragte sie und nickte in Richtung der Tasse.

Mrs Barley schürzte die Lippen. »Elektrolyte und Rinderbrühe. Eines für die Seele, eines für die Zellmatrix. Beides schmeckt besser als dein letzter Versuch eines Mikrowellengerichts.«

Vincent hustete – absichtlich, für den Effekt. »Das Morphin war mir lieber. Das hatte wenigstens eine Geschichte.«

»Tja, davon bekommst du nichts mehr«, schnappte Mrs Barley und rückte den Verband an seinem Hals mit einer Geste zurecht, die beinahe zärtlich wirkte. »Die letzte Dosis hat deinen Körper gestern verlassen und deinem Appetit hat es auch nicht geholfen. Die Rinderbrühe muss reichen.«

Ren fng seinen Blick auf und zuckte in stummer Zustimmung mit den Schultern. Ihr Blick wanderte durch den Raum, folgte den Linien der Bücherregale, die in ungeordneten Reihen bis zur verputzten Decke aufragten. An der Wand hingen akademische Skizzen, die meisten anatomischer Natur, einige zeigten die Muskelstruktur von Fledermäusen und etwas, das verdächtig nach dem Exoskelett eines riesigen Insekts aussah.

»Es ist, als hätte eine alte Bibliothek eine Beziehung mit einer

Morgue angefangen«, sagte Ren, an niemanden Bestimmtes gerichtet.

Vincents Stimme war brüchig, aber er schaffte es, sie in ihre Richtung zu lenken. »Das nehme ich als Kompliment. Bibliotheken sind als Orte für Romantik unterschätzt.«

Von irgendwo oben kam ein leises, statisches Knistern. Zuerst nahm Ren an, es sei die Heizung – Zaras Heizkörper versprachen mehr, als sie hielten –, aber das Geräusch löste sich in Sprache auf, klar und präzise, als ob es durch einen langen Korridor schallte.

»Ich höre, wir machen jetzt schon vor dem Frühstück Postmortems«, rief Zaras Stimme, kühl und gerade noch nicht ganz gespenstisch.

Ren zuckte zusammen und blickte nach oben. Die Decke lag im Schatten, aber in der Nähe des Gesimses schimmerte eine Verzerrung: die Umrisse von Zaras Kopf und Schultern, flackernd, mehr wie eine Projektion als eine Präsenz. Sie schwebte dort, ihr Haar trieb in einem langsamen, zähflüssigen Heiligenschein, ihre Augen blinzelten nicht und waren einen Tick zu groß.

»Ich würde Tee anbieten, aber ich kann nichts anfassen, was nicht zu mindestens vierzig Prozent tot ist«, fügte Zara hinzu, trieb nach unten und materialisierte an der Schwelle.

Mrs Barleys Gesichtsausdruck veränderte sich nicht. Sie stellte die Tasse auf den wackeligen Tisch und holte einen Stapel sauberer Handtücher aus dem Wäscheschrank, wobei sie im Vorbeigehen etwas von »vorzeitigem Spuken« murmelte. Vincent sah ihr nach und blickte dann zu Zaras geisterhafter Erscheinung auf.

»Nett von dir, dass du dich rechtzeitig zu den Besuchszeiten manifestierst«, sagte er.

Zaras Mundwinkel zuckten. »Du bist nicht mein einziger Patient.«

Ren, die weniger an geisterhafte Besuche gewöhnt war, schlich um das Sofa herum, bis sie an Vincents Seite war und ihn als sehr ineffizienten Fleischschild benutzte. »Kann sie uns sehen? Oder ist das wie eine Telefonkonferenz?«

»Ich kann dich gut sehen«, antwortete Zara mit einem leichten Echo in ihrer Stimme. Sie betrachtete Ren mit einem beunruhigend starren Blick.

Ren zuckte unter der genauen Musterung zusammen, schaffte es aber, ein sprödes Lächeln aufzusetzen. »Ich atme noch. Gewissen Leuten sei Dank.«

Vincent unterdrückte ein Grinsen und zuckte dann zusammen, als die Bewegung an dem heilenden Biss an seinem Hals zog. »Wir sind alle ein bisschen weniger lebendig als vorher.«

Mrs Barley kehrte mit den Handtüchern zurück. Sie warf der schwebenden Zara einen Blick zu und sagte: »Ich nehme an, du willst auch noch deinen Senf dazugeben, bevor wir ihn auf die Beine bringen.«

Zara schwebte ein wenig näher, ihre Umrisse flackerten wie eine defekte Leuchtstoffröhre. »Tatsächlich, ja«, sagte sie und ihre Stimme sank in die Oktave, die für ernste Ankündigungen und Bestatter reserviert ist.

»Ren«, begann sie, »ich möchte, dass du hier bleibst. In der Wohnung. Dauerhaft.«

Ren blinzelte. »Du was?«

Zaras Gesicht blieb unbewegt, aber das Gefühl eines Lächelns strahlte nach außen. »Du wolltest schon immer eine Adresse im Stadtzentrum. Ich wollte schon immer jemanden heimsuchen. Eine Win-win-Situation.«

Es folgte ein kurzer Moment der Stille, dann schnaubte Mrs Barley, ohne sich die Mühe zu machen, ihren Spott zu verbergen. »Angesichts der Immobilienpreise in der Londoner Innenstadt ist das ein ziemliches Geschenk.«

Vincent richtete sich auf und verzog das Gesicht, als er sich auf einen Ellbogen stützte. »Du hast also nicht vor, mich heimzusuchen?«

»Bilde dir bloß nichts ein«, erwiderte Zara, ihre Stimme so trocken wie neues Pergament. »Du wärst ein furchtbarer Geisterwirt. Zu viele ungelöste Probleme, zu viele alte Flammen.«

Ren blickte vom Geist zu den anderen, ihr Mund zu einem perfekten Kreis geöffnet. »Ich bin nicht – ich meine, es ist nicht so, als ob ich – darfst du überhaupt an die Lebenden untervermieten?«

»Ich vermiete nicht, die Wohnung gehört mir. Ich kann tun, was ich will.« Zaras Aufmerksamkeit wich nicht von Ren. »Ich brauche jemanden, der die Wohnung in Ordnung hält. Und ich hätte ganz gern die Gesellschaft.«

Ren ließ ihre Finger über das nächste Regal gleiten und wischte Staub von den Buchrücken von »Schreckliche Lehren« und »Eine Taxonomie des städtischen Spuks«. Die Bewegung gab ihr ein wenig Halt. »Du meinst das ernst.«

»Ich bin tot«, sagte Zara, »aber ja.«

Eine Stille breitete sich aus. Darin schlichen sich die Geräusche der Stadt wieder ein – ein Krankenwagen drei Straßen weiter, das ferne Dröhnen von Bauarbeiten, das schrille Klingeln eines Fahrradkuriers, der in diesem Moment von einem Taubenschwarm bedroht wurde.

Vincent nutzte die Pause, um seine Decken mit einem theatralischen Seufzer neu zu arrangieren. »Ich glaube, ich muss noch mindestens einen Monat bleiben.«

Mrs Barley schlug ihm mit einem zusammengerollten Handtuch aufs Schienbein. »Du bist kein Invalide. Morgen stehst du auf. Bis Sonntag bist du wieder in deiner eigenen Wohnung, und ich erwarte, dass du bei der Hausarbeit hilfst.«

Vincent brachte einen Funken seines alten Charmes auf. »Wenn du mich nackt sehen wolltest, hättest du auch einfach fragen können.«

Mrs Barley ignorierte ihn. »Du, Mädchen – bleibst du nun oder nicht?«

Ren blickte auf die Wohnung – auf die Staubpartikel, die anarchischen Bücherregale, den Geist, der sie mit der Geduld einer Bibliothekarin beobachtete, die auf die Säumnisgebühr wartet – und atmete aus. »Ich bleibe«, sagte sie, und die Worte klangen fester, als sie sich fühlte. »Für eine Weile.«

Zara neigte ihren Kopf, die Geste so förmlich wie eine Segnung. »Gut. Es gibt Arbeit.«

Mrs Barley nickte, als sei die Sache damit erledigt. Sie begann, die Medikamente wegzuräumen, und packte die Flaschen und Tassen mit der Effizienz einer Pub-Wirtin zur Sperrstunde zusammen.

Vincent sank in die Kissen zurück, sein Blick wanderte zur Decke, wo Zaras Nachbild verweilte, schwach und blau im Licht. »Ist es immer so kalt, wenn du in der Nähe bist?«, fragte er.

»Nur, wenn man schuldig ist«, erwiderte Zara und löste sich auf, ihre Silhouette zerstreute sich wie Nebel.

Ren wandte sich an Mrs Barley. »Wie ... wie gewöhnt man sich daran?«

Mrs Barley zuckte mit den Schultern. »Gar nicht. Man sorgt nur dafür, dass der Tee heiß und die Vorhänge zu sind, und hofft, dass die Geister auf deiner Seite sind.«

Darin lag eine Art Endgültigkeit, ein Gefühl, dass nach allem, was geschehen war, das Einzige, was noch zu tun blieb, war, den Kessel aufzusetzen und so zu tun, als ob alles einen Sinn ergäbe.

Vincent, der sich mit der neuen Normalität anfreundete, nahm seine Tasse und umklammerte sie wie einen Talisman. »Auf die Geister also«, sagte er mit heiserer, aber aufrichtiger Stimme. »Mögen sie verantwortungsvoll spuken.«

Ren hob zustimmend ihre Tasse, und auch Mrs Barley erhob ihre, obwohl sie sich nicht die Mühe machte, die Skepsis in ihren Augen zu verbergen.

Für einen Moment saßen die drei in der Stille der Wohnung –

Lebende, Tote und Dazwischen – vereint durch nichts weiter als die sture Weigerung zu gehen.

Draußen vergaß die Stadt sie. Drinnen taten sie ihr Bestes, sich zu erinnern.

Nach dem Mittagessen (das um drei Uhr morgens serviert wurde und aus Toast-Dreiecken und einer kleinen, griesgrämigen Schale Dosenpfirsiche bestand) versammelten sich die Überlebenden im Wohnzimmer. Die Proportionen der Wohnung lagen irgendwo zwischen »edwardianischem Salon« und »viktorianischem Verlies«, aber die klaren Linien und Designermöbel vollbrachten ihre übliche Magie und ließen sie größer, älter und insgesamt selbstsicherer erscheinen als ihre Bewohner.

Vincent hatte es vom Tagesbett auf einen Ohrensessel geschafft und ein Bein unter sich gezogen, was sowohl dem ärztlichen Rat als auch den geltenden Gesetzen der Physik trotzte. Er sah weniger tot aus, oder zumindest weniger wahrscheinlich, einen vorbeikommenden Pathologen zu erschrecken. Ren nahm den anderen Sessel, der für Bequemlichkeit etwas zu aufrecht war, und begann sofort, den Saum ihres geliehenen Sweatshirts zu falten und wieder zu entfalten.

Mrs Barley stand am Fenster und machte eine große Sache daraus, die Fensterbank mit einem Taschentuch abzustauben. Sie hatte die Vorhänge auf halbmast gezogen, als ob sie mit dem Wetter verhandeln würde, und musterte nun die dunkle Straße draußen mit der wachsamen Gründlichkeit einer Kriegswitwe, die auf ein Telegramm wartet.

Es war Zara, die die Stille brach. Ihre Gestalt erschien in der Mitte des Raumes, das Gesicht gefasst, aber die Augen leuchteten.

»Ihr seid alle sehr still geworden«, bemerkte sie, ihre Stimme füllte den Raum auf eine Weise, die nichts mit Akustik zu tun hatte.

»Wir denken über unsere vielen Fehlschläge nach«, erwiderte Vincent. Er wühlte in den Tiefen der Wolldecke, die über seinem Schoß lag, und holte ein rechteckiges Päckchen hervor, eingewickelt in braunes Papier mit angesengten Ecken und mit einem Band verschnürt, das aussah, als hätte es einen Hausbrand überlebt.

Ren erblickte das Geschenk und stöhnte. »Das hast du nicht getan.«

»Doch, habe ich«, sagte Vincent und hielt es ihr mit unergründlichem Gesichtsausdruck hin. »Na los.«

Ren nahm das Päckchen mit der Vorsicht von jemandem entgegen, dem man ein lebendes Tier reicht. Sie zog das Band ab, schnupperte an den verkohlten Rändern und öffnete dann das Papier, um ein Notizbuch zu enthüllen – fest gebunden, mit einem schweren, elfenbeinfarbenen Einband. Auf der Vorderseite standen in Vincents vertrauter, geschwungener Handschrift die Worte »Zukünftige Entwürfe«. Die Buchstaben waren mit unnötigen Schnörkeln und ein paar Blutflecken verziert, vermutlich echt.

Sie drehte es in ihren Händen, der Daumen fuhr über den Rand. »Es ist leer«, sagte sie, mehr Anklage als Feststellung.

Vincent zuckte mit den Schultern. »Es schien mir passend. Du bist die Einzige mit einer tatsächlichen Zukunft.«

Zara schwebte mit verschränkten Armen näher. »Das ist ein großes Kompliment«, sagte sie mit sanfterer Stimme. »Er schenkt nur Leuten leere Bücher, von denen er glaubt, dass sie lange genug überleben werden, um sie zu füllen.«

Ren blickte auf, unsicher, ob sie gerade beleidigt oder befördert worden war. »Ich wüsste nicht, was ich schreiben sollte«, gab sie zu, ihre Wangen glühten.

»Das ist die Idee«, sagte Vincent. Seine Stimme war leiser als sonst, fast verloren unter dem Brummen des Verkehrs und dem gelegentlichen Bellen von Barleys Staubwischen.

Mrs Barley, die nicht außen vor bleiben wollte, trat vor und legte das Taschentuch auf den Tisch. »Du kannst immer mit einer Beschwerde anfangen«, schlug sie vor. »So fangen die besten Geschichten an.«

Ren blätterte, um Zeit zu schinden, zur ersten Seite. Sie war tatsächlich leer, bis auf ein kleines Wasserzeichen in der Ecke: eine stilisierte, grinsende Fledermaus. Sie grinste trotzig zurück. »Ihr seid alle verrückt, wisst ihr das?«

»Berufsrisiko«, erwiderte Mrs Barley.

Vincent beobachtete sie, der spröde Humor in seinem Gesicht war einer fast erwartungsvollen Miene gewichen.

Ren klappte das Notizbuch zu und drückte es an ihre Brust. »Du schreibst die erste Zeile«, sagte sie und schob es zurück zu Vincent.

Er nahm es entgegen und drehte es um, als suchte er nach einer verborgenen Bedeutung im marmorierten Vorsatzpapier. Nach einem Moment nahm er einen Stift von Mrs Barley entgegen und öffnete ihn mit einer schwungvollen Geste.

Er schlug das Notizbuch auf der ersten Seite auf, zögerte und schrieb dann:

Sie lachte, und die Welt ging nicht unter.

Er reichte es ihr zurück, und Ren las die Zeile schweigend. Der Raum blieb ausnahmsweise still; sogar Zara schien zögerlich, die Ruhe zu stören.

Mrs Barley, die nie viel für Sentimentalitäten übrighatte, räusperte sich. »Na, das ist schön vage. Das sollte dir mindestens einen Monat reichen.«

Ren lächelte, echt und breit. »Wenn ich damit anfange, scheint vielleicht alles andere nicht mehr so schlimm.«

»Oder vielleicht wird alles furchtbar, aber dann weißt du

wenigstens, warum«, sagte Vincent und fand zu seinem üblichen Optimismus zurück.

Zara schwebte über ihnen und blickte auf sie herab mit der Miene einer Anstandsdame, deren Schützlinge endlich aufgehört haben, die Vorhänge anzuzünden. »Du schaffst das schon«, sagte sie, und ihr Lächeln war das erste wirklich warme Gefühl, das sich in der Wohnung niederließ, seit ihrer Begegnung mit der Prophezeiung.

Als sich die ersten Anzeichen des Sonnenaufgangs zeigten, holte Mrs Barley mehr Tee, und Ren begann, das leere Buch zu füllen – zuerst Notizen, dann Skizzen, dann ganze Absätze, schnell und schräg geschrieben, die Tinte schlug durch, als könne sie es kaum erwarten, zur nächsten Seite zu gelangen. Vincent sah ihr bei der Arbeit zu, jetzt weniger als Mentor denn als Zeuge, und schaffte es sogar, ihre Rechtschreibung nicht zu korrigieren.

SECHSUNDZWANZIG

Vincent hatte irgendwo gelesen, dass die Genesung eine Übung in Geduld und Dankbarkeit sein sollte, aber das Einzige, worin er sich übte, war der letzte verbliebene Vorrat der Welt an passiver Aggression. Er hatte sich mit der Sorgfalt eines Museumsarchivars auf dem Sofa arrangiert und Decke über Decke geschichtet, bis er einer archäologischen Ausgrabungsstätte für ausgestorbene Säugetiere glich. Die Schlinge war zwar für die weitere strukturelle Integrität seiner Schulter technisch notwendig, aber eigentlich eher eine Requisite: Er sorgte dafür, dass sie aus jedem möglichen Winkel sichtbar war, nur für den Fall, dass jemand am Ausmaß seines Leidens zweifelte.

Mrs Barley wuselte mit der ungeteilten Aufmerksamkeit einer Ein-Frau-Triage-Einheit des NHS um ihn herum. Ihre Bewegungen waren selbst jetzt noch kurz und ökonomisch; sie huschte am Sofa vorbei, schnappte sich einen leeren Blutbeutel vom Boden und warf ihn in einen Mülleimer, der mit einer Einkaufstüte von Co-op ausgekleidet war. »Wer jammern kann, kann auch abwaschen«, verkündete sie und machte sich nicht die Mühe,

Vincent anzusehen, während sie den Couchtisch von zurückgelassenen Pflastern, Rezeptfläschchen und der Art von Krümeln befreite, die nur von verbotenem Toast stammen konnten.

Vincent brachte ein Geräusch zustande, das irgendwo zwischen einem Seufzer und dem Todesröcheln eines enttäuschten Beuteltiers lag. »Du verletzt mich, Mrs Barley«, sagte er und griff nach der Tasse auf dem Beistelltisch, ohne sie zu erreichen, »wirklich, das tust du. Der hippokratische Eid hatte in diesem Land mal eine Bedeutung.«

Mrs Barley ignorierte ihn und stellte eine neue Tasse ab – diese hier enthielt, wie er mit einigem Entsetzen feststellte, einen Teebeutel, der in etwas schwamm, das sehr nach Hühnerbrühe aussah. »Trink aus«, sagte sie. »Du hast viel Flüssigkeit verloren.«

Ren saß mit überkreuzten Beinen auf dem Boden, den Rücken gegen den Heizkörper gelehnt. Sie trug ihren drittliebsten Kapuzenpullover (einer war Blutflecken und Feuer zum Opfer gefallen und der andere einem übermütigen Shih Tzu). Sie hielt Zaras Hausschlüssel in beiden Händen und drehte sie mit einem Ausdruck des Unglaubens und etwas, das gefährlich nahe an Rührung grenzte, um. Hin und wieder blickte sie zur Decke, als erwarte sie, dass die verstorbene Zara Delacourt aus der Deckenleuchte materialisieren würde, um sie über den Spuk des Tages auf dem Laufenden zu halten.

»Also«, sagte Ren, »soll ich jetzt einfach ... hier wohnen? Oder ist das eine von diesen ›Der Geist kommt zurück und versucht, dich umzubringen‹-Geschichten?«

»Nur, wenn du aufhörst, die Nebenkosten zu zahlen«, erwiderte Mrs Barley. Sie wischte das Sideboard mit einem feuchten Tuch ab, ihr Blick verließ die Oberfläche nicht einmal, als sie eine Staubschicht in die Vergessenheit beförderte. »Zara würde eine Mitbewohnerin mit grundlegender Hygiene vorziehen.«

Ren grinste, ihre Zähne leuchteten hell vor ihren rissigen Lippen. »Tja, dann fällt Vincent also flach.«

Vincent, zu schwach für eine richtige Erwiderung, schnippte eine Manuskriptseite zu Rens Füßen. »Hör nicht auf sie. Ich bin der ideale Mitbewohner. Nach Sonnenaufgang still, selten im Bad und alle meine Impfungen sind auf dem neuesten Stand.«

»Apropos Impfungen«, sagte Mrs Barley, »deine Antibiotika sind fällig.« Sie griff in die Tasche ihrer Strickjacke und zog mit der lässigen Bedrohlichkeit eines Straßendealers eine Blisterpackung hervor.

Vincent beäugte die Pillen, als erwarte er, dass sie eine feindliche Übernahme seines Blutkreislaufs versuchten. »Ich bin nicht überzeugt, dass die bei meiner Art überhaupt wirken.«

»Dann betrachte es als Placebo«, schnauzte Mrs Barley, »und schluck, bevor ich auf Zäpfchen umsteige.«

Ren kicherte, wurde dann aber ernst, als sie im Poststapel einen kleinen Stoß Umschläge bemerkte, von denen einer einen Namen trug, den sie aus Vincents Lektüre am Krankenbett kannte.

Sie schnappte ihn sich und hielt den Umschlag hoch wie einen Preis in einer Spielshow. »Ooh, Fanpost für Celeste Evermoon. Soll ich sie öffnen, oder hast du Angst vor Milzbrand?«

Vincents Gesicht wurde ausdruckslos. »Das ist wahrscheinlich eine Tantiemenabrechnung. Schmeiß ihn einfach weg.«

Ren riss den Umschlag mit den Zähnen auf und zog eine quadratische, schwere Karte heraus, die aufwendig in Lila und Schwarz bedruckt war. »Es ist Fanart«, verkündete sie, »von ... mal sehen ... ›Himari, 39 Jahre, Tokio‹.«

Mrs Barley, die nun die Türklinken mit einem essiggetränkten Tuch desinfizierte, brummte zustimmend. »Internationale Leserschaft. Nicht schlecht für etwas, das im Grunde selbstverlegter Mami-Porno ist.«

Ren hielt die Zeichnung hoch, damit alle sie sehen konnten. Sie zeigte einen Vampir, üppig in digitaler Tinte wiedergegeben, mit kantigen Wangenknochen, einem ewigen Fünf-Uhr-Schatten und einem Ausdruck, der entweder als Ennui oder schwere Verstopfung durchgehen konnte. Die Ähnlichkeit mit Vincent war nicht nur verblüffend, sie war geradezu strafbar.

»Warum sehen alle deine Hauptfiguren so aus wie du?«, fragte Ren und wedelte mit der Karte. »Du hast sogar die Augenbraue richtig hinbekommen.«

Vincent schnaubte. »Ich habe ein Gesicht wie für Archetypen geschaffen. Es ist nicht meine Schuld, dass das Genre eine begrenzte Vorstellungskraft hat.«

Mrs Barley beugte sich vor und betrachtete das Bild durch ihre Lesebrille. »Das ist nicht das Einzige, worin es begrenzt ist. Ich nehme an, dieser hier schmachtet auch einem dem Untergang geweihten sterblichen Mädchen nach, das halb so alt ist wie er, und schmollt über die Sinnlosigkeit der Ewigkeit.«

Ren blätterte kichernd durch den Rest der Karte. »Nein, dieser hier isst das sterbliche Mädchen tatsächlich und haut mit ihrer Mutter ab. Das ist doch ein Fortschritt.«

Vincent versuchte, Würde zu bewahren, aber sie brach unter dem Gewicht des Deckenstapels zusammen. »Ich bin vertraglich verpflichtet, eine Mindestanzahl von Handlungswendungen pro Roman zu liefern. Mein Verleger mag überraschende Wendungen.«

Mrs Barley beendete ihre Putzaktion, dann setzte sie sich in den Sessel gegenüber von Vincent und faltete die Hände über einem Klemmbrett, das sie seit dem Orpheum nicht mehr aus der Hand gelegt hatte. »Wenn du nur halb so viel Zeit mit Heilen verbringen würdest wie mit dem Pflegen deines Images, wärst du jetzt schon wieder auf den Beinen.«

Vincent fummelte an seiner Schlinge herum und tat so, als würde er sie zurechtrücken. »Du solltest es besser wissen, als eine Genesung zu überstürzen. Außerdem genieße ich die Aufmerksamkeit.«

Ren verdrehte die Augen und schnippte dann die Fanart in Vincents Schoß. »Rahm sie ein«, sagte sie, »und häng sie über dein Bett. Wenn sie sich jemals bewegt, weißt du, dass dein Fan Nummer eins auf dem Weg ist.«

Mrs Barley kniff sich in den Nasenrücken, als ob sie eine Migräne abwehren wollte. »Kinder«, murmelte sie, ohne sich die Mühe zu machen, ihren Abscheu zu verbergen. »Ihr alle miteinander.«

Sie stand auf, staubte sich die Hände ab und ging in die Küche, wo das Geräusch des Wasserkochers und das Klappern von Tassen so beruhigend war wie jeder Herzschlag.

Vincent, der nach ihrer effizienten Aufräumaktion zurückgelassen wurde, bewegte sich in seinem Nest und inspizierte die Fanart. Er konnte die Genauigkeit nicht leugnen; sogar die leicht gebeugte Haltung der Schultern war perfekt getroffen. Er überlegte nur für einen Moment, was es bedeuten würde, nicht als Retter oder Märtyrer verewigt zu werden, sondern als schmollender Anti-Held von tausend schlüpfrigen Taschenbüchern. Es war eine Art von Vermächtnis.

Ren steckte unterdessen Zaras Schlüssel ein und betrachtete den Raum, seine Gemütlichkeit und das Versprechen einer besseren Zukunft. Es gab keinen Fernseher, aber sie stellte fest, dass es ihr nichts ausmachte.

Es war eine wenig bekannte Tatsache, dass Londons Blutbanken nach Mitternacht ein florierendes Geschäft machten, und Vincent, mit seiner üblichen Vorliebe für plausible Abstreitbarkeit, hatte immer die Hausmarke bevorzugt: o-Negativ, ohne Zusatzstoffe, aus der Region. Er riss den Kühlschrank auf und fischte mit seiner gesunden Hand einen Beutel heraus, wobei er einen Moment innehielt, um das kalte Stechen auf seiner Handfläche zu genießen.

Das Kühlschrankregal, einst für alten Käse und den gelegentlichen unglückseligen Joghurt reserviert, trug nun den schwachen Wasserfleck einer kopflosen Lücke. Vincent starrte auf den Platz, wo der abgetrennte Kopf einst zwischen den Gewürzen genistet hatte, ein Geisterregal, wenn es je eines gab. Ren, die gerade dabei war, Döner zum Mitnehmen auf dem Esstisch auszupacken, bemerkte sein Zögern und folgte seinem Blick.

Auch Mrs Barley, die gerade den Deckel von einem Glas Gewürzgurken geschraubt hatte, bemerkte den Moment. Die drei standen schweigend im Dreieck aus Kühlschrank, Tisch und Küche. Niemand erwähnte den fehlenden Kopf, und das war vielleicht das Verräterischste von allem.

Vincent brach den Bann mit einem Achselzucken. »Ich nehme an, wir werden uns mit Resten begnügen müssen.«

Ren, die ihren Lamm-Döner bereits ausgewickelt hatte und damit beschäftigt war, vereinzelte Stücke Rotkohl herauszupicken, sagte: »In meiner letzten Wohnung hat der Vermieter seine Mutter in der Gefriertruhe aufbewahrt. Das hier ist eine Verbesserung.«

Vincent goss seine Ration in eine Tasse und gesellte sich zu ihnen an den Tisch. Die Döner waren mit einer Art opferähnlicher Ehrfurcht ausgebreitet: die Folie zurückgeschlagen, um duftendes, gewürztes Fleisch freizulegen, ein Haufen Zwiebeln und Tomaten bildete eine Barriere gegen die steigende Flut von Fett. Das Blut war im Vergleich dazu eine nüchterne Angelegenheit – keine Garnitur, keine Zeremonie, nur das leise Aufsetzen der Tasse auf den Tisch.

Es war die Art von Mahlzeit, die einen Toast erforderte, also erhob Vincent seine Tasse. »Auf abwesende Freunde«, sagte er, »und auf unwahrscheinliche Überlebende.«

Mrs Barley stieß mit ihrer Teetasse an seine. »Und auf die Bastarde, die es nicht haben kommen sehen.«

Ren nahm einen Schluck abgestandener Cola und nickte. »Und auf Döner, die frühestens am nächsten Morgen nach Reue schmecken.«

Die Luft in der Wohnung war dick vom Nachgeschmack der Katastrophe, aber auch von etwas Wärmerem – einem unbeholfen aufgebauten, aber hartnäckigen Optimismus. Sie aßen in geselligem Schweigen, nur unterbrochen vom Knacken der Gewürzgurken und dem Klatschen der Folie auf den Tisch. Hin und wieder zog Ren ein neues Artefakt aus der Essens-Tüte – Pommes, eine Schale Hummus, ein verwaistes Stück Baklava – und bot es der Gruppe an wie ein Relikt von seltener Macht.

Zaras Geist, der sich für einen Platz in der Nähe der Bücherregale entschieden hatte, flackerte mit der ungleichmäßigen Anmut einer phasenverschobenen Telepräsenz auf und verschwand wieder. Sie beobachtete die Mahlzeit mit einer Miene anthropologischer Neugier, ihre Augen nahmen Details auf und speicherten sie für spätere Kommentare.

Ren, die die Aufmerksamkeit des Geistes auf sich zog, hob ihre Dose zum Gruß. »Vermissen Sie das Essen?«, fragte sie halb im Scherz.

Zara wog die Frage gebührend ab und antwortete dann: »Nur das Kauen. Der Rest ist nur Instandhaltung.«

Mrs Barley, die das schon einmal gehört hatte, verdrehte die Augen. »Sie ist sich nicht zu schade für eine kleine spektrale Nascherei. Letzte Woche habe ich drei fehlende Butterkekse und eine Spur Haferkrümel gefunden, die in den Wäscheschrank führte.«

Vincent, der die letzten Reste seines Blutes austrank, lehnte sich zurück und ließ die Wärme durch sich strömen. »Wenigstens musst du dir keine Sorgen um Kohlenhydrate machen«, sagte er.

Zaras Umriss summte amüsiert. »Kohlenhydrate sind das

Laster eines lebenden Mannes. Ich ernähre mich ausschließlich von unerledigten Angelegenheiten.«

Ren grinste. »Suchen Sie uns deshalb heim, oder ist Ihnen nur langweilig?«

Zara antwortete nicht sofort. Ihr Blick streifte durch den Raum – die Bücherstapel, das Gewirr von Verlängerungskabeln, die Papierstapel auf jeder verfügbaren Oberfläche. »Ihr Leute produziert genug lose Enden, um mich für Jahrhunderte zu beschäftigen. Ich bin eine Rechnungsprüferin, kein Poltergeist.«

Mrs Barley, nun in ihrem Element, holte ein abgenutztes Kartenspiel aus dem Sideboard und teilte jedem eine Hand aus. »Mal sehen, ob sich einer von euch daran erinnert, wie man mit Anstand verliert«, forderte sie sie heraus. »Der Gewinner darf heute Abend den Film aussuchen.«

Vincent spähte auf seine Hand, sah drei Damen und zwei Joker und vermutete Betrug, beschloss aber, es gut sein zu lassen. »Die Gesellschaft war mir immer lieber als der Gewinn«, sagte er. »Selbst wenn ich verloren habe.«

Ren schnaubte. »Du wirst uns verzeihen, wenn wir dir die Masche vom edlen Verlierer nicht abkaufen. Ich habe dich schon Karten zählen sehen.«

Mrs Barley teilte mit kalter Präzision aus, ihr Gesichtsausdruck war unleserlich. »Zu meiner Zeit haben wir um Zigaretten und Staatsgeheimnisse gespielt. Ich vermisse die Einsätze.«

Sie spielten drei Runden, bevor Vincents Bluff auflog und Mrs Barley den Tisch abräumte. Sie zog eine Augenbraue hoch, unbeeindruckt von ihrem eigenen Sieg. »Wir schauen uns dann etwas mit Untertiteln an. Hält das Gehirn fit.«

Vincent stöhnte, aber Ren jubelte leise. »Ich stimme für Zombies. Oder Hexen. Keine Vampire mehr, ja?«

Mrs Barley rappelte sich auf. »Dann also Hexen«, sagte sie. »Hol du die Fernbedienung. Ich hole mehr Tee.«

Zara, die die ganze Hand über geschwebt hatte, verweilte am Tisch, als die Lebenden davon trotteten. Sie tippte einmal auf die Oberfläche und hinterließ einen schwachen Umriss ihrer Fingerspitzen auf dem Lack, als wollte sie sie daran erinnern, dass sie überhaupt da gewesen war.

Als in der Wohnung die übliche nächtliche Stille einkehrte, fand sich Vincent allein wieder, abgesehen vom Echo des Geistes und dem nachklingenden Duft von Kebab. Er schlenderte hinauf in sein Arbeitszimmer, wo ein ramponierter Rollsekretär die Überreste seiner wahren Berufung enthielt: eine verschlossene Schublade, vollgestopft mit Prophezeiungsfragmenten, unvollendeten Manuskripten und dem gelegentlichen Drohbrief eines rivalisierenden Autors.

Er nahm den Schlüssel aus seinem Versteck (unter eine »Besuchen Sie die British Library«-Tasse geklebt) und schloss die Schublade auf. Drinnen raschelten die Fragmente, unruhig selbst in ihrer Starre. Er blätterte sie durch und hielt bei einem inne – dünn, steif, die Tinte verblasst, aber lesbar. Der Text, in Carmines charakteristischer Handschrift gekritzelt, lautete:

Die Fortsetzung beginnt immer mit Blut.

Während er zusah, leuchtete die Fußnote am unteren Rand schwach auf – nur für eine Sekunde, als wollte sie seine Aufmerksamkeit erregen – und erlosch dann. Vincent, müder als neugierig, legte die Seite zurück in ihr Nest, schloss die Schublade ab und schlurfte zurück ins Wohnzimmer.

Er richtete sich wieder auf seinem Decken-Thron ein, justierte die Schlinge für maximale Sympathie und schloss die Augen, während die Hexen in der Glotze kicherten.

Draußen pulste die Stadt weiter: Sirenen, Füchse, das Grollen der U-Bahn. In der Wohnung faltete sich die Zeit in sich zusammen, und zum ersten Mal seit langer Zeit schlief Vincent ohne zu träumen.

Auf dem Schreibtisch, im Dunkeln, schimmerte die Prophezeiungsseite und lag dann still.

ENDE (vorerst)

Lesen Sie weiter in der **Fang & Loathing Trilogie** – Vincent und Freunde laden Sie herzlich zu *The Stakeout Diaries* ein.

EIN WORT DES AUTORS

Hallo,

Vielen Dank, dass du *Schicksal, beiß mich!* gelesen hast!

Es hat viel Spaß gemacht, es zu schreiben. Ich hoffe sehr, es war eine unterhaltsame Lektüre.

Wenn dir das Buch gefallen hat, wäre ich unglaublich dankbar, wenn du so nett wärst, eine Rezension zu hinterlassen.

Rezensionen helfen Autoren aus mehreren Gründen wirklich sehr. Nicht zuletzt geben sie Feedback dazu, was den Lesern gefällt, und verbessern die Sichtbarkeit des Buches auf Online-Verkaufsseiten.

Vielen Dank im Voraus und ich freue mich darauf, deine Gedanken zu lesen.

Jon

MAILINGLISTE

Möchtest du vorab Informationen über zukünftige Veröffentlichungen erhalten?

Lust auf exklusiven Zugang zu Goodies, Sonderangeboten und Bonusmaterial?

Findest du auch, dass dein Leben ohne Jons monatliche Gedanken zum Schreiben, Lesen und Veröffentlichen nicht komplett ist?

Dafür gibt es eine Lösung! Melde dich noch heute für Jons Mailingliste an:

https://jonsmith.net/mailing-list

ÜBER DEN AUTOR

Jon Smith ist der Bestsellerautor von über 50 Büchern für Kinder, Jugendliche und Erwachsene. Seine Werke wurden bereits in sieben Sprachen veröffentlicht. Neben dem Schreiben von Büchern ist Jon ein preisgekrönter Drehbuchautor sowie Musical-Librettist und -Texter, mit Produktionen am Birmingham Hippodrome, Belfast Waterfront sowie in Londons Park, Waterloo East und Courtyard Theatres. Seine jüngste Produktion, *Dreamweaver – The Musical*, feierte Premiere im Old Court House in Kuching, Malaysia, und wurde auch im PJPAC in Kuala Lumpur aufgeführt.

Jon schreibt Krimis unter dem Pseudonym **Adi Flynn** und satirische Science-Fiction unter dem Pseudonym **Mark Voss**.

Jon hatte eine glückliche Kindheit – Gänseblümchenketten, Urlaube in der Sonne und eine obsessive Leidenschaft für alles Fantastische. Keine Zahnspange, wenige Pickel, nur ein gebrochener Knochen und ein gebrochenes Herz (nicht seines). Es lief alles prächtig.

Als Vater von vier Kindern lebt er mit seiner Frau und ihren zwei schulpflichtigen Kindern in der Nähe von Liverpool.

Wenn er einmal erwachsen ist, möchte er Bibliothekar werden.

DIE FANG UND ABSCHEU TRILOGIE

DER FÜNFTE REITER

EINE KOMISCHE FANTASY, DIE ÜBER DIE REGELN DES LEBENS UND DES TODES HINWEGTRAMPELT

ERHÄLTLICH ALS E-BOOK, TASCHENBUCH UND BEI KINDLE UNLIMITED

BAL
KON
media

www.ingramcontent.com/pod-product-compliance
Lightning Source LLC
Chambersburg PA
CBHW050551190726
48283CB00007B/2095